# 海阔"鱼"跃
## ——鱼雷快艇的故事

骆勤 著

上海文化出版社

## 主人公骆传骊生平

骆传骊，中共党员，上海市嘉定区人。

1950年11月燕京大学机械工程系在读期间被选调入伍。1950年11月至1956年5月间，先后任海军舰艇学校（后易名"海军快艇学校""第三海军学校"）鱼雷助教；快艇21大队鱼雷参谋、副业务长、业务长；快艇11支队鱼雷业务长。1956年调北京海军司令部装备部任快艇参谋，参加编制我国第一个十二年科技发展规划（1955-1967）中的《水中兵器发展规划》，参加筹建水中兵器研究所。

1958年海军第二研究所（第七研究院第五研究所前身）正式成立，历任专业组组长、研究室副主任、研究所副总工程师。获教授级高级工程师职称，享受国务院特殊津贴。

# 目 录

# 自 序

    自1950年9月27日海军快艇部队的摇篮——"中国人民解放军海军舰艇学校"在青岛莱阳路8号成立之日算起，到2025年9月27日，鱼雷快艇部队就将迎来75周年诞辰。为迎接这一光辉纪念日的到来，两年前我怀着无尽的思念，打开了父亲离世后就被封存起来的日记本，所幸他从1949年到1960年期间的日记本都在。特别重要的是，其中从1950年11月到1957年年底正是他在部队干鱼雷参谋、鱼雷业务长的那几年，这个时段也正好是新中国海军快艇部队从"无"到"有"，以后再走上从小到大、从弱到强征途的关键的几年。

    父亲的日记完整记录了他投笔从戎到部队（中国人民解放军海军舰艇学校）的故事，于是我产生了给父亲写传记的念头，并尝试动笔。没有想到的是，当我写着写着，忽然发现自己的视点太低、格局太小，父亲所经历的事都是快艇部队成立初期发生的事，我必须把眼界放宽。于是我重新转换视角，把写父亲一个人的故事，改为写许多个"海鹰"的故事，将他们远去的背影重新拉近我们，回到人民海军发展的历史视野里来。

    所以，《海阔"鱼"跃——鱼雷快艇的故事》与其说是为自己的父亲写传记,不如说是为曾经的海军鱼雷快艇部队写传记。在本书中,凡写到的故事,我都力求其合理性与真实性,但限于自己的能力有限,读者朋友若发现"故事"中有任何问题,欢迎指正。

《海阔"鱼"跃——鱼雷快艇的故事》以新中国海军创建的第一支战斗部队——鱼雷快艇部队的诞生、发展到屡建战功为题材,以我父亲留下的日记、照片等为线索,通过查阅、收集与之对应的海军前辈的回忆录、海军人物传记等资料,整理出海军鱼雷快艇部队成形初期的整个状况,尽最大努力呈现一部客观真实的非虚构作品。

书中描写的都是70年前在青岛莱阳路8号里出现过的"人"和他们所干的"事",以及以本书主人公为代表的这群人走出莱阳路8号后的故事。所有发生在主人公身边的"事"都与快艇部队创建相关。本书主人公曾经从北到南长途跋涉的"路",折射的是海军从黄水(浅海)到蓝水(深海)留下的脚印。作为作者来讲,我试图唤醒那些关于鱼雷快艇部队及鱼雷艇的"昨天的故事",让它们再度走进今天我们后人的视线,重温当年万里海防线上"海鹰"翱翔的光辉岁月。

《海阔"鱼"跃——鱼雷快艇的故事》是一部非虚构纪实小说,讲述了像我父亲他们这批新中国第一代海军建设者为我国的国防海军事业竭尽努力,为新中国海军事业打桩奠基,展现出一代军人为国家、为人民的事业奋斗一生的精神风貌。

# 序 一

2023年，我在自媒体《海邮文化》的公众号上，读到连载的《鱼雷快艇的故事》，这些故事深深地吸引了我，同时也勾起了我对70年前在鱼雷快艇部队的许多回忆。现在《海阔"鱼"跃——鱼雷快艇的故事》这本书即将正式出版，该书作者、老战友骆传骊的女儿骆勤请我作序，我想我义不容辞。

首先我要向已故的老战友，故事主人公骆传骊致敬！一位中华人民共和国成立初期参军到部队的大学生知识分子，他用他坚持不懈的毅力记录下在部队每一天发生的事情，为后人保存下一份难得的鱼雷快艇部队的历史资料。现在这份史料经过他女儿骆勤的整理，写成了这部纪实文学作品。这部作品记述的不仅有包括骆传骊在内的百十位已经走远的战友群体，更有这支部队成立初期在一张白纸上建设部队、培养人才、训练打仗本领的记述，还有鲜为人知的快艇部队的组建历程。

骆传骊战友是当年快艇部队里为数不多的大学生之一，他离开大学校门就踏进了第三海军学校（时称"海军舰艇学校"），成为由苏联顾问和原"重庆"号巡洋舰上鱼雷官亲自带教培养的鱼雷参谋。在部队及国防科研战线上，他用他所学知识为海军建设、为海军武器研发呕心沥血，贡献了自己的智慧和力量。

从1952年5月开始，快艇21大队的训练海域回到青岛黄海，快艇21大队与31大队会经常碰面，尤其是在准备抗美援朝的日子里，两个大队一起训练与学习"补课"。骆传骊作为一名大学生鱼雷参谋，在备战训练中兼做教员，为艇长们的理论知识补课责无旁贷，他所讲授的《计算尺保养与使用》《鱼雷战术》，还有"作战分析图"的绘制等，都给我留下了深刻的印象。可以说，在部队创建初期，骆传骊参谋为海军培养了一批鱼雷快艇骨干。他用自己的行动诠释如何在部队这座大熔炉里面千锤百炼，把自己培养成为海军有用之材。

回想起1965年年末的一天，在黄海上空突然升起红色信号弹，原来是我国自行研制的第一款鱼雷在胶州湾发射成功，它庄严地向全世界宣告新中国有了自己生产的鱼雷！后来我获悉原来这是老战友骆传骊带领鱼雷科研团队来到胶州湾，成功试发自行研制的第一枚鱼雷，同时也才知道他离开一线部队后转到国防科工战线，从事科研工作。

本书作者骆勤，她用通俗易懂的写作手法，通过对她父亲日记的解读，把第三海军学校坚决贯彻中央军委建军思想，为海军快艇部队快速培养大量人才的历史过往忠实还原，比较全面地描述了海军鱼雷快艇部队初期建设发展的过程，让大家知道了许多鲜为人知的史实。

第三海军学校（时称"海军舰艇学校"）是以共产党领导的第一所海军学校——原安东海军学校干部训练队为基础组建成立的学校。安东海军学校是以国民党海军"重庆"号及"灵甫"号两舰起义人员为主组建的学校，其干部训练队大都由"重庆"舰的技术骨干组成，他们来到第三海军学校后大多成了学校培养鱼雷艇官兵的中坚力量。而学校的干部、学员则基本上都来自陆军部队，且大部分都是英模功臣，几乎每个人都获得过功勋奖章。以后来为抗美援朝而组建的快艇31大队1中队为例，全中队63名官兵中就有60名中共党员。就是这么一支具有解放军光荣传统、又肯刻苦学习海军业务的高素质队伍，不出几年就在东部海域迎头痛击海上来犯的敌人，以"小"胜"大"，击沉国民党门面大舰"太平"号舰，取得了解放军鱼雷艇部队首战胜利。我当时在快艇31大队1中队任指导员，是这一场战斗的海上指挥员之一。

从第三海军学校1950年9月27日在青岛莱阳路8号成立算起，鱼雷快艇部队即将迎来75周年诞辰。在这一纪念日来临前夕，《海阔"鱼"跃——鱼雷快艇的故事》得以问世出版，是一件令人欣慰，值得庆贺的事情。它既能吸引一代代鱼雷快艇官兵更加全面地了解这段历史，又对鱼雷快艇部队创建初期的史料缺乏填补了空白。

作为一名快艇部队的"老兵"，我对鱼雷快艇部队怀有深厚的感情，对曾经的快艇战友更是难以忘怀。这本书把埋藏在我心底六七十年的"人"和"事"给挖掘出来，呈现给大家的是一段不能忘记、也不应该忘记的人民海军成长发展的历史故事。为此，我衷心地向广大读者推荐，希望此书能为增强全民海洋意识发挥积极作用。同时，为能有机会通过这本书再次回顾当年的战斗岁月，并向一同创造历史的老战友们表达缅怀之情感到无比欣慰。

朱鸿锦

2024年11月10日

（作者系海军北海舰队原副司令员、海军中将）

# 序 二

我是1968年入伍的一名老兵，跨入部队就成为了南海舰队榆林基地"快21大队"4中队的一名枪炮兵，退伍前担任南海舰队某基地参谋长。

我虽没有赶上本书主人公他们第一代快艇官兵所经历的从无到有的艰苦岁月，没有赶上"快21大队"创建初期从塘沽到榆林的两次建队创业，却一直在"快21大队"光荣传统的熏陶之下，从一名普通的枪炮兵逐步成长起来，曾担任由"快21大队"撤编后组建的某导弹快艇支队支队长。我曾参加西沙群岛自卫反击战，曾担任南沙群岛守备部队军事主官；我也经历了鱼雷快艇退役、"快21大队"撤编、快艇部队从小变大、由弱变强的裂变。当我看到自己曾经服役的鱼雷快艇部队凤凰涅槃，变身为导弹快艇部队时，一股中国军人的自豪感油然而生，因为我看到自己的部队正走向更远更深更蓝的海洋。

但是，自打入伍以来，对"快21大队"究竟从哪里来的困惑一直缠绕在我和战友们的心头，无法排解。一代代"快21大队"的官兵对了解自己部队的历史十分渴望。

一个偶然的机会我看到战友在转发自媒体上所刊发的《鱼雷快艇的故事》，故事中关于"快21大队"的历史已然清晰。《鱼雷快艇的故事》里面反映故事主人公骆传骊业务长身边的"人"与"事"，以及他跟随"快21大队"从渤海到黄海，再转到南海所留下的脚印，是新中国海军创建史上不可或缺的历史资料。

在人民海军的发展历程中，鱼雷艇作为最大排水量仅21吨的小艇，却以其惊人的战斗力成为20世纪50年代至80年代人民海军的主力装备。鱼雷艇官兵更是以不畏艰险、不怕牺牲的大无畏精神，以小搏大，以弱胜强，屡建奇功，在东南沿海的海域控制权争夺战中，在保卫祖国万里海疆的战史上留下许多浓墨重彩的华章。一场又一场"小艇"战胜"大舰"的海战战例，永久载入了人民海军的光荣史册。

而今，小说中写到的那支鱼雷快艇部队已经消失在历史长河中，人民海军也早已从建军初期的浅水、近海走向更深更远的大海，但那培养第一代鱼雷艇官兵的青岛莱阳路8号，即今天的"中国人民解放军海军博物馆"所在地，它就像一座丰碑，在人民海军史上屹立不倒。曾经的"海军舰艇学校""海军快艇学校""第三海军学校"这些响亮的名字，已被永远记在了海军的发展史上。还有那新中国第一代鱼雷快艇官兵，虽然他们中绝大多数没有人知晓，但他们为国家、为海军建立的功绩已经成为深蓝色航道上一盏盏永远不灭的航灯，指引着现代海军战士奋勇前行。

2024.11.12

（作者系南海舰队某海军基地参谋长、海军大校）

# 一、新中国第一批入伍的在校大学生向海军报到

## 1. 海军调集华北高校师生充实海军学校教员队伍

中国人民解放军在解放战争取得全面胜利之前，基本还只是单一的陆军军种，不要说海军和空军，基本连胜任水上作战的"河军"都没有。但从1949年4月23日那天起有了转机，由中国人民解放军第三野战军组建而成的"华东军区海军"在江苏省泰州市白马庙乡"第三野战军东路渡江作战指挥部"驻地宣告成立。直到1950年10月，人民海军的这段历史成为了一段从"无"到"有"的创建史，新中国海军就此初见雏形。

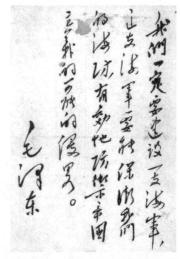

1949年8月毛泽东主席为华东海军题词

舰艇装备是建设海军的重要方面，而海军人才培养更是重中之重。考虑到海军是技术兵种，对于人才要求很高，于是刚刚上任的海军司令员萧劲光就在1950年8月召开的海军建军会议上，把他一上任就开始谋划的"海军要建军先建校"的思想向大会作了报告，得到全体与会者的一致响应。在那个会上制定的海军《三年建设规划》中，明确"在现有力量的基础上，发展鱼雷快艇、潜水艇和航空兵等新生的力量，逐步建设一支强大的'快、潜、空'国家海军的发展方针"，更是在会上得到

热烈响应。于是海军急需的人才培养学校——"海军海岸炮兵学校"和"海军舰艇学校"当即拍板在青岛组建，并都于10月9日开学。而"海军航空学校"经过3个多月的筹建也于11月1日开学。

大约在1950年11月8日前后，海军领导机关与中央教育部商定，从包括燕京大学[1]、清华大学在内的华北各大学调集一批符合条件的青年师生入伍，前往海军学校任教，争取在最短时间内充实海军教师队伍，以适应海军建设之急需。于是就有了那么几十个出生于1926年前后正在华北地区高校就读机械、电机、物理、化学、化工、电子、数学等理工科专业的大四、大五学生被学校向海军推荐，他们经过海军的挑选成为新中国第一批应征入伍的在校大学生，也是第一代中国人民解放军海军。

## 2. 燕京大学骆传骊等11名学生被选调到海军学校

1950年6月25日朝鲜战争爆发，从10月25日起中国人民志愿军陆续赴朝参战，全国上下都积极投入到"抗美援朝，保家卫国"行动之中，燕京校园内也掀起了声援"抗美援朝"的热潮。时任北京市委宣传部副部长的廖沫沙同志，《红军长征组歌》词作者、时任解放军总政治部副主任的萧华同志等都到燕京校园来作有关抗美援朝的报告。同学们也分头到北京郊区的巴沟村、马连洼村等处进行抗美援朝宣传，爱国情绪空前高涨。46级机械系骆传骊同学也加入到燕京学生自治会组织的给志愿军写慰问信、送慰问袋等活动之中。

那是在1950年11月14日早上，陆志韦校长[2]亲自到骆传骊就读的理

---

1. 燕京大学，创办于1919年，是民国年间中国教会大学的翘楚，于1952年院校调整时与所有教会学校一起被撤并。

2. 陆志韦 (1894—1970)，中国心理学家，语言学家。历任南京高等师范学校、东南大学、燕京大学教授和燕京大学代理校长、校务委员会主席、校长等职。1952年高等学校院系调整后，陆先生转到中国科学院语言研究所从事研究工作，并担任中国科学院哲学社会科学部委员。

工学院来宣布："理工学院下午全部停课，全体师生都去参加海军部队同志的报告会。"结果下午的报告会开得非常简短，主要是宣传介绍由萧劲光任司令员的海军领导机关已于当年4月14日在北京正式成立等消息。报告会后，海军同志点名让骆传骊和另外几位同学留下来，了解他们的基本情况，包括家庭情况。那天下午的活动匆匆结束了，海军同志并没有动员学生报名参军，骆传骊也没有把参军入伍与自己联系到一起。

海军同志报告会后的最初两天里，骆传骊和同学们还是照样上课、做实验、出黑板报甚至排练唱歌。意料之外的是，到了第3天，即11月17日，系里老师突然来叫骆传骊去接一个海军部队打来的电话，结果这个电话成了那时的骆传骊有生以来通话最长的一次电话，足足30多分钟。海军同志跟他讲了世界海军的状况及海军学校创建的历史缘由。又过了两天到11月19日，那是一个星期日的下午，海军同志直接到燕京大学找到骆传骊及有关同学，通知他们已被批准入伍，成为海军学校的教员，并告诉他们说《任务函》[1]已经发到学校。就这样骆传骊等燕京大学的11名符合调集入伍条件的学生，被保送到海军学校当教员，至于分配到哪一所海军学校要到海军司令部机关报到以后才能知道。

---

1.《任务函》中被保送入伍的燕京学生共11名，其中45级1名，46级5名（都是骆传骊同班同学）、47级5名。

紧接着的第二天即11月20日下午4点，理工学院立马就为参军同学举行了庄严隆重的欢送会，全体师生都寄语参军同学到部队后要为新中国海军建设多作贡献，并纷纷为他们签名留念。

骆传骊刚参军拍的证件照

出生于江苏省嘉定县[1]的骆传骊完全一副江南人的特质，白皙的肤色长着一张娃娃脸，却有着天生的英气；他个头不高，还带着一副近视眼镜，怎么看都像是个书生，不像想象中高大威武勇猛的军人。他说话风趣幽默，还喜欢给同学起绰号，结果他自己反被同学起了个"拓玩"的绰号，就是"特好玩"的意思，可见他在同学们的眼里是一个多么好动阳光的人。

骆传骊在11月17日接到入伍通知后就扎进了校图书馆，他翻阅了近一年的北平各大报纸，大致搞清楚中国人民解放军海军组建的历程和伟大意义，立志到了"海校"就要成为一名懂海军的海军教员。经过梳理，他看到自1949年4月23日共产党领导的第一支海军部队——华东军区海军创建成立开始，这1年半的时间里由"陆军"转"海军"的建设一直紧锣密鼓地进行着，就海军学校而言，按成立的时间顺序，已经先后成立了"安东海军学校""华东军区海军学校"和"大连海军学校"。

他还了解到，正当海军刚刚起步正准备向前迈步的时候，1950年6月25日朝鲜战争爆发，美国总统杜鲁门命令美国海空军进入朝鲜作战，支援南朝鲜军队；同时命令美国第七舰队进驻台湾海峡，以阻止中国人民解放军解放台湾。1950年8月海军召开建军会议，一是确立了海军建设的指导思想：吸收大量的革命青年知识分子，争取团结和改造原国民

---

1.嘉定原本是江苏省的一个县，1958年行政区划调整划归了上海，现在是上海市的一个区——嘉定区。

党海军人员，建设人民的海军；二是制定了海军建设的具体方针：从长期建设着眼，由当前情况出发，建设一支现代化的、富有攻防能力的、近海的、轻型的海上战斗力量。于是，"海军航空学校"在青岛沧口率先筹建，紧接着"海军海岸炮兵学校"和"海军舰艇学校"也在青岛筹建，并在前不久陆续开学。

### 3. 燕京大学11名选调入伍的学生向海军报到

骆传骊人生迎来大跨越的一天是1950年11月25日，从此以后他不再是那个夹着书本穿梭在未名湖畔的图书馆、实验室、工科楼乃至机器房的机械系学生，就仿佛突然间刮来了一阵风把他从校园吹到了军营。早晨起床后同学们都来帮忙整理箱子打铺盖卷，十点钟的时候，燕京大学调集入伍的11名学生一起坐上校车，校车载着他们及他们的行李直接开到前门附近西打磨厂街的"福来店"客店门口停下。骆传骊他们就这么拎着行李、背着书包到北平城里的海军领导机关来报到了。

"福来店"客店是一家百年老字号客店，扎根在西打磨厂街的胡同深处，是当时的文人、商人喜欢休息住宿的旅店。因海军领导机关半年前刚刚成立，司、政、后等机关和一些部队，分散住在西堂子胡同、西观音寺胡同、官帽胡同、汪家胡同、广宁伯街等处。"福来店"客店离那些地方都不远，所以这次它被海军借来安置前来报到即将奔赴各个海军学校的大学生教员。

一年后，即到了1951年年底至1952年年初期间，海军机关在西打磨厂街附近的贡院东街一块不大的空地上盖了几座楼，从此，海军司政机关才相对集中在一处办公。到1956年，海军司令部迁入复兴大街公主坟"海军大院"。

那天报到手续办妥后，这批大学生都换上了刚发下的蓝色海军50式

海军成立之初，位于北京贡院东街的海军机关办公楼

冬装及棉帽，佩戴统一的帽徽和胸章，人民海军部队里面一下子多了几十号文绉绉书生气未脱的军人。

等吃过午饭，他们被通知下午14：00去地处西观音寺胡同的政治部干部部开会。在会上，干部部部长边疆首先向他们传达了中央军委对创办海军学校的战略部署，同时还说道："除了到目前为止已经成立的'大连海军学校''海军航空学校''海军海岸炮兵学校'和'海军舰艇学校'等4所海军学校外，还要筹建成立'海军潜艇学校''政治干部学校'等10多所正规军事院校及预备学校，由此可见海军人才培养已到了迫不及待的地步，甚至比海空装备建设还要重要！"

他针对大家迫切想知道海军学校对教员的要求与任务的心情，继续说道："大家已经看到，'海军'到目前为止还是一支典型的'陆军'队伍，从他们中间不可能生长出大批懂得'海军'的教员到'大连海军学校'等学校去当教员，所以专业教员就面临严重的不足。现在学校已经采取了一些办法来解决教员的来源问题，譬如从原海军[1]人员中选调，从新参军的青年知识分子中选调，从地方大学聘请，但他们的专业水平或教学能力基本都还不能胜任当海军学校的教员。原海军人员虽有一定的海军知识和作战技能，但文化知识面窄，缺乏教学经验；青年知识分子则是海军专业知识和教学经验均不足；而地方学校聘请的教员他们虽有专业知识和教学经验，但又不懂海军需要的专业，一时远水救不了近火，不能帮助摆脱师资困境，这就是海军紧急召集你们入伍成为海军学

---

1．海军刚成立时，针对有些陆军过来的同志称呼原国民党海军为"那些国民党海军"，海军党委专门作出规定：从陆军来的同志一律叫"新海军"，从国民党海军过来的同志一律叫"原海军"。

校教员的理由！"最后，部长严肃地向他们宣布："经海军政治部决定，明天就要把你们送入海军学校'现学现教'，要培养你们成为能担海军大任的海军教员。"

接着部长就向他们宣布各位将要去报到的学校名单，这是根据每一位学生大学期间所学专业所作的分配。骆传骊和他的同班同学黄君伟被分配到位于青岛莱阳路8号的"海军舰艇学校"；燕京大学11位入伍同学中有5位被分配到"大连海军学校"，其中有1位是他的同班绰号叫"大杨"的同学；他们班还有两位同学"老赵"和"老黑"被分配到了同在青岛的"海军航空学校"；还有两位燕京大学不是同专业的同学被分配到了"海军海岸炮兵学校"。学校分配停当后，赴大连海军学校的学生被通知明天就出发，而赴青岛三所学校的学生则需要等待通知。

知晓要去报到的学校及出发时间未定后，骆传骊他们班的5位同学一同步行回到"福来店"客店。晚饭后他们把行李搬进房间，然后偕明天就要出发前往大连海军学校的"大杨"同学散步到天安门广场。大家回忆着去年的建国大典和今年的国庆大游行，他们都代表燕京乃至北平（北京）的大学生接受毛主席等国家领导人的检阅，他们的内心都充满了希望。他们边走边说："天降大任于斯人也，必先苦其心志，劳其筋骨，饿其体肤，空乏其身，我们都准备好啦！"骆传骊还诗情大发来上一句："携吾笔，别校园，驾舰艇，上征程。谁言书生百无用，驾驶舰艇亦英雄。"是啊！从此往后他们几个曾经活跃在燕园未名湖畔的同学将成为海军战友，心情怎能不激动？

## 二、向舰艇学校报到的四位大学生推荐陈遂当组长

### 1. 推荐陈遂当临时小组长，发言讨论热烈

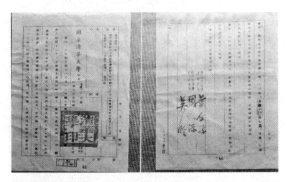

清华大学1950年11月25日发出《清华大学选送学生到海军学校任教的复函》，上面有物理系陈遂、化学系黄清谈的名字

第一批应征入伍的40多位在校大学生中，分配到"海军舰艇学校"一共有4位，两位来自燕京大学，他们是机械系46级的学生骆传骊和黄君伟；另两位则来自清华大学，分别是清华大学物理系47级学生陈遂和化学系47级学生黄清谈。巧的是这4位大学生竟然两两对应，骆传骊和陈遂两人是从上海考到北平（注：北京）读书，而黄君伟和黄清谈两人则是从福建考到北平读书，都是来自东部沿海地区。

入伍大学生到海军领导机关报到的第二天（注：1950年11月26日）上午，得到负责报到工作的吴干事通知，让他们按照已分配的学校组成3个小组，各自推荐出一位组长负责学习讨论及协调有关工作。舰艇学校组推荐的组长是清华大学的陈遂，其中的原因大家都心照不宣。原来，陈遂是被称作"国民党领袖文胆"陈布雷的第六个儿子。他是清华大学

物理系学生，也是一位于1948年就秘密参加了中国民主青年先锋队[1]（共青团前身）的进步学生，是一位在清华大学里"优中选优"就读物理系的学生。作为一位出身特殊的清华才子，他也被清华大学首批推荐送入新中国海军队伍。

陈遂并无推诿，"让我当我就当"，他义不容辞地履行起组长职责。在他的带领下，几位海军新兵畅谈当海军的心得，围绕"快艇""快艇学校"开谈起来。说实在的，那时的他们除了从近代历史中的甲午战争那里略知"鱼雷快艇"及"鱼雷"之外，所知甚少，但他们还是你一句、我一句地聊了起来。

黄君伟是福建福州人，他讲起了家乡马尾船政学堂："中国第一所近代海军学校是我家乡的福建马尾船政学堂，创办于19世纪中期。清政府在1875年创建北洋海军，所用之人几乎全部

陈遂大学时代与同班、同寝室好友杨士莪（右）、周光召（中）的合影。杨士莪和周光召后来都成为中国科学院院士。

1950年冬，清华大学物理系同学在宿舍楼明斋前合影，欢送陈遂（一排右二）、杨士莪（二排左三）等同学光荣参军

中国第一所近代海军学校福建马尾船政学堂

1. 关于陈遂1948年加入民主青年先锋队这段经历可参见《倾听大海的声音——杨士莪院士传记》（作者唐晓伟）。

来自船政学堂，甲午海战中殉国的除了提督丁汝昌非海军出身外，其他如刘步蟾、林永升、林泰曾、邓世昌等北洋舰队的将领都是由这所学校培养，就算在国民党军队的海军中仍然存在的'福建派'，亦是出自马尾船政学堂。马尾船政学堂虽然在甲午战争后逐渐走上了衰落的道路，但它对于中国海军的影响是深远的。船政学堂培养的不仅仅有北洋水师的将领，还有魏翰等一批中国第一代军舰制造专家。我们都是学理工科的，说不定将来我们也会成为军舰制造专家。"

黄清谈说："我的家乡南安县可是民族英雄郑成功的故乡，17世纪中期他率领两万余名将士跨过海峡，经过数月英勇战斗，打败侵占台湾达38年之久的荷兰殖民者，还给了台湾人民自由。传说康熙皇帝为他写下长长的楹联被挂在台南、安南等延平郡王祠里，我们从小耳濡目染并且都能背。"接着他把康熙皇帝的对联《康熙挽郑成功联》背了一遍："四镇多二心，两岛屯师，敢向东南争半壁；诸王无寸土，一隅抗志，方知海外有孤忠。"他接着气愤地说："现在美军入侵朝鲜半岛，美国海军第七舰队同时驶进台湾海峡，我

康熙皇帝为郑成功题写的挽联，歌颂他收复台湾的丰功伟绩

国的万里海疆都暴露在其炮舰之下，制造援助蒋介石抑制共产党的紧张局势，企图将台湾从中国分裂出去。看来收复台湾的重任要落在我们这一代海军肩上了。"

说到甲午战争，酷爱中国历史的骆传骊也滔滔不绝起来。他说："甲午战争失败，北洋海军本身也有严重的缺点。一是制度上含混不清。北洋海军名义上隶属于北京海军衙门，但由于海署大臣醇亲王对海

军一窍不通，舰队实际上是受李鸿章节制。而李鸿章又忠于清廷，此时已成为全国督抚的领袖，集内政、外交、洋务、海防于一身。他忙于应付每日遇到的各种棘手问题，以至不能对北洋海军诸多问题给予更多的关注；二是指挥系统不清。由于李鸿章未能经常顾及，北洋海军由丁汝昌负责，丁汝昌未受过海军正规训练，他因此常为部下所轻视，指挥实际到不了位；三是慈禧太后为了不耽误自己的六十大寿，支持李鸿章对日妥协，并挪用海军军费修缮颐和园，为其庆寿作准备。所以说，甲午海战失败，首先是清朝政府的国体政体已无法挽回失败的命运，导致清政府在处理中日关系上就事论事，软弱无能。"

陈遂接着骆传骊的话题继续说道："听说同时期的日本，为了买下英国新型巡洋舰'吉野'号，凑足海军预算，日本国内号召全民踊跃献金。结果日本不仅仅是买下了'吉野'号，还挤出了两艘当时世界先进水平的'富士'级战列舰的造舰资金。可惜啊！弱国无外交，从甲午战争开始之前到甲午战争结束，李鸿章几乎所有的外交努力都以失败而告终。他想以夷制夷，利用外国的势力来玩弄平衡，但对时局的错误判断，对竞争对手的情况不甚了解，使他总是被别人玩弄，既浪费了时间和精力，也耽误了战备和时机。"

就这样，大家群情激昂停不下来，眼看天都黑了，组长陈遂不得不结束这一天的小组讨论会，最后他引用李白的两句诗作为结束语，他说："船政学堂、甲午战争，都是历史留给我们的财富，'乘风破浪会有时，直挂云帆济沧海。'未来海军看我们了！"大家也附和着一起说："未来海军看我们了！"

## 2. 告别大学校园奔向大海

27日上午他们继续分小组交流参军心得。午饭时，海军吴干事过来

告诉他们说 "明天还不能出发"，弄得大家都泄了气，骆传骊与黄君伟干脆吃了午饭就坐车回到燕京大学去了。晚上，同学们都围过来向他们打听到海军机关报到的情况，大家你一问我一答一直扯到了半夜十二点钟，他们俩不得不回到原来的宿舍与其他同学挤一被睡觉。这燕园里的最后一晚骆传骊翻来覆去怎么也睡不着，熬到天亮起床后他再一次沿着未名湖走了一圈，走到他熟悉的"校友门"和"校友桥"畔，走进穆楼、睿楼及化学楼再看一眼曾经坐过的教室、实验室，又走到未名湖中央的湖心岛上，再走到石舫、中亭、临轩湖、博雅塔，最后走进工科楼及旁边的机器房，他是那样依依不舍地与燕京告别。

28日上午离开燕京大学后，骆传骊和黄君伟回到城里的"福来店"客店，找到陈遂组长，得知吴干事一早就来了通知，他们赴青岛三所学校报到的新兵教员明天一早从客店集合出发，乘坐早上六点的火车前往青岛。第二天早上四点半，起床哨声一响，大家都立即起床，打铺盖洗脸，匆匆吃了客店为他们准备的豆浆和馒头，以小组为单位排成一路纵队直奔前门火车站。只见车站里人声鼎沸，乘客甚多。20世纪50年代初北京到青岛的铁路客车都是绿皮车，即慢车，海军机关给他们买了硬卧车票，让他们免遭座位车厢里的拥挤。当列车缓缓开出北京，在津浦线上逢站必停时，骆传骊从包里拿出新买的《卡拉布迦日海湾》和《黑海水兵》两本苏联小说看了起来。陈遂见骆传骊有书看，也不问是什么书就从他手上抽走了一本。这两本小说描写的都是与"大海"有关的故事，"大海"就是从这个时刻开始融进了他们的血液。

车过济南后停靠的车站减少，列车有所提速，但车厢里的顶灯都关闭了，只有过道上座位边闪着微弱的灯光，大学生新兵都安静了下来，渐渐进入睡眠。30日清晨等大家一早醒来列车已过山东胶县（今青岛胶州市），放眼望去大海尽在眼前。不知谁说了一声"快到青岛了！"大学生新兵都坐到了朝向大海的一面眺望大海。陈遂激动地说："从今往后，我们就都是与海为伴的人民海军，大海就是我们要去的地方！"

大约在早上八点多一点，列车在沧口火车站停下，"老赵"和"老黑"及其他分配到海军航空学校的大学生新兵都到站了，所有人都簇拥着航空学校的同学一起下车，在站台上与他们告别。原来海军航空学校就建在沧口胜利桥附近，而另外两所学校的大学生新兵则要多坐10多千米的火车抵达青岛火车站，然后由各校派来的汽车接走，到学校去报到。

## 3. 海军生活从莱阳路8号开始

很快，汽车把舰艇学校的4名大学生新兵接进了坐落于青岛市莱阳路8号的"中国人民解放军海军舰艇学校"。只见校园很大，在校门口右侧的空地上，坐落着一座大大的草绿色半圆顶铁皮房，往里面看则是一栋栋德式小洋楼，远处还有沿海排开的二三十座也是草绿色圆顶铁皮房，但个头都小于校门口的那一座，构成了一幅不很协调的的海景画面。

汽车开到助教队住所前停下，他们每个人自己把行李从车上卸下，这时离午饭开饭时间还有个把小时，他们就在大厅的椅子上坐了下来。一切都是那么好奇，尤其是远近那么多草绿色圆顶铁皮房。骆传骊向负责接车的李干事打听这些铁皮房的用途，李干事告诉他："校门口的那座是学校大礼堂，平时开大会、听报告、文艺演出等活动都在里面进行；海边沿海排开的铁皮房都是教室、实验室；还有几处分散在校园其他地方的是各个食堂。这些铁皮房都是美军及国民党军队留下的、从其他地方找来的，虽然夏热冬冷，但解决了学校的用房问题。"

透过大厅的玻璃窗能够看到伸向大海的著名青岛地标——栈桥，他们几个大学生新兵又好奇起来。"这莱阳路8号究竟是一块怎样的宝地啊？""海军舰艇学校为什么会选择在这里呢？"骆传骊对陈遂说：

伸向大海的著名青岛地标——栈桥

"我之前只是听说过青岛还从来没有到过青岛，现在青岛就在眼前，这座海滨城市真的很美，一点不比我们上海逊色。"陈遂回答他："你这是爱屋及乌，因为你当上了海军，就爱上了大海，就爱上了素有'海军城'之称的青岛。"

后来他们被带到招待所食堂吃午饭，饭后他们就带上自己的行李到助教队宿舍去休息。稍作午睡后，几个大学生新兵就在校园里沿着海边走走看看。当走到小青岛码头边看到停靠在那里包裹着的4艘鱼雷艇时，他们立刻想起了自己已经是海军战士，未来他们就要与鱼雷艇为伍，开始新的征程。尽管他们从甲午战争的屈辱历史中对鱼雷的厉害略知一二，但对于驾驶鱼雷艇发射鱼雷去保卫海疆真还不知从何说起？而今后他们却要成为教授"陆军"驾驶鱼雷艇去驰骋大海的"海军"教员，这个教员不仅要会教鱼雷知识，还要会带领"陆军"训练操控鱼雷艇，可以说任务有多大，压力就有多重。

舰艇学校太神奇，青岛海滩太有诱惑力。晚饭后几位新兵教员一起走出了校门，迫不及待地又去看学校周边美丽的风景。原来位于莱阳路与莱西路十字路口的莱阳路8号，占据着青岛城中心优越的自然环境和区位优势，它与栈桥遥相呼应，东邻鲁迅公园，西接小青岛，南濒一望无际的大海，北面是著名景点——青岛信号山。

散步回到宿舍，陈遂问大家会不会下围棋？还不等大家回答他就从书包里掏出了一盒围棋，巧的是骆传骊也喜欢下围棋，所以他们俩就先下了起来。他们一个执白子，一个执黑子，先把九个点下完，激烈的"厮杀"就开始了，陈遂趁骆传骊不注意时做了一个虎口，抢占了一大片地盘，得意地哈哈大笑。骆传骊想，你占了点便宜就这样得意，看我怎样收拾你！另外两位新兵教员也都会下围棋，但他们"观棋不语"，下棋的也做到了"落棋无悔"，结果第一盘陈遂取胜。第二盘开始黄清谈取代骆传骊，他们又连续下了两盘棋。

关灯后他们4人围绕抵达莱阳路8号第一天的所见所闻说开了，但谈论最多的还是"我们的未来不是梦，海军、大海、舰艇就是我们未来的家"。

第二天早晨起床，就听到楼下"一、二、一"的口令和跑步声。可能是校领导看出了他们压力之下的焦虑心情，没有通知他们立刻投入到早操的队列中，而是通知他们早饭后搬行李到干训楼，以后干训楼就是他们的宿舍。后来他们才知道所谓的"干训楼"其实就是原安东海军学校干部训练队的宿舍，干部训练队成员基本由安东海军学校"重庆""灵甫"两舰部分起义的官兵组成，少部分是从陆军调来参加整编工作的，所以住在干训楼里的大部分都是中国海军前辈。

# 三、从安东海军学校诞生的舰艇学校

## 1. 教务处组织岗前培训

当年学校的机关办公楼

遵照学校的安排，第二天早上4位大学生新兵就把行李搬进了干训楼，这时，已在干训楼等候他们的教务处李干事，通知他们9：00到教务处去开会。到了教务处他们才知道原来是特别为他们4人组织的岗前培训，要连续3天。

教务处就在学校机关大楼里，他们几个新兵教员9：00准时到达教务处，副教育长张朝忠[1]和教务处处长陈康[2]已经在会议室等候他们，会议由陈处长主持，张副教育长首先发言。为了消除陌生感，张副教育长语气轻松地首先介绍自己，他谦虚地说自己是小半个海军大半个陆军，1937年参加八路军并加入共产党，从第三野战军第22军66师调来成为了海军，在66师时任参谋长。成为海军后，来到了莱阳路8号，担任为筹建

---

1. 张朝忠：时任海军舰艇学校副教育长，后任教育长。1952年10月18日开始调任海军战斗部队，从担任快艇21大队大队长开始，以后屡立战功，直至担任东海舰队副司令员兼舟山基地司令员、南海舰队司令员。

2. 陈康在舰艇学校时间不长，以后调任北京海军司令部军械部器材装备处，任器材装备处处长。骆传骦1955年调海军司令部时，陈康成为他的直接领导。

海军舰艇学校而组建的"64号"护航舰舰长。8月24日舰艇学校正式筹备，他被任命为学校副教育长，并表示以后要多多向他们大学生学习科学文化。接下来他就问大家："你们有什么需要向我们介绍的？"于是他们几个轮流介绍自己是哪个学校学什么专业、籍贯是哪里的，等等。

陈处长接着问："你们有什么要问的？"结果4个大学生新兵对学校的组成、组织架构、今后自己的专业方向等尤为关心，问了许多。

骆传骊首先问了一个看似很低级的问题："请问首长，像陈遂和我这样戴眼镜的以后可以上鱼雷艇吗？"张副教育长笑道："我们都不是近视眼，没有办法体会你们能不能戴着眼镜上鱼雷艇、发射鱼雷。这个问题就交给你们自己去研究了，有答案了别忘了告诉我们哦！"大家都笑了起来。

黄君伟问："军校教员和大学里的教员有什么区别？"陈处长回答说："普通学校的教员一般只向学生传授知识，但军校里的教员必须具有军事素质，你们在完成专业知识传授的同时，还要用军人的标准和要求来训练教导学员，因为你们教授的对象不是普通的学生，而是军人，是未来的鱼雷艇长！所以，对军校教员提出的要求更高。在课堂上，不仅要按照军事化程序完成教学流程，还要按照军事化管理的标准来管理学员。比如统一着装、统一用语、统一动作等。"

骆传骊又拿出了喜欢刨根问底的劲头，把他们前来报到的舰艇学校来历也问了个透。他问道："首长，听说组成我们舰艇学校的基础是'安东海军学校海军干部训练队'，能不能向我们介绍一下'安东海军学校'及'海军干部训练队'呀？"

黄清谈插话道："'安东海军学校'我知道。开国大典那天阅兵分列式开始，率先走过天安门的第一个方队就是海军方队，由安东海军学校组成的军官方队和华东军区海军组成的水兵方队组成。安东海军学校方队中出场的许多人都是'重庆'号与'灵甫'号两舰的起义官兵，开

开国大典上第一个走过天安门接受检阅的海军方队，其中军官方队由安东海校学员组成

国大典那天天安门广场上喇叭里播放的。"

陈遂也附和着说："开国大典阅兵式开始，在《中国人民解放军进行曲》的雄壮乐曲声中，朱德总司令和阅兵总指挥聂荣臻同乘一辆检阅车，沿东长安街检阅受阅部队。检阅完毕后激动人心的分列式开始，首先通过天安门城楼的徒步方队就是由东北安东海军学校军官方队和华东军区海军学校水兵方队组成的海军方队，我听得很清楚。"

张副教育长补充说："你们说得对，但说得不全。"接下来他就向他们讲起了舰艇学校的由来。

"今年（注：1950年）8月，中央军委决定成立海军舰艇学校，新成立的舰艇学校将由两所海军学校合并组成。第一所学校如你们所知，是安东海军学校；第二所学校则是半年前（注：1950年5月）在青岛德国人留下的岳鹤兵营成立的海军业务学校，这所学校的骨干力量主要来自萧劲光司令员领导的十二兵团军政干校。"

陈处长也补充说道："登州路77号曾经的岳鹤兵营现在也是我们学校的一部分，莱阳路8号是校本部，登州路岳鹤兵营现在有学员中队在里面学习生活。这个兵营有许多与海军有关的历史，你们以后自己去了解。"

登州路77号，德占时期的"毛奇"亦称"岳鹤"兵营；抗日战争前曾经是"青岛海军学校"；抗战爆发成日本军营；抗战胜利后又成美国及国民党海军军营

　　说到安东海军学校，张副教育长感慨地说："我们舰艇学校能够快速建立，与安东海军学校分不开，更确切地说与安东海军学校的海军干部训练队官兵分不开。"他对陈康处长说："既然他们这么好奇安东海军学校，现在午饭时间到了，我们先去吃午饭，到下午可以安排周方先、吴方瑞两位'重庆'舰军官一起来向他们介绍安东海军学校，以及它是如何为我们的舰艇学校打基础的。"

## 2. 听海军前辈讲述安东海军学校始末

　　下午午休后，4位新兵教员又准时到达教务处会议室。不一会儿，张朝忠副教育长、陈康处长及两位海军前辈也进到了会议室，他们坐下后其中一位便自我介绍开来："我叫周方先，现在在教务处担任教学科科长，曾经赴英留学，接收'重庆'号巡洋舰回国。"另一位也接着自我介绍说："我叫吴方瑞，现在是轮机教研室主任，也曾经赴英留学，接收'重庆'舰回国，并与'重庆'舰许多官兵一起为躲避国民党飞机轰炸在葫芦岛炸沉了'重庆'舰。"周方先不等他介绍完就补充说："吴教员是'二战'时期中国选派赴英国实习、参战的24名海军军官之一，他们都参加了著名的诺曼底登陆战，为反法西斯战争的胜利作出重大的贡献。"张朝忠也补充说："周科长和吴主任都是原'重庆'舰军官，都是跟着邓兆祥校长，比安东海校大部队提前到达青岛的先遣部队成员，他们对我们舰艇学校的今生往事非常了解。"

简单地相互自我介绍后就开始进入正题，两位原海军互相补充详细介绍起安东海军学校的始末，让他们4位大学生新兵终于搞清楚安东海军学校与自己所在学校的关系。

1949年4月8日，中共中央、中央军委致电东北局，委托他们成立海军学校，"重庆"舰舰长邓兆祥、辽西军区副司令员朱军应邀参加东北军区司令部讨论建立海军学校的会议。会议决定辽北、辽西两省军区合并，以辽西省军区领导机关为基础，并从辽东军区和辽宁省军区抽调部分干部组成海校机关，由朱军副司令员负责学校筹备工作。

5月16日，"中国人民解放军海军学校"在安东成立并开学，它是共产党领导的第一所海军学校，因为校址设在辽东省[1]安东市安东县（注：今辽宁省丹东市东沟县）六道沟伪满时期的县公署大楼，所以大家都习惯称它为"安东海军学校"，甚至更直接地称它为"安东海校"，为军级建制。原"重庆"舰舰长邓兆祥被任命为安东海校校长；原辽西军区副司令员朱军被任命为安东海校政治委员。不久又分批任命原辽宁省军区司令员张学思为海校副校长；原辽东军区政治部副主任李东野为海校政治部主任；原东北野战军师参谋长田松为海校参谋长（教育长）。从校领导班子的名单上可以看到，邓兆祥校长是唯一一位海军科班出身的

---

1．"辽东省"在1949年4月之前称之为"安东省"，到5月就成立了"辽东省"，1954年"辽东"、"辽西"两省及沈阳等五个中央直辖市合并成立"辽宁省"。当年的"安东市"现在已易名为"丹东市"，"安东县"也已易名为"东沟县"。

学校领导，田松参谋长可以算半个，他的故事那天没有展开讲。

安东海校的组织机构比较简单，设政治部、教务处、供给处和校务处，还有两个学员大队，学员大队由校首长直接领导指挥。陆军干部主要担任机关、大队军政工作和中队政治工作；原海军参加中队以下的行政领导工作，少数人也参加机关的军政工作，如周方先，他在安东海校担任教务处副处长。

安东海校学员在安东市六道沟县大街（今辽宁丹东市六道沟街道）列队出操

安东海校第一批入校学员以起义的"重庆"号舰和"灵甫"号舰上的官兵为主。1949年"五一"过后，"重庆"舰起义官兵555人在沈阳参加"五一"

庆祝中华人民共和国开国盛典，轮机班部分学员在安东海校合影，摄于1049.10.1

劳动节活动后抵达安东，组成两个学员大队。其中第一学员大队由舰面官兵组成5个中队，大队长谷彬，政委杨劝农，副政委古尚愚；第二学员大队由轮机官兵组成，编为第六、七两个中队；在香港起义的国民党海军"灵甫"号驱逐舰官兵73人通过天津转道安东，编入安东海校第八中队，大队长杨起清，政委曲波[1]，副政委汪秋瑞。

---

1. 曲波，作家，中国作家协会常务理事，编辑出版《林海雪原》《桥隆飙》《山呼海啸》等多部文学作品。1938年参加八路军，在抗日战争时期，于山东地区作战，任连、营指挥员。1945年随部队开赴东北参加解放战争，担任大队和团的指挥员，两次负重伤。1949年转海军，担任安东海校第二学员大队政委，1950年转业到工业建设战线，先后在工厂、设计院及工业管理部门担任领导工作。

没过多久，中央军委发出指示：凡是部队中曾当过海军的人员，一律到安东海校报到。这样，以后又有两批早年起义参加人民解放军的原"马尾海军"和"刘公岛海军"人员陆续调离部队来到安东海校。还有原国民党海军学校、商船学校、水产学校的少数学生，以及17名来自陆军的知识青年一同入校学习。他们在安东海校经过系统的思想教育后，从思想上、政治上划清了人民军队与国民党军队的界限，坚定了为人民海军建设服务的信念。因此在海军学校开展的建团活动中，第一批就有220余名青年学员被校党委批准加入了新民主主义青年团。

安东海军学校存在的时间很短，至1950年1月便结束其特定时期承载的使命。1949年11月22日，安东海校接到中央军委"解散"通知，全校官兵（师生）将分成三支队伍陆续前往新的岗位继续学习与工作。自此，安东海军学校圆满地完成其过渡时期的特定使命，它为新中国筹建正规的海军学校打下了基础。因此，把安东海军学校称之为新中国海军学校的孕育机，它是当之无愧的。

第一支队伍由安东海校校直机关大部、原"重庆"舰军官大部及80多名学员，还有战士和勤杂人员近500人组成。1950年1月他们在张学思副校长、李东野政治部主任带领下奔赴大连老虎滩，分配到成立于1949年11月22日，并继续沿用"中国人民解放军海军学校"校名，后又模仿"安东海校"的简称被简称为"大连海校"的中华人民共和国成立后第一所海军学校继续工作与学习。

第二支队伍在1950年春节后南下华东军区海军，由安东海校少量干部和约300名学员组成，由校后勤处副处长王继挺、校保卫科副科长陈秀府率队乘火车到南京。他们到华东军区海军司令部报到后，学员主力大部分分配到华东海军学校工作，少部分派往华东海军五舰队和六舰队机关，也有直接上舰或参加改装接受的船只等工作。

第三支队伍以邓兆祥校长、朱军政委、田松参谋长及原"重庆"舰海军军官吴方瑞、周方先、陈宗孟、刘渊等为核心,从"黄河部队"中选调为准备打捞"重庆"舰的技术官兵,以及从陆军部队调来参加学校整编工作的新海军等共398人组成,仍以海军学校名义留守安东。后来一直到8月底,除20余人派驻葫芦岛筹备打捞"重庆"舰外,在邓兆祥校长、朱军政委带领下近380人全部抵达青岛,开始在莱阳路8号原国民党"海军军官学校"旧址上创建"中国人民解放军海军舰艇学校[1]"。

## 3. 关于"黄河部队"与"海军干部训练队"

周方先、吴方瑞接着还对"黄河部队"及"海军干部训练队"做了梳理。

安东海军学校的成立与国民党海军"重庆"舰起义分不开。1949年2月25日,"重庆"号舰在上海起义。起义后,"重庆"舰先驶入烟台港,后为躲避国民党空军的轰炸再驶往葫芦岛,但敌机还是穷追不舍,从而造成人员重大死伤。所以在3月20日那天,为避免更大的人员牺牲与舰艇受损,"重庆"舰官兵在负责接舰时任辽西军区副司令员朱军带领下主动打开底舱放水将其自沉。毛主席和朱总司令十分欣赏和重视"重庆"舰爱国官兵的壮举,于3月24日在嘉勉电文中勉励他们,称赞他们:"你们就将是参加中国人民海军建设的先锋。"

"重庆"舰自沉葫芦岛后,对起义官兵的安排成为了中央领导考虑的问题。1949年5月,中央军委决定以"黄河部队"为基础,组建安东海校,行使军级职权。学校的主要任务,是对起义官兵进行政治思想教育,解放军建军原则与光荣传统教育,待有了舰以后,再将他们分配到

---

1. 本书将遵循不同时期对鱼雷快艇学校的不同命名来表述。1951年3月2日以前称之为"海军舰艇学校";1951年3月2日至1952年9月6日,称之为"海军快艇学校";1952年9月6日之后称之为"第三海军学校",简称"第三海校"。

1949年3月20日，重庆号巡洋舰被迫自沉于葫芦岛港

各舰艇上服役。关于命名的"黄河部队"，则起因于1949年4月人民海军成立后，对沉在葫芦岛海底的"重庆"舰打捞修复工作提上了议事日程，因当时海军曾有将"重庆"舰命名为"黄河"舰的设想，因此就有了以"重庆"舰舰员为主要力量组成的"黄河部队"。

安东海校组建后，随着第一支队伍开往大连海校，第二支队伍开往华东海军，剩下的第三支队伍中原"重庆"舰技术官兵近200人就在安东海校成立了"海军干部训练队"，大家习惯称它为"干训队"，新成立的干训队只保留舱面和轮机两个中队。在成立大会上，朱军政委再次指出："干训队的主要任务是继续政治学习，补上干部素质教育的一课，以为日后打捞'重庆'舰作好准备，为建设人民海军共同努力。"当时因我国尚无打捞大型沉船的经验，在周总理的关心下决定商请苏联协助打捞，因此打捞工作有所推迟。令人没有想到的是，美国侵略朝鲜的战火很快蔓延到了鸭绿江边，这时安东海校就接到了中央军委下达的开赴青岛组建"海军舰艇学校"的任务，于是组建"海军舰艇学校"就成为了安东海校干训队的首要任务。

一下午与张副教育长、陈处长及两位原海军军官的座谈交流，让4位大学生新兵直呼"过瘾"。眼看座谈会就快结束，他们又提出一个个问题。

骆传骊半开玩笑半提问："请问首长，我们搬进'干训楼'住，那我们也是'干训队'一员了？"周方先马上纠正他："你们是从大学里选调来补充教员队伍的，是分配到学校教研室的新教员。"

陈遂说："我能不能这样理解？安东海校就是舰艇学校的母胎，学校教学的基本力量就是来自于安东海校后来成立的干训队？"

陈处长回答说："陈遂理解得很透，可以这么理解。"

骆传骊又说起了笑话，他打比喻说："我懂了，'黄河部队'主要由原'重庆'舰官兵组成，'黄河部队'的大多数官兵都奔赴大连海校和华东海军去了，留在安东海校准备赴葫芦岛打捞'重庆'舰的一部分技术官兵后来成立了干训队，结果他们都来到了莱阳路8号，成为创建舰艇学校的中坚力量。所以说安东海校就好比是一部孕育机，我们舰艇学校就是从安东海校母胎里出来的。"大家都夸他比喻恰当。

4位大学生新兵都说今天的收获很大，等于上了一堂生动的海军"今日史"。但黄君伟又接着提问舰艇学校的组织架构，黄清谈也急着问他们的工作岗位。陈处长说："今天时间不早了，就谈到这里。明天上午9：00我们继续座谈。"听到陈处长下"逐客令"，大家都站了起来。张朝忠副教育长马上又补充了一句："在你们还没有安排具体工作之前，还是由陈遂担任组长，凡是组织的活动都由陈遂主持，离开学校单独行动也必须向陈遂请假。"新兵教员齐声回答："是！"

# 四、回望创建鱼雷舰艇学校的艰辛

## 1. 邓兆祥校长身先士卒空手建校

接着昨天的座谈交流，第二天上午9：00他们4个大学生新兵又都准时到达了教育处会议室。到会议室后才得知今天的培训座谈因张朝忠副教育长另有会就不参加了，由陈康处长主持。除周方先、吴方瑞两位原海军外还来了一位供管科的徐力股长，经过介绍他们得知徐力也是一位早年赴英国接受海军训练，后被派往英国皇家海军军需秘书学校学习的留洋海军，他参加接收"重庆"舰并随"重庆"舰回国，在"重庆"舰上担任军需官。

今天座谈的主要内容就是由三位原海军来介绍他们3人作为13人先遣部队成员，跟随邓兆祥校长先期到校后如何空手创建舰艇学校。

莱阳路8号解放前曾是国民党"海军军官学校"

周方先科长首先发言，说起8月14日他们先遣部队一行13人跟随邓兆祥校长推开校门那一刹见到的场景，他说了一句当时的感受："真难以想象这原来是一所国民党海军军官学校。"

原来，这座建造于20世纪初的院落，起初是德国人建造的"德国船坞工艺厂学徒学校"，建有三层楼的校务部、学员大楼、学校教工宿舍等建筑。1929年6月1日国民党政府将"第三海军舰队司令部青岛办事处"设在里面；1933年又在这里开办"海军军官学校"；1938年日本占据青岛后，将这里作为海军军事基地完全封闭起来；1945年日本投降后，国民党海军总司令陈绍宽与美国第七舰队司令商定在青岛设立"中央海军训练团"，该团于1945年12月18日在莱阳路8号成立，但到了1947年7月，设在上海的"海军军官学校"并入进来，"团"与"校"合并后合称为"海军军官学校"，莱阳路8号也因此成为国民党海军唯一一所正规学校的所在地，直到1949年6月2日青岛解放才回到人民的手中。因此可以说，莱阳路8号是一座真正历经百年沧桑见证中国海军发展的校园，从建成的那天起就没有切割过与海军的渊缘。

邓兆祥校长带领的先遣部队于8月14日抵达青岛莱阳路8号，推开校门呈现在他们眼前的是一片杂草丛生、垃圾成堆的景象，还有缺门少窗的房屋，到处都是国民党军队撤退时留下的一片狼藉。面对国民党唯一的"海军军官学校"所留下的百废待兴、不足以容纳近2000人[1]的建筑物，让邓校长见状后心急如焚。因为按计划8月24日全体安东海校干训队官兵就要抵达青岛；接下来的9月份由"陆军"转"海军"的海军业务学校教职员要来报到；9月27日前舰艇学员大队"陆军"学员也要报到，培养和组建新中国第一支鱼雷快艇部队的学校——"中国人民解放军海军舰艇学校"就要向世人宣告成立。于是他立刻给先遣部队13人下压任

---

1.舰艇学校2000人是预估数字。有资料显示安东海校干部训练队398人，包括第一期舰艇学校学员大队在内的各类型班学员1674人，以及外聘勤务人员、军官家属等。

1950年，邓兆祥(左二)与快艇学校干部合影

务，要求他们各个岗位的官兵都要各尽其职，开动脑筋想办法，解决他们所负责部门将要面临的问题与困难。

在先遣部队跨进校门的前半个月里，邓校长不仅宏观上指挥，不分昼夜地规划新中国第一所舰艇学校蓝图，在这儿建教学楼、实验室，在那儿设训练场……。他还处处身先士卒，脏活累活抢在先，官兵劳动的地方都有他的身影，吃饭端大碗，睡觉打地铺，推小车也有他的份。

学校第一期舰艇学员大队的学员都来自陆军各野战部队，共产党员占绝大多数，来报到时几乎每个人的胸前都闪耀着成排的功勋奖章和战斗纪念章。指挥员班学员基本是原来营以上干部；艇长班学员都是连、排干部；所有轮机、鱼雷、火炮各专业班学员也都是战斗英雄。就是这么一支高素质队伍，在"陆军"转型"海军"的过程中也并非一蹴而就。

舰艇学员大队按兵种不同分为不同的学员中队。如第五中队学员都是学轮机的；中队再下设区队，1个区队相当于学校的1个班级，第五中队就有8个区队。中队长、区队长有点类似现在大学里系及班的辅导员，都是由组织任命也是由"陆军"转来的新海军担任。有一个星期日，五中队二区队学员在区队长甘南带领下，正在他们上课当教室用的铁皮房四周打扫卫生，按照他们认为的清洁标准埋头干活，当区队长甘南挨个点位检查完毕要收场的时候，猛一抬头看见一位着装整齐、举止端庄的首长站在他跟前，严肃地指出打扫得不彻底的好几处地方，要求重新打扫，还对陪同他检查的校值日说："你要替我再次来检查。"

甘南听到针对他们区队而给校值日下"重做""重查"的指令，知道今天碰到校首长来检查了，但他并没有想明白这种校园环境大扫除还需要校首长亲自检查？正当他迷惑时听到来检查的校首长问他："星期天不让你们出校而是打扫卫生有什么意见？"甘南马上立正敬礼回答："教员给我们讲过，海军生活讲究清洁卫生，在课余时间整理内务、搞环境卫生大家都没有意见。"首长点点头便离开了。后来甘南得知这位来检查他们打扫卫生的是赫赫大名的邓兆祥校长，不由得激动起来，"邓校长百忙中抓卫生工作，我们可不能以善小而不为呀！"

海军内务非常讲究整洁、清洁、卫生，这些海军部队要求的个人养成让"陆军"学员一下子难以适应，于是邓校长在刚建校那阵子，常常言传身教作表率，他认为培育海军、建设海校，要在初建时期就抓好军人的行为举止、学校的军纪军规，他从突击检查师生的内务整理开始做起，也常常会出现在早晨或节假日搞卫生的人群里，或学员的食堂里。因为刚建校开学，大部分学员都不认识邓校长，所以他暗查的结果非常真实，没有"弄虚作假"的水分，若被他发现问题他就会及时指出，甚至立即召开现场会要求马

陆军战士高兴地换上海军服

上纠正。一次他在检查厕所时，发现尿池角有小块馒头，他立即把中队干部、校值班员叫到现场开现场会，并要求中队干部、区队干部亲手把它清除掉，这就是邓校长的作风。在以邓兆祥校长为首的学校首长带领下，经过一个多月上下一心的艰苦奋斗，满目疮痍的莱阳路8号变成了一所朝气蓬勃、崭新的海军学校。

## 2. 与苏联专家顾问一起建立教学体系赶编讲义

接着周方先科长所谈的关于邓兆祥校长带领师生建校创业的小故事，吴方瑞主任说起与苏联顾问一起建立学校教学体系及教材过程中磕磕碰碰的几件事，同样让4位大学生新兵深受感动。

1950年8月24日，安东海校干训队200人加勤杂人员等其他人员约380人，一路风尘来到即将要宣告成立的"海军舰艇学校"。紧接着前来帮助办校的苏金斯基、斯捷潘杨克、伊申科等第一批担任教学顾问的专家也抵达学校，在他们的指导帮助下学校很快投入到教学体系建设、教材编辑及上课备课的准备工作上，包括邓校长在内的所有干训队原海军教员，硬是在一无所有的条件下自己去寻找教材、编写教材、备课，然后相互提携帮助试讲试教。

学校的组织架构与安东海校的架构差不多，尤其是学校正职首长的任命更凸显其是安东海校的延续。邓兆祥任校长，朱军任政委，田松任教育长（安东海校任参谋长）。但干训队大部分人的身份则由"学员"变成了"教员"，如原"重庆"舰少校航海官、曾是中尉航海官的陈宗孟身兼学校鱼水雷和航海两个教研室主任；原"重庆"舰枪炮大副刘渊担任枪炮教研室主任；还有在"重庆"舰上担任信号士的成为信号课教员；担任电器士的成为电器装备课教员；担任枪炮修械部门长的成为枪炮教员。轮机教研室教员情况也是同样，吴方瑞本人曾经在"重庆"舰上担任"轮机正",现在担任轮机教研室主任;轮机上尉梁国担任轮机教学组组长,教研室其他教员也都是"重庆"舰上各级轮机官兵。

莱阳路8号原国民党"海军军官学校"其实是海军的一个训练单位,除学员大楼有吊铺钩子设置体现海军特色外,其他与海军学校匹配的实验室、教室、礼堂、食堂等基本设施都没有。但等到10月份第一期班开学时,教室、实验室,还有礼堂加食堂的大活动房都呈现在全校师生眼前,只是这些房子都不是用水泥砖块砌成的建筑物,而是从机场等处搬来的被美军放弃的铁皮房。这些铁皮房是怎么进到学校来的?大功臣就是徐力股长,后面徐力股长会讲他"急"中生"智""无"中生"有"的故事。眼下已经进入冬季,透风的铁皮房没有暖气,让里面无论是讲课的还是听课的都冻得发抖,但既使在这样简陋艰苦的条件下上课,教员和学员都没有怨言。

在4位大学生新兵来学校报到前不久,学校又迎来一批苏联顾问,他们当中有专业课教员,也有海军学校建设的顾问。以后第一期学员的课基本上由苏联顾问上讲台,喝过英国"洋"墨水的原海军教员则坐在后面当学生,再喝一遍"苏俄"墨水。苏联专家来校时带来不少俄文版的苏联海军教材,教育处连夜加紧翻译,为学员提供学习教材。但由于鱼雷艇对大多数教员、翻译员来说都是新鲜事,教材上有许多名词不容易翻译,出现了翻译不精准的情况,这时原海军教员常常会用英语去征求苏联顾问的意见,争论也是难免。但原海军教员在正式上讲台前的试讲课都会主动邀请苏联顾问,请他们与校首长及同行教员一起听课、评课,这也体现出中国军人的虚心好学品格。

### 3. 用身躯泡在海水中守护仅有的4艘鱼雷艇

吴方瑞教员还讲述了另外一桩感人的艰苦办校的故事。

那是在9月9日海军青岛基地正式落成前夕，从旅顺苏联海军基地调用并接收，准备用作学校教学实习艇的4艘铝壳老旧Б-123型鱼雷艇，在青岛基地"64号"护航舰的运送下，从旅顺苏联海军基地运抵莱阳路8号码头。这4艘鱼雷艇几乎与安东海校干训队同时到达学校。

　　原来早在8月初，海军为筹建海军舰艇学校而未雨绸缪，将"63"号与"64"号两艘护航舰入列青岛海军，服务于舰艇学校的运输往来。时任"64"号护航舰舰长的就是张朝忠副教育长，现在学校的鱼雷快艇中队"111"号艇艇长王苏南那时在"64"号护航舰上任实习航海员，是他与其他舰员一起在张朝忠舰长带领下，驾驶护航舰把4艘铝壳老旧Б-123型鱼雷艇从旅顺基地运到青岛，并成功地将鱼雷快艇驶入莱阳路8号里的学校码头，成为新中国首个驾驶自己鱼雷艇的人民海军。

　　当时小青岛海湾内只有固定水泥码头，没有浮动码头，每当涨潮时，海水就漫过水泥码头，使得快艇底部高出水泥码头，这时使用碰垫已不起作用，有风浪时快艇更加摇晃，很容易碰坏艇底和螺旋桨。每当涨潮时，学校快艇队的艇员们就得日夜守护快艇，与风浪搏斗。特别是在高潮位时，人要站在海水中，用大木方或自己的肩膀顶推艇身，以保

停靠在海军舰艇学校码头的鱼雷艇

艇身的安全。随着天气变冷尤其是在夜间，他们站在冰冷刺骨的海水中，顶着寒风直到潮落为止。有的艇员两腿都泡烂了仍然坚持，这样的凉水冻泡一直到前不久浮动码头建成才停止。

体现艰苦办学的还有，因那时青岛刚解放，特务活动频繁，所以自从第一批4艘鱼雷艇到校后，教员们除白天教学外，夜晚还要到小青岛灯塔旁的海滨为停泊在那里的鱼雷艇轮流护舰值班，荷枪实弹地看护海军仅有的几艘鱼雷艇，确保它们万无一失。大家只有一个心愿，那就是早日建成新中国海军鱼雷快艇部队。

### 4. 急中生智的故事

接着周方先和吴方瑞的交流，徐力股长也介绍起自己是如何"急"中生"智"解决舰艇大队学员上课必需的教室和用餐必需的餐厅食堂。然后又讲起了萧劲光司令员是如何爱惜舰艇学员，为他们提高伙食标准的故事。

徐力负责供管科的采购供应，他说，尽管供管科同志开足马力保供应，但面对体能消耗特大的舰艇学员队学员，如何保障他们的基本供给还是让供管科同志伤透脑筋。当时先遣部队13人抵达莱阳路8号后，他们统计下来国民党海军学校留下的房子，即使全部修缮完毕也满足不了办公、住宿、教室、食堂等基本用房，需求差距太大，而缺口的建筑物都不是一时半会可以建造起来的。怎么办？开始几天徐力寝食难安，忽然有一天他来了灵感，"急"中生"智"，想到在英国海军部队里常见到的用铁皮（钢板）做的临时性活动房。于是他就去青岛几个曾经被用作美军及国民党空军机场的地方看看有没有他们留下的铁皮活动房。他先到团岛水上机场，找到10多座废弃的活动房，受到启发后他又去了流亭机场、沧口机场，同样在那里又各找到10多座美军建造的已被废弃的

徐立筹建青岛海军
舰艇学校时留影

活动房，他高兴极了！回头拿着学校介绍信去与机场方面商量讨要活动房，最后，几个机场都被他说动，同意把闲置不用的活动房"送给"舰艇学校。在安装公司的帮助下，由美国建造的30多座铁皮活动房赶在开学前从机场拆运到了学校并完成安装。这30多座绿色铁皮房大部分都用于实验室、教室和餐厅，成为舰艇学校里一道独特的风景线。

面对将要成立的海军舰艇学校机构庞大、住所分散、人员复杂、供应标准又多种多样的情况，开学后近2000人的"吃"又成为后勤处十分棘手的问题。8月24日安东海校干训队全体官兵抵达青岛向舰艇学校报到；9月开始海军业务学校等脱下黄军装换上蓝（白）军装的新海军官兵也陆续前来学校报到；至9月底舰艇学员大队的第一期学员全部入校报到。学校后勤部门在第一期学员进校前就已经未雨绸缪，规划好后勤保障系统，向社会招聘炊事人员，建起十几个伙食单位，并先后办起了乳牛场、理发室、洗衣房、豆腐房、浴池、修鞋点等生活保障点，还自己挖建菜窖贮藏蔬菜。

学校刚成立时规定舰艇学员大队的伙食参照干训队的伙食标准，每人每天旧币825元（相当于人民币0.0825元），而小米每斤就需要790元，所以除了吃饭几乎没有多余的菜金。眼看就要开学，舰艇学员的体能消耗很大，徐力他们这些原海军都有切身体会，825元（旧币）的菜金保证不了舰艇学员必需的营养。徐力股长向学校首长汇报了这一情况，希望再看到一次"急"中生"智"的成果。物管科同志也分头跑到胶东各县去直接购买生猪，通过免去中间商环节来降低成本保障供应，但即使这样伙食费缺口还是很大。

正当大家开动脑力想办法的时候，9月初萧劲光司令员到青岛视察造船厂借道来到莱阳路8号，看望苏联专家并视察舰艇学校筹建情况。之后他把学校领导召集在一起对学校建设提出要求，学校首长也借此机会向萧司令员反映舰艇学员伙食偏低的问题。没想到萧司令员竟马上提笔签名批准，将舰艇学员大队的伙食改为中灶待遇，而学校其他学员大队还都是大灶标准，可见海军对建立起一支能扛炸药包出海的鱼雷快艇部队期望有多高。

在短时间得到解决的还有全校官兵的着装。从开学典礼那天教育处门前露天广场上穿陆军黄军装多于穿海军白军装，到眼前机关人员统一穿蓝布棉海军服，学员穿统一蓝呢子海军服，短短时间内"陆军"向"海军"转型初见成效。

这一个上午听三位原海军讲述安东海校上至邓校长、下至勤杂人员进驻莱阳路8号后，在当时一无所有的条件下的穷则思变，从生活到教学无不克服重重困难，短时间里"无"中生"有"，解决全校师生的吃饭、住房、教室、运动场、仓库、交通工具、被服、器材、家具等各项生活需要，可见当时建设新中国海军的不易。

# 五、舰艇学校从哪里来往哪里去

## 1. 听朱军政委谈海军舰艇学校从哪里来往哪里去

第三天的岗前培训时间到了，这天是1950年12月3日，是星期日，原定这天的讨论只有张朝忠副教育长带领，结果朱军政委也来到了会议室，他利用休息天的时间不仅来关心看望几位新入伍的大学生，而且还坐下来与他们一起交流，提出希望，鼓励他们好好干。

朱军政委是1927年参加中国共产党的老革命，先后在上海、天津从事地下工作。他毕业于抗大5期，解放战争时期到东北带领野战部队出生入死。1949年3月的一天，担任辽西军区副司令员的朱军接到命令，要求他连夜赶到葫芦岛港，迎接起义的国民党海军"重庆"号巡洋舰。后来面对国民党飞机对"重庆"舰的狂轰滥炸，朱军政委不得不带领留舰的"重庆"舰官兵开启了舰上的海底门，放水让其自沉，以保全舰体安全，那一天是1949年3月20日。

谈到为什么要成立海军舰艇学校？朱军政委先从海军舰艇学校成立的背景说起，对学校一步步走来的历程了如指掌，让他们4个喜欢提问、喜欢插话的大学生全都全神贯注听他讲下去。

1950年4月海军领导机关在北京成立的时候，我国东南沿海不少地区和海域仍然处于封锁与反封锁、袭扰与反袭扰的战争状态，所以在酝酿成立海军司令部的同时，萧劲光司令员就提出了"全面展开，重点建设"的原则，这是因为海军是一个装备复杂的多兵种军种，陆、海、空三军部队的所有兵种几乎全包，如此之多的兵种部队建设从哪里着手？

是诸兵种依先后次序陆续组建，还是同时全面展开？显然，依次组建，时间将拖得很长，难以适应当前海上斗争的迫切需要；而诸兵种全面展开同时进行，则舰艇装备、专业人才及资金等许多必要条件又都不具备。为此，萧司令员征求来华支援海军建设的苏联顾问意见，并与已到任的海军机关业务部门领导进行多次分析研究，最后决定，兵种部队的组建按照"全面展开，重点建设"原则进行。

"全面展开，重点建设"，那哪一个兵种是"重点"呢？原来在制定这一原则之前苏联已原则答应向我国提供部分鱼雷快艇和海岸炮装备，海军司令部随即作出了"在抓好创建各兵种学校的同时，第一步率先组建小型水面舰艇部队和高射炮、海岸炮部队"的决定。鱼雷快艇部队是一支"小型水面舰艇"的部队，它富有攻防能力，适合近海作战，因此率先建设鱼雷快艇部队是完成当前及以后一个时期海上作战任务的最好选择。

在建校之初除了学校从苏联旅顺基地调来的4艘鱼雷艇外，我国海军只有1艘德国制造的鱼雷艇，它是随原国民党海军海防第二舰队司令林遵少将起义的25艘舰艇中的1艘。林遵将军是清代民族英雄林则徐的侄孙，在1949年4月23日那一天率舰9艘、艇16艘、官兵1271名在南京东北笆斗山江面宣布起义。那一天也恰是中国人民解放军海军的成立日，解放军百万雄师过长江占领南京的纪念日。

这艘鱼雷艇在国民党海军序列里是"快101艇"，成为人民海军第一艘鱼雷快艇后，被重新命名为"海鲸"号鱼雷艇，它也是人民海军唯一的1艘以海洋动物命名的舰艇。可只有1艘不带雷的鱼雷艇何以成部队？鱼雷快艇部队从何而来？怎么组建？在1950年8月的海军建军会议上，萧劲光司令员说："没有装备，可以先培养人才，首先把学校办起来。一边培养人才一边等装备。"其实这一"海军建军先建校"思想早在成立海军司令部时萧司令员就开始酝酿，所以说"海军舰艇学校"是伴随成立鱼雷快艇部队的谋划被一起谋划，伴随鱼雷快艇部队的组建而应运诞生的。它的使命显而易见，那就是为刚成立的快艇部队输送合格的能驾驶鱼雷艇到"海上扛炸药包"的军人。

听朱政委说到这里，4位大学生教员忍不住一句接一句地插话：

"这么说，鱼雷快艇部队就是新中国海军的排头兵。"

"海军舰艇学校就是播撒鱼雷艇官兵的播种机。"

"以后跨出舰艇学校校门的都是一颗颗快艇部队的种子。"

最后，话题又回到了那艘"海鲸"号鱼雷艇上。朱政委告诉他们："因为是一艘德国制造的鱼雷艇，中德两国没有外交关系，属于敌对国，不能向德国购买鱼雷，所以那艘艇现在就成为了一艘不带鱼雷的鱼雷艇，不能作为海上利剑对敌开战，只得改作巡逻艇使用。"听到鱼雷艇不能上战场，他们几个新兵教员都感到惋惜，忍不住又议论开来："改作巡逻艇可惜了，可以把它拿到学校里来当教学用鱼雷艇啊！"

不知是他们的提议直接被朱政委听见并向上级作了汇报，还是恰巧与海军领导机关想到了一块，据说没过几个月这艘鱼雷艇真的被华东海军送到青岛莱阳路8号，成为舰艇学校的教学艇。


## 2. 以组建快艇部队为出发点的舰艇学校

朱军政委与4位新兵教员热烈讨论后就先离去。接下去张朝忠副教育长向4位新兵教员进一步介绍学校的在编机构、人员组成等情况。

海军舰艇学校正式成立是9月27日。那天海军副司令员王宏坤亲临莱阳路8号，宣布"中国人民解放军海军舰艇学校"正式成立，同时宣布的还有对校级首长的正式任命：邓兆祥任校长、马忠全任副校长；朱军任政委、石峰任副政委；田松任教育长、张朝忠任副教育长。在王副司令的讲话中还明确了学校除培训学员外，还将担负起筹建快艇部队和基地的任务，并要求在6个月至1年内培养出快艇艇员，迅速组成一支可靠的作战部队，并能迅速执行作战任务这一系列学校所要承担的使命。

关于学校机构设置，张副教育长告诉他们，学校机关设政

邓兆祥校长（左）与朱军政委（右）

治部、教务处、校务部和后勤处。何明智任政治部主任、杨劝农任副主任；陈康任教务处处长；陈汉文任校务部部长；尚万宁任后勤处处长。同时，学校已经决定并即将宣布在原"教务处"基础上扩大成立"训练部"，陈康任训练部部长、李静任政委。

每个"部""处"下都有许多部门，举训练部为例，除教务处、列队处、实验科等处室外，还设有航海、火炮、轮机、通讯、鱼水雷、船艺等专业教研室，除先后到校的苏联专家担任专业教员外，大部分专业教员都由"重庆"舰的业务长和技术骨干来担任。

至10月9日，经过紧张的筹备，"中国人民解放军海军舰艇学校"正式开学（注：成立时间是9月27日）。学校在建立初期就按大队、中队、区队的海军部队建制，首期学员共1674名，其中舰艇学员大队直接归学校领导，其他学员大队归机关各部门领导。根据海军赋予的任务，学校兼有部队学校和普通学校的双重性质。

就部队学校而言，学校舰艇学员大队共有学员954名，下辖6个学员中队，每个中队再下辖5至8个区队。1中队是艇长班（含艇长及以上指挥员）；2中队是水手长班；3中队是鱼雷兵班；4中队是电讯兵班；5中

队是轮机班；6中队是枪炮兵班。每一个中队的目标很清晰，就是培养艇长、水手长、鱼雷兵、电讯兵和枪炮兵，以及中队以上快艇部队干部。

就普通学校而言，来自业务学校原军政干校的教员主要担任政治部文化教育科教员，承担部队官兵文化补习的任务。他们的教育对象，一是护航大队，为身体条件不适合上快艇的学员380余人补习文化、学习海军知识，为他们以后派往"重庆"舰工作作准备；二是供应训练大队，培训鱼雷快艇基地后勤供应人员；三是为机要训练大队培训译电人员。可以看出，学校的学员大队除舰艇学员大队外，还有护航大队、供应训练大队、机要训练大队等学员大队。这些大队的生活营区都不在莱阳路8号，有的安排在汇泉海边营区；有的安排在太平角湛山路营区；还有的安排在登州路77号岳鹤兵营。

学校还设1个快艇中队，这个中队比较特殊，它在建制上归青岛基地，在领导指挥上归快艇学校。快艇中队配4艘 Б－123苏制铝壳鱼雷艇，目前只有8人组成，队长、政指（政治指导员）及为4艘鱼雷快艇配置的6名教练艇长，他们要配合教研室教学任务，为各快艇中队的学员负责训练。

舰艇学员在理论学习阶段，兵种不同，各个中队所学的专业就不同，都是以区队为班级分别上课，有通用课也有专业课。通用课包括鱼雷艇艇体、兵器、内燃机等结构、原理、性能及使用守则等；专业课就各不相同，如艇长班的专业课有鱼雷武器、鱼雷战术、航海、舰艇操纵等。鱼雷兵班的专业课有鱼雷武器、鱼雷发射管、射击鱼雷指挥仪等。

学员的编队是以苏联兵种第一个字母命名，如K班代表艇长及指挥员班，T班代表鱼雷兵班、M班代表轮机班等。编班（区队）也具有明显的区别，如K11代表艇长班1中队1区队，T32代表鱼雷兵班3中队2区队，学员的食宿、操练及其他活动也都是以区队为单位进行。除专业学习外，学校结合教学，让学员逐步建立和执行苏联海军鱼雷艇部队的各种规章制度，建立和熟悉各种战斗部署。

课堂理论学习结束后，学习成绩合格即可领到《毕业证书》，准予毕业。理论学习阶段的专业兵种中队随即宣告解散，再由学校负责编配艇及艇队建制，以艇及艇队为建制单位组织合练，2至4艘艇组成1个艇队，到部队后就是1个快艇中队，这样就能迅速把部队组建起来。接下来就开始战术训练，但限于当时各方面条件，第一期学员的战术训练还是按照原来的区队进行，学员在教练艇长的带领下，利用学校现有的4艘鱼雷艇进行岸上项目训练。一直到岸上训练项目完成，才按照编配的艇队建制奔赴已经在筹建的快艇基地，继续完成出海实习阶段的训练。可以说，第一批从陆军转身走来的新海军能不能成为真正的海军，不是看他能不能手捧《毕业证书》走出莱阳路8号，而是看他走出莱阳路8号以后能不能驾驶鱼雷艇走向大海。

听完张副教育长对学校组织架构、办学目标等的详细介绍，骆传骊又开始发散思维。他说："前面我们说舰艇学校是海军鱼雷快艇部队的播种机，那学校的快艇中队8个人就是坐在播种机上播撒种子的人，鱼雷艇上不管是艇长还是艇员都是他们撒出去的种子。"

陈遂说："快艇中队的8个人，他们不仅播撒种子，还要培育成苗。新中国海军史应该刻上他们的名字。"

黄君伟问骆传骊："那我们是什么呢？我们的任务也是要培育种子呀！"

黄清谈替他回答："对！但我们不是播撒种子的人，我们是水，是肥料，是为播种机撒出去的种子增添养料的人。"

最后还是张朝忠下结论："我们是新中国第一支鱼雷快艇部队，把我们比喻成快艇部队的'种子''播撒种子的人''培育种子的人'都很恰当。"上午的讨论就这么在"种子"的结论中结束。

## 3. 机会在向他们招手

下午，张朝忠副教育长先让教务处李干事带着新兵教员到各教室、教研室和实验室看一遍。虽然张朝忠上午与他们座谈时已经告诉了他们学校的专业配置，但看完学校的教学设施后还是让他们体会了一把什么叫"不看不知道，看了吓一跳"。一所舰艇学校竟然有那么强大的配置，而且是在短时间内完成的配置，这些教研室都不是他们想象中的"桌子"加"椅子"。他们还看到教研室里许多比自己大五六岁的教员，李干事对他们说："他们大多是来自'重庆'和'灵甫'两舰，绝大部分都是从英美等海军学校毕业驾驶'重庆'或'灵甫'号舰回国的。"此时骆传骊他们明白，不管被分配在哪个教研室，干训队两舰起义官兵就是带教他们的老师。

回到教务处会议室，张副教育长问他们看了一遍教学场地有什么感想？他们几个都纷纷发言：

黄君伟说："已经听说学员都要在简陋的铁皮活动房里上课，没想到铁皮教室竟然修整得这么整齐规范。"

黄清谈也说："没想到为了鱼雷快艇的学员培养，短短几个月内竟然建成这么齐全的专业教研室。"

张副教育长告诉他们说："学校现在还在建设中，苏联专家已经来校，他们就是来帮助我们建设舰艇学校的。苏联海军院校既重视理论教育，也重视学员的实战能力培养。为了提高学员的实战能力，学校里除了设施齐全的教研室，还配有完善的实验室、专修室、训练场地，学员在校期间大部分的专业教学都是在实验室和专修室进行，而不是在教室里进行，教室只是自习看书的地方。因此他们来我们学校的重要任务之一是要帮助我们建设各类实验室和专修室。"

陈遂问道："实验室与专修室有什么区别？"

张副教育长回答说："这个问题问得好！可把我问住了，等你们分配到具体的教研室后去问他们。按我的理解，可能专业不同所建的就不同吧，有的需要建实验室，有的需要建专修室。"

张副教育长又说："你们马上就要分配到各个教研室工作，这些实验室、专修室也马上就要开工建设，所以你们参军后的第一项任务就是跟着苏联专家建实验室。"

会议室里一下子沸腾起来，他们仿佛已经知道了自己的岗位会在哪里，不是在航海教研室就是在火炮教研室，或者在鱼水雷教研室……

接着张副教育长要求每个人结合这几天的学习、交流、参观，再结合他们各自大学的专业及自己所长，分头去书写各自希望分配到哪个专业教研室工作的岗位《自愿书》，并要求下午5：00之前交给李干事。最后他又补充说道："眼下第一期学员已经入学上课，各个班的理论课都在紧张进行中，你们学习能力强，要拿出赶跑的精神进各个教室去听课，尤其是艇长班，许多课都由苏联顾问亲自教授。"

骆传骊明知不该问还是问道："教育长，我们可能会分到哪些教研室啊？"

张副教育长回答他："学校各个教研室都缺人，机会在等待着你们。"

是啊！眼下的中国海军就是一张白纸，样样都缺，但最缺的还是"懂海"的军人。这也让几位新兵教员看到了自己的价值，他们来到海校是来补缺的，他们不仅要让自己成为"懂海"的军人，而且要让其他人也成为"懂海"、爱海的军人，这是他们的使命所在。

经过前两天与几位原海军教员的交流，他们几个新兵教员对舰艇学校的"前世今身"有了比较全面的了解；又经过朱政委、张副教育长一上午向他们介绍学校建设的目标、未来的使命，让他们看到了舰艇学校的"现世来生"。下午他们走进了学校的教室、教研室和实验室，得知那里每一个岗位都在向他们招手，他们可以在《自愿书》上写下自己心仪的岗位，结果骆传骊在《自愿书》上填写的是希望安排到鱼水雷教研室，他认为既然是进了鱼雷快艇部队（学校），那干鱼雷就应是首选，干好鱼雷就是硬核。其他3位也写上了他们理想的岗位：航海教研室、轮机教研室和火炮教研室，这些都是舰艇上的重要岗位，他们选择的理由也很充分。

# 六、遇见鱼雷启蒙老师从鱼水雷教研室起步

## 1. 他的启蒙老师是海军世家子弟陈宗孟

12月4日，是新兵教员入校第二周的星期一，从这一周开始他们就要开始完整的军人生活。早上起床先集合操练再吃早餐，早餐后开始学习和工作，那几天他们的主要工作就是上课学习，还有就是听报告或开会，周六是他们政治学习时间，周日则是个人休整时间。他们要成为合格的鱼雷舰艇学校教员，首先就要去当学生，扫除自己的"鱼雷盲"。眼下主要课程都由苏联顾问担当，是学习鱼雷（艇）知识的最好时机。

到了12月8日，那天上午骆传骊跑进教室去听了四堂课，另外3人也各取所需分别走进其他教室听课。突然李干事找到他们，通知下午15:00去教务处会议室开会。当他们准时走进会议室时，发现已经坐了几位不认识的海军前辈。会议由教务处长陈康主持，他首先介绍了出席会议的几位前辈，原来他们都是各个教研室的主任或教研组负责人。然后就宣布新兵教员的岗位分配名单。骆传骊如愿被分配到了鱼水雷教研室，其他几位也被分配到他们理想中的教研室。从那刻起，几位新兵教员都有了自己的工作岗位，教研室主任就是他们每个人的启蒙老师。

鱼水雷教研室主任叫陈宗孟，他身兼两职，既是航海教研室主任，又是鱼水雷教研室主任。陈宗孟主任手把手带教骆传骊的时间很短，只有整半年的时间，但直到他在1952年年底去朝鲜为海军快艇部队赴朝参战打头阵之前，他都一直关心骆传骊在海军部队里的成长，为他创造许多在实践中学习提高的机会，这些都是以后要讲的故事。

1989年骆传骊（中）与他的鱼雷启蒙老师陈宗孟夫妇合影。地点：唐山

陈宗孟是中国第一代军舰制造专家魏瀚的嫡亲外孙，中国历史上最为著名的海军家族之一——魏瀚家族的第三代海军。魏瀚本人是晚清福建马尾船政前学堂第一届学生，专攻造船，曾任清政府中国造船总监、会办船政，民国后任船政局长、海军中将。魏瀚家中9位兄弟（含堂兄弟）皆为海军高官。魏家第二代出了1位海军上将、1位海军中将、2位海军少将，有11位为海军著名院校科班出身的海军军官，加上魏瀚的3个女婿也分别为海军上将、中将、少将。陈宗孟就是魏瀚小女婿陈景芗少将的儿子，魏瀚的亲外孙。

1936年日寇铁蹄已经不断践踏我华夏大地，魏瀚女婿陈景芗毅然送儿子陈宗孟到位于福州马尾的海军学校学习。1943年陈宗孟毕业后分配到民国海军布雷队，出生入死，开展艰苦卓绝的敌后布雷战。1944年9月，经过层层考试选拔，陈宗孟被派往欧洲战场参战。二战结束后，进入英国皇家海军大学深造。毕业后他受命参加接收英政府转让的轻巡洋舰"重庆"号，陈宗孟任"重庆"舰中尉鱼雷官。1948年年底陈宗孟出任"重庆"舰航海官。1949年2月25日"重庆"舰起义，陈宗孟作为航海官，协助舰长邓兆祥率舰起义北上，并在邓兆祥的指挥下，全面负责舰上航海事宜，于2月26日早晨成功地将"重庆"舰开进已是解放区的山东烟台港。1950年1月，陈宗孟出任中国人民解放军海军最早的学校——"安东海军学校"航海教研室主任和水中兵器教研室主任，解放军海军学校第一本航海教材和第一本水中兵器教材皆出自他手。1950年8月，陈宗孟参与创建新中国海军第一个快艇学校——"中国人民解放军海军舰艇学校"，继续出任航海教研室主任和鱼水雷（水中兵器）教研室主任。

不过，关于陈宗孟主任的这段经历，骆传骊是在日后成为他的属下，担任鱼水雷教研室教员后才慢慢知道的。他一开始只知道陈主任曾入福州马尾海军学校学习，曾赴英国皇家海军大学深造，曾在我国抗日后方战场和欧洲战场参战，曾出任"重庆"舰中尉鱼雷官及"重庆"舰航海官。他为自己这么一个"鱼雷小白"能够成为如此资深海军前辈的学生而感到庆幸，他立志要好好向陈主任学习鱼雷艇及鱼雷知识，成为新中国的"鱼雷"专家。

## 2. 融入部队生活，海军学校风范独具

舰艇学校以安东海校干训队为中坚力量，在邓兆祥校长、朱军政委的带领下，在苏联海军专家、顾问的指导下，学校的军纪军规严整，教风校风蔚然一新。

骆传骊他们自从到各自教研室报到后，就开始执行部队学校正规的生活制度，被编入到助教队后，也同样严格执行学员的管理与制度。每天早晨起床号后五分钟内即要求着装齐整，整队完毕然后开始出操。刚开始一周他们出操之后还要在老兵的带领下操练正步走，操练敬礼和立正稍息，操练"一、二、三、四"口号，还要练习军歌，要求在队列行进中歌声嘹亮，然后才是洗脸、吃早饭、整理内务。在内务卫生方面，学校对学员和教员有同等严格的要求：盥洗室内毛巾、脸盆、牙具等按规定摆放整齐划一，连自来水龙头也要擦得锃亮；寝室内要求窗明几

净，床上被条叠成整齐的"豆腐块"；存放物品的仓库也要求各类物品分类搁放整齐；外出时二人成行，三人成列；见上级必须停步行注目礼或举手礼，平级之间见面也须相互敬礼；头发也要求跟学员一样统一留小平头，每日集合擦皮鞋、擦亮军服上的铜扣子，等等。学校还实行严格的每日早检查和晚点名[1]，星期六政治学习，星期日队检查，每月大检查及全校点名制度，把这些"小知识分子"身上的自由主义习性"收拾"得一干二净，他们也很快适应了部队生活。

部队的生活团结、紧张、严肃、活泼。就在刚刚过去的星期日，骆传骊他们几位新兵教员还没有来得及加入进助教队的游行行列，就领略了一番助教队伍行进的风采。以后逢到节庆假日甚至星期日，他们也会行进在莱阳路这道独特的风景线上。凡游行都在早上8∶00，助教队员们都会换上白色礼服，排列成整齐的方队，由干训队组成的军乐队开路跨出莱阳路8号校门，队伍里的人都抬头看着指挥，踏着乐队奏出的节拍，雄赳赳气昂昂地行进在莱阳路上。每逢这时，市民们都蜂拥来到莱阳路，站在路边观看，并兴高采烈地呼喊："小青岛部队又来啦！"

但对于部队每周五或周六晚上操场上的电影放映，俱乐部里的唱歌排练和交谊舞、活动室里的玩棋牌等业余生活，骆传骊他们却只能"忍痛割爱"。学员们下课之余还会在操场上跑步打篮球，生龙活虎，但他们新兵教员可就没有这个福分了，因为他们手头上都有限时限刻要去完成的任务。

### 3. 陈主任向他下达的第一项任务就是建立战术实验室

骆传骊上班第一天，陈主任就告诉他鱼水雷教研室的任务有三项：

---

1. 晚点名常称"晚点"，是部队军人一日生活制度之一。在晚饭后的规定时间内，通常以连为单位集合进行的清点人数和交待其他事项的活动。包括生活讲评，传达命令、指示，布置次日工作等。

第一项任务，鉴于我国目前还没有能力制造鱼雷和水雷，所以我们的任务是通过翻译并参考苏联海军快艇学校教材及其他相关资料，研究鱼雷和水雷各项作战性能；

第二项任务，向艇长及鱼雷兵教授鱼雷作战知识，训练发射鱼雷的各项技能，还有培养鱼雷养护等使用保障能力；

第三项任务，为了保障第一项任务和第二项任务的完成，要建造鱼雷实验室和鱼雷专修室。

"鱼雷专修室"与"鱼雷战术实验室"分别是苏联海军学校与英国海军学校的不同说法，都是为学员学习需要而设置的教学场地。在舰艇学校里因为"重庆"舰原海军比较多，曾经去英国海军学习过的教员比较多，所以大家都习惯称作"鱼雷战术实验室"或"战术实验室"。

"根据任务安排，你的第一项工作是建鱼雷战术实验室，就是苏联专家所说的鱼雷专修室。不要怕，做中学，学起来快！"陈主任不由分说、不容解释就给他的部下下了命令。陈主任还强调了一句："为统一起见，我们以后还是以'鱼雷实验室'和'战术实验室'来区分我们教研室最近要开工建设的两个不同类型的鱼雷实验室。"

这不是赶鸭子上架吗？听到陈主任下达的任务，骆传骊真的有点胆怯，他问陈主任："战术实验室或者说鱼雷专修室有参考资料吗？"

陈主任说："在苏联教科书上有几段文字和图片，但真无样板可循，好在学校有苏联顾问在，他们的任务就是为我们舰艇学校的组织建设以及作战、训练、装备和工程建设、后勤保障进行全方位的指导帮助。安德列夫少校[1]是负责我们教研室两个实验室建设的指导顾问，我们已成立了项目小组，由我担任组长，朱国雄等教员负责鱼雷实验室，你参加战术实验室建设。"听了陈主任的项目团队介绍，给他增加了一点

---

1．"安德列夫"名字是作者编出来的，但有这么个顾问是真实的，学校里都称他为"老头顾问"。

完成项目的底气，他想有苏联安德列夫顾问和英国皇家海军学校毕业的陈主任，苏、欧海军联手指挥建造实验室还有什么困难不能克服的？再说还有教研室里的前辈帮助，边学边干就是了。

陈主任还进一步明确说，鱼雷实验室就利用以前国民党海军学校设施加以完善，主要用于对鱼雷进行基础性研究和关键技术研究；战术实验室则需要平地而起，还需要挖地三尺，要把傻大个鱼雷搬到里面陈列展示，让学员先在实验室里认识鱼雷；还要建发射台安装鱼雷发射器、烟幕施放器等，让学员不受天气限制在实验室里进行模拟训练；还要有学员学习研讨的地方。问题是现在鱼雷没有，工具没有，什么都没有，所以是从零开始建设。

他又问陈主任："战术实验室要求在什么时间完成？"

陈主任说："现在第一期学员已经上课了，但两个实验室都还没有开始建。到明年5月第一期学员理论课学习将结束，就要进入到战术实验室模拟训练阶段，所以我们必须赶在明年五月底之前完成，让第一期学员也能进到实验室训练鱼雷发射。"事后骆传骊得悉其他几位新兵教员也承担了其他实验室或战术实验室的建设任务，为学员进行航海仪器、火炮操纵、潜艇攻击、损害管制等各种模拟训练作好装备。

紧接着，项目组全体一起开了第一次会议。在这次会上，骆传骊除了第一次认识安德列夫顾问外，还一下子认识了教研室许多同事，朱国雄、郭汉卫、郑欣宜、刘学诚、汪南潜、夏隆坤、郭公爱等都是第一次见面，他们都是"重庆"与"灵甫"两舰上的原海军。陈主任首先明确了每一个人的分工，除朱国雄负责鱼雷实验室外，其他教研室与会教员都参加战术实验室建设。就这样，在陈主任的重压之下，骆传骊这位"鱼雷小白"上阵了，他提醒着自己一定要打赢第一仗。

还是在这次项目讨论会上，针对战术实验室陈列，安德列夫顾问提出了就地取材的建议，尽量利用报废鱼雷身上所有的"器官"来搭建实验室陈列品，因为就地取材是解决设计时间长、加工难度大、周期长、费用高等问题的最有效途径。安德列夫顾问的话音刚落，骆传骊的耳边就响起了张朝忠副教育长对大学生教员的关照，"要抓住苏联顾问给第一期学员讲课的机会尽早掌握鱼雷艇作战知识。"所以会议一结束，他就请安德列夫顾问再坐一会，他还有问题想问。

苏联顾问刚来中国时身边都有翻译在旁，他们接下来的交流都是通过翻译进行的。骆传骊问的第一个问题是普通实验室与专修室的不同之处，经过苏联顾问的解释他终于弄明白它们之间的区别，某种程度上说也是军事院校与普通院校的区别。

军事院校的教学与一般院校不一样，军事院校的教学体现的是"教、学、操、考"合为一体，旨在提升学员第一岗位的任职能力。显然，用于理论教学的教室无法做到这一点，而用于实验教学的实验室又无法对应进行理论教学，这就需要建设能够满足"教、学、操、考"一体的战术实验室来开展实验操作、技能训练、综合演练。在战术实验室里，教员除讲授战术理论课，还要组织学员研讨，进行战术模拟演习，监督并帮助学员进行操作训练等。

搞明白这一点，骆传骊认识到建鱼雷战术实验室对于学员掌握鱼雷艇海上作战的重要意义，它的建设要根据教学理论和实际教学环节来布置，近似于真实快艇的教学场景，营造出艇长操控的工作环境。就这样，自那天陈主任把骆传骊领进鱼水雷教研室后，便不管他是"两只眼"还是"四只眼"，一开始就给他压担子；而对骆传骊来说，从跨进鱼水雷教研室大门开始，他依旧还是学生，要学习鱼雷艇及鱼雷新专业，要学习战术实验室建设新知识。

# 七、莱阳路8号诞生新中国第一支快艇队

## 1."四虎艇长"就在莱阳路8号的"快艇中队"里

骆传骊上周在与原海军一起回望创建舰艇学校的艰辛时已经听说，学校现在有一支由6位教练艇长及队长、政治指导员组成的"快艇中队"，他们建制上归青岛基地不归舰艇学校，但领导指挥归舰艇学校。他还听说6位艇长中有4位与他同龄，都是1926年出生属虎的，被学校首长称之为"四虎艇长"。他心怀崇拜再加一点好奇，想着怎么能够尽早认识他们，看看"四虎艇长"究竟有多厉害，他们可是全中国1926年出生的近500万只"老虎"中仅有的4只不在山地林木中，而是在茫茫大海上会海上"飞"的"老虎"呀！

骆传骊接受陈宗孟主任布置的发射装置设计制造任务后的第二天，受安德列夫顾问对他的提示"上快艇去'认识'鱼雷艇"的启发，想到了学校快艇中队里的教练艇长。"对，能者为师！"他把自己欲上快艇向教练艇长了解鱼雷艇构造的想法跟陈主任说了，陈主任很赞同他的想法，"你要了解鱼雷艇的构造、性能、工作原理、维修保养等实际问题，向教练艇长学习就对了。他们年龄跟你一般大，好几个都属虎，'虎教员'向'虎艇长'学习，哪有不帮之理？这才叫虎虎生威嘛！"

教练艇长的岗位在码头上，骆传骊干完手上的活便去码头找他们。那天只有 "111"号艇艇长王苏南和"112"号艇艇长韩明岐两人在，他们热情地接待了他，带着他上了鱼雷艇当起了"导游"。韩明岐跟他

苏制 Б -123型鱼雷艇

说："学校现有的4艘快艇都是在今年8月底海军青岛基地成立前夕，从苏联旅顺基地调来的，都是苏制 Б -123型鱼雷快艇，北约各国都称它为P-4级鱼雷快艇。"韩明岐指着鱼雷艇各个部位边看边告诉他："这里是艏尖舱，这里是轮机舱，这里是指挥舱又称无线电舱，这里是油罐舱，这里是鱼雷发射管。"走到驾驶台前，他接着说："这是驾驶台，发射器装在驾驶台内，用来控制鱼雷发射。为了保证鱼雷迅速、准确地发射出去，除发射器外，舰艇上还装有鱼雷射击指挥仪或鱼雷瞄准器。鱼雷发射管装在舷侧甲板上，是用炸药块来发射的。驾驶台右边的这杆是操纵速度的杆，由轮机长负责操纵。鱼雷和船一样，也是依靠机器推进的，内部装有燃料和一部主机，后边安装着螺旋桨，鱼雷入水后，主机发动，带动螺旋桨旋转，便可推动它在水下按一定速度航行。"

王苏南的中文表述有点不连贯，他干脆都用数字来向他介绍 Б -123型鱼雷艇的特点，他告诉他："Б -123型艇艇长19.3米，宽3.7米，吃水1米，Б 型艇标准排水量20.74吨，动力为M-50型柴油发动机，总功率2400马力，最高航速42节，续航力400海里/13节，鱼雷自重918千克，战斗部装150千克炸药，两具鱼雷发射管直径为19英寸（457毫米），还装两挺双联装12.7毫米机关枪，艇员人数9人，上艇最多不能超过12人。"能把鱼雷艇构造上这么多的数字烂熟于心，这令骆传骊对王苏南刮目相看。

听完两位"虎艇长"对鱼雷艇结构的详细介绍，让骆传骊受益匪浅，他情不自禁地夸奖起他们："哎！你们知道吗？你们可是1926年出生的500万只老虎中屈指可数的几只另类啊！你们不是在山里走，而是在海上飞，是名副其实的'飞虎'呀！"他还夸他们是未来鱼雷艇长的翘楚，开中国鱼雷艇长之先河，以后一批又一批诞生的合格艇长都是他们的徒弟，等等。

## 2. 新中国第一位鱼雷快艇艇长不是"虎艇长"而是"小龙艇长"

令骆传骊没有想到的是，两位刚认识的"虎艇长"居然告诉他，他们不是新中国第一批鱼雷艇长，在他们前面还有一位比他们小三岁属蛇的"小龙艇长"。"小龙艇长"及他带领的艇员才是新中国海军第一批快艇教练，是教他们"海上飞"的"教练艇长"，"虎艇长"的"海上飞"技术是从"小龙艇长"他们那里学到的。他们这么一说更把骆传骊的好奇心打开来，才发现莱阳路8号里面卧"虎"藏"龙"，不仅有"虎艇长"，还有"小龙艇长"。

关于学校"快艇队"和"快艇中队"，"虎艇长"指点"虎教员"去向训练部教育科李相普参谋咨询详情，并拖带了一句"李参谋就是那位'小龙艇长'。"骆传骊感谢他们今天带他上艇并作详细讲解，又带出1个"快艇中队"以外的"快艇队"，让他觉得自己对舰艇学校的前世今生还是了解得太少，于是他晚饭后就跑去教育科找李相普参谋。李参谋刚好在教育科，骆传骊自报家门说明来意后，李参谋很爽快地跟他聊起了"快艇队"。

　　李相普自我介绍说，他是最早跟着邓校长于8月14日提前到达莱阳路8号的13人之一，最初是分配在校务部，没想到他们刚抵达莱阳路8号，就接到通知说从旅顺基地调来的4艘鱼雷艇将在8月底开学前运抵青岛，紧接着前来援助建校的苏金斯基、斯捷潘杨克、伊申科等第一批六七位担任教学顾问的专家也将抵达学校，这两件事与安东海校干训队抵达学校的日子撞上了。快艇要到，谁来接管？这时邓校长下命令，命令李相普等8人首先组成一支快艇队，由李相普担任艇长，一来负责接管运来的鱼雷艇；二来向随艇从旅顺来学校的苏联海军学习掌握鱼雷艇技术。而被点上名的8个艇员中只有李相普1人已经抵达学校，其余7人要随大部队到8月24日才能抵达，所以学校第一批4艘快艇的接艇准备工作基本就只有李相普1人在负责。

　　李参谋告诉骆传骊，现在他们"快艇队"任务已经完成，已告解散，他们8个人现在都与骆传骊是同一个训练部的战友，像鱼雷手程贞连跟骆传骊还是同一个教研室。接着李参谋把他们"快艇队"成员一一向骆传骊介绍了一遍。艇长：李相普；轮机长：王刚；水手长：陈双斌；

2005年在大连的"重庆"舰人合影。从左至右：方英、王刚、李湘普、杨良兵、孙国桢

轮机正：吴洪山；轮机副：陈耀栋；电讯手：熊文聪；鱼雷手：程贞连；枪炮手：杨某某（没有找到名字）。骆传骊发现，除刚刚认识的李参谋外，其他人自己一个都不认识。

快艇抵达学校后迎面而来的困难也真不少。4艘鱼雷艇到校后，随艇而来的苏联海军首先对"快艇队"8位艇员进行教学训练，但他们却没有带俄语翻译来，学校里仅有的几个翻译围着帮助建校的顾问转还转不过来，所以在教学过程中的交流就不很顺畅。好在他们8位都是来自"重庆""灵甫"两舰的起义人员，都曾在英国参战、留学，会讲英语，苏联海军也会一点简单的英语口语，他们就这么动口动手比划着交流，每个人都边问边记在随身带的小本子上，终于很快掌握了Б-123型鱼雷艇的驾驶与操作。

第二项被克服的困难更离谱。第一批4艘准备用作学校教学实习艇的鱼雷艇运抵学校后，当时小青岛海湾内只有固定的水泥码头，没有浮动码头。每当涨潮时，海水就漫过水泥码头，使得快艇底部高出水泥码头，这时使用碰垫就起不到作用，有风浪时快艇更加摇晃，很容易碰坏艇底和螺旋桨。每当这时，学校"快艇队"的艇员们就得日夜守护快艇，与风浪搏斗，特别是在高潮位时，人要站在海水中，用大木方或自己的肩膀顶推艇身，以保艇身的安全。随着天气变冷，尤其是在夜间站在冰冷刺骨的海水中，顶着寒风直到潮落为止，有的艇员两腿都泡烂了仍然坚持，这样冰水冻泡一直坚持到11月浮动码头建成才告结束。

听罢李参谋所讲的这些，骆传骊恍然大悟，他想起了上一周的岗前培训会上，吴方瑞教员向他们介绍时提到的艰苦建校中的这一幕，他还以为是现在的"快艇中队""虎艇长"们在用自己的身躯保护着快艇艇躯，原来都是"两舰"原海军在为我国刚刚到来的鱼雷艇作出牺牲。

李参谋继续对骆传骊说，随着学校正式开学，学校各个机构都逐步健全起来，现在学校里的"快艇中队"是正式入列青岛海军的快艇部队。但"快艇中队"的人员组合里没有再安排"两舰"官兵或干训队成员，因为干训队从安东来到青岛的主要任务很明确，一是创建舰艇学校；二是随时准备去打捞'重庆'舰。所以，尽管他们8月里成立的"快艇队"存在时间只有两个多月，但就是在这短短的两个多月的时间里，在苏联专家的指导帮助下，新中国海军第一艘艇员齐全、配置齐全、能够出海上战场的快艇很快组建起来；同时也完成对"快艇中队"几位教练艇长的培训带教。

新组建的"快艇中队"没有设艇员，他们在建制上归青岛海军基地，在领导指挥上归海军舰艇学校，中队的任务只是培养快艇艇长，艇员则由舰艇学校培养，来自学员班的所有学员将来都是快艇骨干。学校要求快艇艇长必须是一个全面的会带兵的艇长，无论是艇长的专业技术，还是艇上各个艇员的专业技术，总之全艇5个部门9个战位上的战斗任务都得掌握，还要会传授。

这一天，从下午开始骆传骊眼睛看到的、耳朵听到的全是快艇、快艇队的人和事，尤其是遇见王苏南、韩明岐两只"飞虎"，令他忍不住问李相普真正的属相？李相普告诉他自己属小龙，1929年出生。骆传骊想，李参谋的年龄比自己小3岁，但军龄却要比自己早好多，而且会被邓兆祥校长委以重任，他一定不平凡。

### 3. 原来"小龙艇长"是著名爱国名将李准的三儿子

事实也真如骆传骊所料，几天后就听说"小龙艇长"出身不凡，他是曾任清政府广东水师提督、著名爱国名将李准的三儿子，从小接受深厚的家国情怀教育。他继承父亲遗志，向海图强立大志，中学毕业后毅然报名参加国民党海军。"二战"后期他赴欧洲战场参战，随后参加接收"重庆"舰回国，在"重庆"舰上担任通信兵。"重庆"舰起义后李

1910年李准著
《广东水师国防要塞图说》

清末广东水师提督李准

相普成为了人民海军，跟着邓舰长（校长）从安东海校来到了青岛舰艇学校，成为新中国第一个鱼雷快艇队队长，第一个快艇教练艇艇长。

而"李准"这个名字，骆传骊早在读中学的时候就读到过，其事迹在历史课本上都有宣教，知道他是中国百年来捍卫南海主权的第一人，堪称中国近代维护南海诸岛主权最有力的海军高级将领。为此，他后来又找"小龙艇长"李相普深谈了一次，谈他父亲李准对中国南海主权的重要贡献，还谈了海疆与海防的重要性。

为维护南海诸岛主权，1908年时任广东水师提督的李准亲率水师乘坐兵舰巡视南海的东沙群岛。1909年再次巡视西沙群岛，对西沙群岛15座岛屿逐一命名，并在每个海岛上升旗鸣炮，宣示中国主权。在勘察西沙群岛时，他采集了大量岛上物产，带回广州举办展览，还以自己的亲身经历在1910年写下《广东水师国防要塞图说》这部著作，其中《东沙岛》和《西沙岛图说》首次用现代科技经纬度记录，将东沙、西沙等南海诸岛纳入版图，成为中国对东沙、西沙等南海诸岛拥有无可辩驳主权的明证。此外，李准还极力奏请清政府将西沙、南沙群岛划归海南岛崖县（注：今海南岛三亚市）管辖，从而加强了中央政府对南海的管辖。

李相普在介绍他父亲时又说道："自鸦片战争开始，我国领土一步步被西方列强蚕食，父亲作为南海南疆地区的朝廷命官和海军将领，守土（海）有责深入他的骨髓，在主权问题上他不断地和英国人、日本人、葡萄牙人交涉，当仁不让，寸土（海）必争。辛亥革命后父亲选择功成身退，回家做寓公，但仍关心国家大事。1933年，他在报纸上看到法国占领中国南海9个小岛，中法之间发生领土纠纷，他义愤填膺，主动挺身而出，赶到天津《国闻周报》社，接受记者采访，讲述自己当年巡视西沙群岛的经过，并写成《李准巡海记》在该报连载，为中国拥有南海诸岛主权提供证词。老骥伏枥，壮心不已，他的家国情怀一生未变。"1947年，国民党政府为纪念李准为维护南海诸岛主权作出的贡献，把南海诸岛中的一块岛礁以他的名字命名为"李准滩"。

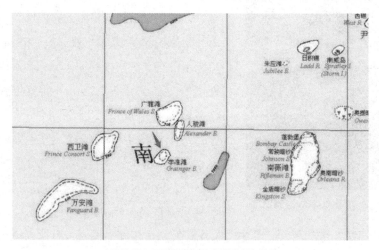

南海地图上红箭头所指即李准滩所在位置

# 八、建战术实验室，一个好汉三个帮

## 1. 从一根弹簧销开始建设实验室

骆传骊已经如愿成为鱼水雷教研室教员，从助教做起。但与其说他是"教员"倒不如说他是"工程师"，因为陈宗孟主任首先交办他的是建鱼雷战术实验室，涉及到机械、建筑等专业，还有水、电、气等方方面面，都是面对"物"的建设而不是"人"的知识传授。

骆传骊的战术实验室建设工作是从一根弹簧销开始的。1950年12月11日又是一个星期的开始，他同所有新兵一起早饭前出早操，早饭后列队练操，一直到上午9点。随后他到处找陈宗孟主任，想向他问询今天他的工作干什么？他发现陈主任奇忙，好几个人给他指点的去处都没有找到他，最后跑到航海教研室才终于找到了他。只见陈主任正拿着一根销子，见了他就跟他说："我正要找你。这是雷头里引信（注：即鱼雷爆发器）上的一根弹簧销，你把它测绘出来，然后让'山大'校办工厂去加工。"陈主任同时还告诉他："学校已与'山大'校办工厂谈妥，实验室建造需要的加工主要就委托他们来完成。'山大'也表示会安排工厂里技术精湛的师傅配合我们。以后就由你来负责两校之间的协调沟通，争取早日完成实验室建设工作。"

陈主任跟骆传骊多次提到的"山大"是山东大学口语化的简称。伴随社会的变革，山东大学曾几度更名、停办、重建、合校、搬迁。1946年春，经国民政府教育部批准，国立山东大学在青岛复校，所以1950年那时的山东大学设立在青岛鱼山路上，于1958年才迁往济南。

　　画弹簧销零件图应该算是最简单的零件图了，骆传骊去取来计算尺和《设计手册》就准备动手画，哪知陈主任很严肃地跟他说："画销之前你应该先对它的作用搞清楚，不能依样画瓢哦！"他顿时明白了陈主任其实在向他提出批评，搞实验室对自己要干的事情不能知其然不知其所以然。他知错就改，立马到仓库去看、去摸被单独保管着的引信，还借来《爆发器》讲义，了解这个专用术语叫"引信"的构造及工作原理。

　　着手画弹簧销的第二天，他们新兵依旧是起床后五分钟就出操，操练立正、敬礼，早饭后还集合练习唱军歌，9：00再整队从干训队驻地登州路7号去办公楼进办公室。骆传骊把画好的弹簧销图纸送到陈主任那里，陈主任跟他说："你好好研究一下鱼雷艇上的发射装置，我们先设计鱼雷发射管，然后再设计鱼雷发射台上整套装置，这样可以给'山大'留出足够的加工时间来琢磨发射管的加工，这套装置要安装在实验室里供学员训练用的。"

曾经的登州路8号驻地

曾经的禹州路5号山东大学校门

　　以后的半年里，鱼山路上的山东大学就成了骆传骊隔三岔五去的地方，他常常背着草绿色军用挎包乐此不疲地进出美丽的"山大"校园。在多次往来登州路驻地与山东大学的路上，他喜欢去的时候穿过中山公园翻过太平山而抵达，而回办公室则喜欢穿过当时的第一公墓，即历史上著名的万国公墓，沿着青岛山东南坡修建，因为那里环境优美，坟墓造型各异，苍松整齐排列。他觉得墓地就是一段历史，一种文化，记载着青岛城过去那段屈辱的殖民历史，会时时提醒他"你已经是一名守卫海疆的中国海军"。

## 2. 热心肠的苏联顾问安德列夫

就在骆传骊刚接受陈宗孟主任交办任务的第二天，即12月9日，学校组织全校师生早饭后集队出发，到山东大学参加青岛市的"纪念'一二·九'运动大会"。一二·九运动，又称为一二·九抗日救亡运动，1935年12月9日，北平（北京）大中学生数千人举行了抗日救国示威游行，掀起全国抗日救国新高潮。这是中国共产党领导的一次大规模学生爱国运动。纪念大会后还组织了全市大学生游行，他们舰艇学校也组成方阵参加游行，几位新兵教员也在其中。苏联顾问安德列夫是位热心肠、负责任的顾问，他得悉参加游行的学员、教员都回校后，立即打电话到助教办公室通知骆传骊去一趟专家楼找他。原来，安德列夫已经帮他整理好苏联海军学校专修室里所展示的45-36型、53-38型、53-39型鱼雷及陀螺仪、螺旋桨等主要零部件的照片及资料，这些资料对还是"鱼雷小白"的骆传骊来说来得非常及时，他如获至宝。

安德列夫对他说："你想早点'认识'鱼雷，就应该到鱼雷房去'认识'。"这句话如同前几天对他说的那句"上快艇去'认识'鱼雷艇"一样，一句话点醒梦中人。于是骆传骊就带着笔记本钻进了鱼雷库房，那里有从各处搜集来的旧鱼雷、报废鱼雷以及修理拆卸下来的零部件，看得他眼花缭乱。他就像小孩子看图识字一样对照着挂在零部件上的标牌来一件件认识它们。他看到鱼雷分为动力、深度、方向、爆炸四个系统，以及自动搜索、跟踪敌舰的自导系统。在雷头最前面的是舱室，内装烈性炸药；雷头后部是气舱，里面存放着压缩空气，用来起动动力机构；第三舱是机舱，设置动力设备及其他辅助设备；第四舱是后舱，设置方向舵、定深器、舵机；后舱后面是雷尾，雷尾装有推进装置、螺旋桨、方向舵和水平舵。供应动力装置需用的油、水，在机舱前设有专用油舱和水舱。

　　几天后安德列夫亲自到助教办公室找到骆传骊，跟他说："你想想鱼雷艇上的引擎[1]可不可以用汽车引擎替代？"他不知可否，也没有往这方面想过。安德列夫跟他说："可以看看汽车修理方面的书。"骆传骊就到轮机教研室借来好几本《汽车修理》，又查阅Б-123型鱼雷快艇有关资料，最后终于搞清楚原来学校里的4艘鱼雷艇虽然是苏制快艇，但主机却是美制"派卡特"汽油机14型飞机引擎，估计是"二战"时作为盟国美国的援苏物资，苏联人创造性地把它移植到鱼雷快艇上。美军财大气粗，这种汽油机使用500小时就要大修，再使用300小时就得报废[2]。而学校拥有的4艘鱼雷艇都是建造于1943年苏联退役的Б-123型P-4级鱼雷快艇，都曾参加过"二战"，运来时就被告知主机使用时限仅剩64—160小时不等，尚不够用于教学。他把自己的"研究成果"去向安德列夫作了"汇报"。顾问安德列夫说："既然你已了解了学校4艘教练艇引擎的情况，那就向陈主任申请更换引擎吧。"后来骆传骊打了申请报告，经过各主管部门批准，终于将美制"派卡特"汽油机更换为苏制M-50高速柴油机，延长了鱼雷艇的使用寿命。这件事对骆传骊的触动很大，凡事必须多动脑筋多研究，同时他也很感激安德列夫顾问，他是一位真心诚意来帮助中国建设海军的苏联顾问。

---

1．引擎即发动机

2．关于1951年第一批进口的鱼雷性能描述见《当代中国海军》第70页。

## 3. 军地两校协同建设战术实验室

骆传骊接到陈宗孟主任下达的参与建设战术实验室任务后，他理了理头绪，把工作内容大致分为三大项。

一是利用原鱼雷仓库改建成战术实验室场地，需要挖洞、开墙、土木建设及安装吊车，还要接通水、电、气。这一项主要是土木活，已经包给山东大学校办工厂承担，学校要管的是进度、质量及验收，对骆传骊来说是间接参与的工作。

二是从便于学员学习认识鱼雷及其性能构造、工作原理等出发，需陈列用于教学观摩的各种鱼雷以及主要零部件。这一项教研室原海军教员比他有经验，他还认不全鱼雷身上的各个部件，对他来说是少量参与但必须参与的活，因为不能错过"认识"鱼雷这么好的学习机会。

三是在战术实验室里要模拟安装快艇上的驾驶台，驾驶台里面要安装发射器，还要安装鱼雷射击指挥仪或鱼雷瞄准器，它们必须是"活"的可以用于实习的。这一项涉及机械设计及安装，虽然由山东大学校办工厂负责，但要加工安装的设备他们是没有见过的，只有先由懂使用的海军通过机械设计、依样画瓢在图纸上，之后才能让"山大"制造并安装。他意识到这副担子非他莫属，因为他是学机械"懂"机械结构的，所以他就是主要挑担人。

战术实验室建设按照分头落实、齐头并进的方式开始进行。开头几天，他经常往码头上跑，往鱼雷艇上跑，通过与"虎艇长"交流发射台上各个装置的使用过程来了解它们的结构，通过听"虎艇长"对现有装备存在问题的抱怨，来构思在自己的设计中怎么样来规避。此时他想到的"老师"是陈主任和顾问安德列夫，"师傅"就是"山大"校办工厂的上上下下，尽管他与厂方打交道还没有几回，只接触到技术厂长、谢工程师及几位车工、钳工师傅，但已经感受到他们完成任务的认真态度，以及加工制造技术的精湛。

骆传骊从"虎艇长"那里了解到发射管是保证鱼雷发射的关键。为了弄明白发射管工作原理，以后差不多有两个星期几乎所有时间他都钻进了《发射管》一书里，机械的、气动的，还有所用材料、炸药燃烧等都有涉及。但骆传骊越看就越担心起"山大"校办工厂加工制作发射管的能力，他把他的担心都放到了嘴上。那天他与汪南潜教员一起去工厂，找到对接海军项目的谢工程师，把发射管的工作原理向他交底后，便直接问他们有没有把握制作发射管？因以前从没有制作过发射管，所以谢工程师觉得有难度但没有推辞，而是说等他们先研究讨论一下加工工艺再给答复。让骆传骊他们没有想到的是，校办工厂并没有停留在嘴上的讨论，而是根据骆传骊带去的图纸挑灯夜战进行试加工，他们想方设法要啃下这根骨头，努力保证鱼雷发射台所有装置的加工制作。

过了两天，校办工厂那里来电话，告诉说李厂长和谢工程师下午来舰艇学校跟他们商谈发射管的加工制作，于是陈主任、骆传骊及教研室有关教员都放下手上其他工作，专门等候他们到来。厂方人员到校后，在看了发射台在战术实验室里的位置后，李厂长表示加工制作还是有把握的，但技术参数需要海军方面提供得更加精准一些，最后把定价谈妥就回去了。后面的参数计算、制定理所当然地交给了骆传骊。

在那个抗美援朝烽火正在燃烧的年代，为保卫来之不易的胜利果实，壮大刚建立起来的新中国人民海军，山东大学对于参加国防建设从没有二话，在战术实验室建设过程中军地两校始终配合默契。只要舰艇学校有需求，只要骆传骊送去加工图纸，哪怕从来没有接手干过的活，哪怕加工数量只有一两件，山东大学都不会拒绝，而是安排工厂的工程师、技师一起攻关，给战术实验室按时、按要求完成任务提供了保障。

## 4. 开具快艇学校No.1介绍信向航空学校借鱼雷

自从骆传骊他们首批大学生入伍到海校任职教员后，1951年1月3日、1月28日和1月30日，1个月内舰艇学校又迎来了3批大学生教员，王亮和王扬"二王"是其中两位分配到鱼水雷教研室的大学生，陈宗孟主任同样安排他们从参加筹建鱼雷战术实验室干起。

有任务的时间过得很快，眨眼就进入到了1951年春节，骆传骊仿制设计的鱼雷艇操纵驾驶台全部图纸已拿去山东大学校办工厂加工。3天春节假期一过，实验室开始摆放用于教学观摩的陈列样件。2月21日上午，骆传骊与教研室里的其他教员一起商量了整条鱼雷及零部件的陈列方案，把所有的陈列工作按先人（需要别人支持的活）后己（自己就能完成的活）、先难后易、能买则买的原则排序。

战术实验室的陈列布置就这么有条不紊地进行着，但整条鱼雷的展出却又经过一番周折。鱼雷陈列的目的是为了让学员能够亲眼认识不同功能、不同用途的鱼雷，那么多需要陈列的鱼雷都从哪里来呢？他们学校鱼雷库里有一些国民党各类舰艇遗留的大小口径不一、用途不一的鱼雷，现在都可以摆在一起作陈列样品，但空投鱼雷舰艇学校里不会有，到哪里去找来呢？骆传骊想到了参军入伍到海军航空学校的"老赵"和"老黑"两位老同学，他们学校是否会有报废的或者等待维修暂时不用的空投鱼雷呢？于是他铺开信纸给老同学写起信来，把他们学校战术实验室的需求告诉了他们，请他们向海航首长请示能不能"送"2-3条报废的空投鱼雷给舰艇学校？老同学还真的向校领导汇报了这件事，也得到了领导的批准，但前提不是"送"而是"借"，这样终于找来了两条可用于陈列展示的空投鱼雷。

就在学校成立半年不到、战术实验室建设即将完成的时候，学校又得到海军领导机关新发出的通知，决定从1951年3月2日起，"中国人民解放军海军舰艇学校"正式易名为"中国人民解放军海军快艇学校"。没想到的是，因为这"舰"与"快"的一字之变，却让骆传骊中了个No.1的头彩，成为"中国人民解放军海军快艇学校"第1号《介绍信》的使用者。

3月7日是与海军航空学校约定搬鱼雷的日子。那天一早，骆传骊手持第1号《介绍信》，带着一同建战术实验室的几位教员，兴高采烈地坐上卡车前往沧口的海军航空学校，去执行接回航空鱼雷的任务。

卡车把他们送到海军航空学校后就开走了，而外借的装有吊装设备的大卡车临时改到下午5点钟才能来，这样他们正好有个空档时间可以在海航逗留。骆传骊就找人打听"老赵""老黑"在哪里？到午饭的时间他们老同学终于见上了面，这参军一别已经三个多月，所以他们要讲的话还真不少，尤其是"新燕京"的"人""事"变化。时针转得很快，他们话还没说开，"老赵"和"老黑"就又要去忙自己的活先离去，不能陪着他们。

等到晚上6点，带有吊装设备的卡车才来到海军航空学校。在学校仓库管理员的协助下两条鱼雷好不容易被吊装到大卡车上，一直到晚上10：00才拉回学校，拉到了战术实验室门口。其实那天焦急等候的不仅是他们教研室的教员，还有其他教研室的教员等许多人，大家都想抢先看到装载在战机上的空投鱼雷。所以当载着PAT-52火箭助推鱼雷的大卡车开进学校后，大家一哄而上把鱼雷从卡车上卸下，第二天就把2条空投鱼雷搬进了战术实验室。

望着战术实验室里数十条十多米长银白色的各式各样鱼雷整齐地摆放在鱼雷架上，想象着鱼雷出管时发出的风驰电掣一般"嗖""嗖"声，骆传骊他们甭说有多兴奋。这些从不同部队、舰艇、海校里收集起来，经历过战火考验的鱼雷可以让"陆军"学员大开眼界，为他们尽快转型成为真正的"海军"增添学习动力。俗话说，"一个好汉三个帮，

伊尔-28T轰炸机携带的PAT-52火箭助推鱼雷

众人拾柴火焰高"。就这样，在骆传骊当"工程师"的日子里，他遇到了许多为他拾柴添火的人。有教研室陈宗孟主任，热心肠的苏联顾问安德列夫，还有与他同期入伍到海军航空学校的燕京同班老同学，山东大学校办工厂的师傅等许多许多人，让战术实验室的建设一路绿灯，同时也让他看到自己在军队这座大熔炉里大有作为。

# 九、第二学期的开学、考试及毕业典礼，他开始当教员

## 1. 第二学期的开学典礼后他开始干"助教"

时间回到1951年1月17日，学校操场上举行了舰艇学校第一期学员的第二学期开学典礼。开学典礼结束后，骆传骊去陈宗孟主任办公室，交上画好的鱼雷艇草图后，陈主任又给他布置了为学员上课及补课的任务。就这样，骆传骊在"工程师"的活还没有干完的情况下，又被陈主任赶着鸭子上架，干起了"助教"的活。

也就是从那天起，陈主任布置他的任务渐渐呈多元化，除战术试验室的建设外，他也开始履行鱼水雷助教的职责。第一个授课任务是给K班（艇长班）和T班(鱼雷兵班）上"计算尺使用"这门课。

不过一直到5月12日，在学员以新的编队在操场上举行毕业典礼，受领得来不易的《毕业证书》之前，约占他工作量的75%还是"工程师"的活，因为鱼雷战术试验室和鱼雷检修所都在赶活。

刚开始的时候，他还常常要给个别学员补习几何，因为数学中的几何、三角函数知识对于鱼雷艇官兵掌握天文航海测算和鱼雷攻击、火炮射击至关重要，是海军鱼雷艇官兵必须要具备的数学知识。

快艇学校第一期学员基本都是刚从枪林弹雨走来、被选拔出来的好军人，虽说从陆军转海军时学校对他们原有的文化程度设一定的门槛，但还是向他们敞开了校门。带来的问题是有一部分学员虽然学习很努力，但就是跟不上，而那时海军又是那么缺人才，所以学校想尽办法给

他们补课，希望把他们都留下来，这就有了骆传骊在战术试验室还没有完工之前就要给学员上"计算尺使用"课的任务。

当时战术实验室正在建设，学校一共只有4艘快艇可以让学员去认识它们、触摸它们。骆传骊常常看到学员的课堂被教员搬到鱼雷艇上，原海军教员在向学员讲解鱼雷艇构造原理时，教练艇长就配合着把凡能拆开的实物都拆开给学员看，边拆边示范，快艇上又到处布满了机器、仪表、线路、管路，涂的是各种不同的颜色，标的是各种外文及符号，舱室小得转不过身，教练艇长在示范操作时用的口令也时不时地冒出"洋泾浜"[1]来。杯水车薪的"教"与"学"现状，时时都在敲打骆传骊"尽快完成战术试验室建设"的紧迫感。

## 2. 第一期学员的"考试典礼"与"毕业典礼"

一眨眼工夫就到了1951年4月15日（星期日），第一期学员的第二学期考试日期来临。早上早饭后，全体师生到大操场列队集结，举行独一无二的只有在海军快艇学校才有的"考试典礼"。典礼重要环节是由邓兆祥校长作考前动员讲话，对学员进行"战前动员"。而对骆传骊他们教员来说，也同样处在面临考试的紧张严肃气氛当中。

在迎接考试的那些天，骆传骊忙着协助朱国雄教员为K字（艇长班）和T字（鱼雷兵班）学员登记造册、布置考场。从4月16日（星期一）考试开始后，他连续多天被安排进教室监考，那是因为按照苏联海军学校的规章制度，学员考试必须是"教""考"分离，即授课的教员不能进教室监考学员的考试，所以还没有正式上讲台的"助教"骆传骊

---

1．"洋泾浜"是解放前上海租界里的一条河，该地华人洋人杂居，语言混杂，一些中国人以语法依据汉语，词语来自英语的不纯正英语跟外国人交谈，这种英语被讥称为"洋泾浜"英语。泛指不规范使用的英语。

挑起了教研室监考的"大任",负责K字各艇长班（区队）的监考。

考试那几天,学员们的考试上午、下午甚至晚上轮番安排,看着这批年龄跟自己一般大却正在承受考试煎熬的学员,骆传骊心头油然产生出对他们的敬意。虽然他们都是从陆军部队转岗过来平时学习刻苦的好军人,但是快艇学校浓缩而成的学习内容及严格的考试规则对他们来说,真不比上战场来得轻松。此时他又想起了两周前的4月2日晚上点名时,1中队政委对他们大学生还不能独当一面上讲台讲课的现状提出的批评,要求他们一是要安心工作;二是要主动关心帮助学员克服学习上的困难。他在心里检讨起自己工作的被动及不足。

学员的"毕业典礼"是在考试、阅卷、评分全部结束后的5月12日举行。而在前一天,学员们已经按艇及艇队建制进行了编队,并进行了编队演练,所以到了5月12日那天,学员不再如"开学典礼""考试典礼"那样按区队排列接受检阅,而是按艇和艇队编队在操场上接受学校首长的检阅。这也预示着学员们正式从海军快艇学校毕业,将以合格学员的身份奔赴上海吴淞、广东新湾、天津塘沽及青岛4个快艇基地。

快艇学校第一期学员马德军毕业证书

那一天,学员们领到了由萧劲光司令员、王宏坤副司令员、刘道生政治委员、罗舜初参谋长以及校长邓兆祥、校政治委员朱军联名签发的《毕业证书》,但不是所有学员都领到证书,第一期快艇学员大队入校人数954人,而领到《毕业证书》的是897人,有57人被淘汰。但被淘汰的不一定是学习跟不上的原因,很大一部分是因为身体的原因,尤其是与生俱来的极度晕船,实在不适合在舰艇上服役,导致不得不让他们复员。但他们非凡的奋斗精神永远留在了快艇学校第一届学员的名册上。

"编队"标志着快艇学员队已经可以按成建制部队编制，也意味着领到《毕业证书》的学员已经成为某快艇部队的一名艇员。在学员还没有正式去部队之前就进行编队，预示我国第一支由4个大队组成的快艇部队终于组建成功，实现了办校之初萧劲光司令员对学校建设提出的第二个目标："按毕业学员的水平和能力，由学校负责编配成艇和艇队建制，组织实习，形成战斗单位，然后调往各军区海军"。至于目标一："训练近航鱼雷艇学员，包括艇长、水手长、轮机长、枪炮兵、鱼雷兵、轮机兵，以及中队长以上领导干部"即将开始；目标三："在训练学员的同时，学校负责筹建青岛鱼雷基地，包括码头、轮机修理所、鱼雷检查所等设施"已经在进行中。骆传骊荣幸地参与在"目标一"与"目标三"的项目之中。

### 3. 教学步上了苏联海军学校的教育轨道

4月下旬第二学期文化课考试结束，学员还是以原先的区队为班级进入到战术学习阶段，骆传骊就是从这时开始走上讲台，比"助教"岗位上了一个台阶成为了"教员"。5月6日陈宗孟主任召集教研室全体教员开会，重新分配了学员进入到战术学习阶段每个教员的教学任务，分配给骆传骊的是T班（鱼雷兵班）的《鱼雷武器》课。

骆传骊当教员时，学校的教学秩序已经步入到苏联海军学校的教学轨道上，他是站到了干训队教员的肩膀上当教员的，他们走过的弯路为他面对一批根红苗正但文化程度又偏低的"陆军"学员讲好课指明了方向。同为《鱼雷武器》课教员的汪潜南告诉他，学校刚开学那时给"陆军"学员上课，常常犹如鸡同鸭讲，苏联专家虽然把苏联海军学校的教材都带到舰艇学校，但匆匆翻译过来的教材有许多的专用零部件及术语都没有找准对应的词汇，学员一个劲地反馈说"听不懂"；干训队原海军教员也是"老革命遇到新问题"，他们都受过英国海军的正规教育及训练，但面对"听不懂"的学员，学校要求"干什么，讲什么"，这没有理论铺垫的课往往讲着讲着就成"一锅粥"。所以学校刚成立之初由苏联专家及一批原海军组成的教员队伍，没有从根本上找到针对性教学的核心问题。

按照苏联及欧美等国家的正规训练方法，士兵要到"训练营"训练1年以上，并经过一定时间的实习才能补充到舰艇；军官则要到海军学校学习4至5年甚至更长时间，并到舰艇上实习后才能正式任职。但中华人民共和国刚成立，东南沿海地区与国民党残余势力的频繁战斗不断，在这样的形势下显然是等不及1年以上乃至四五年及更长时间。

在去年8月舰艇学校尚未成立之时召开的海军首次建军会议上，面对现役海军普遍存在着文化水平低的实际情况，曾提出"舰艇部队的教育训练主要是解决航行、射击等应用技术问题"的低标准教学目标，但这个目标用于"铁包人"的大型舰艇学习驾驶尚且可以，用到"人包铁"到海上去扛炸药包的鱼雷艇官兵的学习上则远远不够。

面对这样的现状，学校首长及教员都很着急，学校先后对教员提出"用什么、学什么；先精一门，再学别样"及"先用先教先学，后用后教后学，少用少教少学，不用不教不学"的实用主义教育方针，这些"一切从实际出发"的教育方针只能暂时缓解学员底子薄、转岗难的燃眉之急。紧接着学校号召发扬民主，开展定期评教活动，学员结合自己的学习体会对教员及助教的工作进行公开的、客观的评判，指出各种方法的优缺点。这项评教评学活动对教员改进教学方法有很大的帮助，让教员们摸到了解决文化程度不高的"陆军"学习"海军"知识的方法。

为了帮助学员理解鱼雷武器和鱼雷艇原理，各个教研室都设法制作简单易懂的教具和挂图，发明了"形象化"的教学方法。他们把训练部实验科的同志都拉了进来，请他们将平面挂图转化成分层立体图，在实验室尚未建成，教学实物又奇缺的情形下，学员们有了"眼""耳"共享，加"手""脑"并举的学习途径，再加上自身刻苦的学习韧劲，绝大多数学员终于获得那张由海军首长及快艇学校首长联名签署的《毕业证书》。

当然，教员们加班加点在办学初创阶段也是习以为常。他们在苏联海军教材的基础上编写讲义草稿，经苏联专家审阅、试讲，补充完善后再按照教学大纲要求用通俗的语言文字编写教材。同时学校又消化引进苏联海军学校的教学理念与教学方式，在苏联专家的指导下各类战术实验室及训练码头等教学基础设施都紧锣密鼓地建设起来，配备上装备、实物及模型，还有在当时来说最先进的多路放映系统等教学设施，使可用于战术训练的实验室逐步变成现实。

原海军教员们就是这样"摸着石子过河"，逐渐摸索出适合学员实际的教学模式，他们用通俗易懂、生动形象的方法来实施教学。但因为实验室通过验收在学员开始上战术课之后，所以第一期学员在毕业前进战术实验室学习的愿望最终没有能够实现。但分配到"快21""快31"大队的第一期学员，在以后备战抗美援朝的日子里他们都在青岛黄海训练，战术实验室成为了他们训练鱼雷发射的第一站。

## 4. 忙碌的日子里他正式走上了讲台

4月底学员第二学期文化考试结束，骆传骊手上的战术实验室正接近尾声，而鱼雷检修所刚刚接手，这两项任务叠加在一起已经达到繁忙的程度，但陈宗孟主任还是要求他担任T班（鱼雷兵班）的《鱼雷武器》课教员，参加教研室的所有教研活动，并要求他为他即将要到讲台上去讲的每一堂课填写《教案》。

那是一套以苏联海军学校教员填写的《教案》为模板的表格，从学员对象分析到学习目标设定、教学方法教学路径设计都非常详尽，完成一堂课的《教案》表格填写相当于一堂课的备课。《教案》填写后还必须先在苏联专家及教研室教员面前试讲，试讲通过才可上讲台。

好在骆传骊在干实验室的工作之余，曾经常挤出时间去听苏联专家讲课，记着密密麻麻的笔记，所以完成《教案》表格的填写没有多大问题。但"没有多大问题"还是会遇到问题，笔记记得再详细总有百密一疏。此时，他除了直接向苏联顾问及原海军教员请教之外，发现装在木箱里随器材托运来的《说明书》是一份好教材，通过认真阅读《说明书》中的介绍和使用说明，解开了他的许多"不懂"。

他很得意地对教研室其他教员说："孔子说：'三人行，必有吾师。'我备好一门课的师者可以有三方面，顾问、你们，以及随鱼雷各个零部件带进来的《说明书》。"他的话对大家都很有启发，以后《说明书》不仅在备课、编讲义时用上，在制作教具或挂图时也很有参考价值，成为了教员们的教科书。

骆传骊刚当教员的日子忙碌且磕磕碰碰。5月22日，骆传骊给T班学员上《鱼雷武器》中的"装雷头"一课，上课前他才得知苏联顾问及其他教员都坐在后面听课，给他增加了不小的压力。因为在备"装雷头"课时他准备要拿引火管作教具，结果上课前到仓库找，却一时没有找到引火管，把他急出一身汗，他只能临阵应变，通过用语言表述来完成讲课。虽然听课的师生对这堂课表示认可，但他自己却检讨了一番教学前的准备不充分。

5月23日对骆传骊来说可是一个忙到停不下来的日子。他那天上午继续讲授《鱼雷武器》中的"最后检查"这一课。这类课应该放在战术实验室里上，但现在没有条件只能在教室里对着挂图纸上谈兵，要把具象的讲成抽象的也不是易事，寻找切入点备课、讲课，他花了大量的心思。

骆传骊是团支部委员，所以午饭后的课间时间，他先是参加团支部的开会；又作为建造鱼雷检修所的"工程师"，去查看在建的鱼雷检修所房屋基础，再返回教室继续讲课。下午他要讲的是《鱼雷武器》中的"发射后的处理"，这一次他从鱼雷仓库里搬来了发射管作教具，不但自己动手操作，也让两组学员完成了实验要求，学员们一致反映这样的手脑并举课学得进，效果好，这给了他当合格教员的信心。

晚上骆传骊到办公室继续填写以后要讲的《教案》，正写着又被负责实验室收尾工作的教员找去看鱼雷架子的位置，把他原计划填写完成《教案》后再准备明天要讲授"雷头喷水"课给打断了。准备时间已经不够，但他还是先"人"后"己"，不得不同时打开三个"频道"不时地调拨，重压之下考验着他区分工作轻重缓急、突出重点、兼顾全部的能力。

## 5. 既当教员更当学员，大海无涯学海也无涯

经过半年多紧张建设，战术实验室发射台及其发射器、鱼雷射击指挥仪等安装就绪，于5月底通过了验收。以后学员们的战术学习课可以在战术实验室里进行了，但第一期学员还是没有赶上进实验室上课实习的机会，因为他们从6月初开始已经按艇队在教练艇长的带领下进行第一科目"战斗与日常的各种部署"等岸上技术训练，历时5周。

就这样，新建的战术实验室出现了一段空档期，对骆传骊来说也有了喘口气的机会，但他偏来个"近水楼台先得月"，得空就往战术实验室里跑，自己先干起了鱼雷兵的活，对陈列在实验室里的鱼雷做保养，一旦看到哪位"虎"艇长有空就逮住他来当自己的教练，教他在驾驶台

上的一切操作，还教他放烟幕、给操雷头充气、放水等，甚至带他出海。

出海时他会下到轮机舱、上到驾驶台去仔细观察鱼雷艇在海上高速航行时这些机械动力装置是怎样工作的？他还会站在艇长身旁边看边仿效，然后由艇长保驾，自己下口令练习操纵；他也会站在鱼雷兵边上看他如何操纵射击鱼雷指挥仪。他想的就是尽快掌握鱼雷艇驾驶及鱼雷发射的要领，成为合格的鱼水雷教研室教员。

为了成为合格的鱼水雷教员，骆传骊的专业学习也不敢怠慢，从一位"鱼雷小白"到鱼雷教员，他利用工作之余的时间自学《磁性水雷》《深水炸弹》《磁雷保养》《鱼雷战术》《鱼雷检查》《绘迹仪》《扫雷》《水雷》《舰队阵型》等许多课程。

曾经有一回他到航海教研室向陈主任汇报工作时，看到桌上放着一本《中国沿海灯塔志》，他借了去看。这是一本出版于1933年的精装书，内有大量灯塔图片，介绍了中国沿海的海洋灯塔二百多座，而它们坚守的位置，都是错综复杂的海岸线。看完这本书他觉得自己走进大海又多了一份信心，于是他又去借《舰图》看，看完《舰图》再借苏联翻译过来的《舰历书》。

他意识到要当好一名海军鱼雷教员，就算看了这些专业书还是远远不够的，除了必须学习掌握与鱼雷快艇及鱼雷相关的知识，还有海军礼仪常识，各国海战战例、天文地理、航海知识等都要学习掌握。总之，与海军、大海有关的知识都要尽快学，真可谓是大海无涯学海也无涯，能不能到大海里去遨游全看你作好多少准备。

# 十、干训队回"黄河部队"，部队"硬件"建设加快

## 1. 干训队回"黄河部队"打捞"重庆"舰

曾经的"重庆"号轻巡洋舰容貌

"重庆"舰自1949年3月20日自沉在葫芦岛港的大海里已过去两年。这两年期间，上至中央军委下至"重庆"舰官兵无时无刻都想着将它打捞出海，重见天日。大家都认为：作为中国战斗力最强的军舰，"重庆"舰就是海军的门面担当。如果舰船情况还好，就用作新成立海军的训练舰，用以培养舰艇干部；如果情况不好，经修理可作为海军要塞的活动炮垒，弥补岸炮射界的死角。

早在1949年夏季，"重庆"舰官兵在安东海校学习期间，学校就抽调20名学员到葫芦岛，执行打捞"重庆"舰雷达天线的工作。中华人民共和国成立后，1950年年初，当安东海校送走赴华东海军和赴大连创建海校的两批学员后，留下的一部分学员他们的任务就是准备打捞"重庆"舰。在尚未接到打捞命令之前，作为"黄河部队"一员，留下的学员自发组建起海军干部训练队，只要一声令下即可投入打捞工作。同年2月，成立了"重庆"舰打捞委员会，由时任安东海校政委的朱军任委员会主任，具体领导协调打捞工作。当时因我国尚无打捞大型沉船的能力

与经验，在周恩来总理的关心下，通过与苏联的外交谈判，并如数交付打捞费后，1950年8月1日苏联专家205人依约定抵达葫芦岛，开始现场勘探准备。

正当安东海校干训队严阵以待，等待前往葫芦岛打捞"重庆"舰命令的时候，却在这时接到海军司令部另外一个命令，命令他们立即开赴青岛筹建海军舰艇学校，因为抗美援朝的战火已经烧到了鸭绿江边，我国急需建立海军"快""潜""空"部队，以最大限度地维护我国领海领空主权的完整，"重庆"舰干训队是难得的一支力量。

于是，葫芦岛那边，在周恩来总理亲自过问下，中央通过外交途径和苏联谈判达成打捞"重庆"舰的协议，由苏联对外贸易部工程处与中国进出口公司签订，协议签订日期是1950年10月26日。但事实上苏联打捞勘测队提前半个月即1950年10月11日就到达辽宁葫芦岛，开始打捞前的潜水检查。青岛这边的海军舰艇学校，也请来了苏联专家，运来了苏联实习快艇。干训队的技术骨干当起了教员，他们向苏联顾问学，边学边操作边教学，全身心投入到学校的创建之中。

"重庆"舰打捞工作启动之时，正是快艇学校干训队教员们忙于培养快艇学员之时，邓校长和朱政委不得不筹划快艇学校与"重庆"舰打捞两项工作的齐头并进大事，因为这两副重担都落了干训队的肩上。最后在妥善安排好快艇学校教学、训练的同时，一部分非一线教学岗位的干训队成员先期被抽调，到达葫芦岛配合打捞的准备工作。

到1951年5月12日，第一期快艇班学员完成理论课的学习，举行隆重的毕业典礼，即将离开学校。而第二期学员尚未到校报到，学校正好留出了一个空档期，可以让还留在快艇学校的干训队成员也开赴葫芦岛参加打捞工作，因为打捞工程巨大，打捞后的修补只有当年"重庆"舰上的官兵最清楚每一个战位、每一个零部件的作用。

5月15日上午骆传骊为学员上"鱼雷武器"课。下课后刚回教研室就听见门口一阵喧哗，有人来通知说"陈主任马上要走了，大家一起到礼堂前去与陈主任拍照合影，送送他。"听到这个消息骆传骊感到十分意外，尽管从3月31日那天重新编队起他就看到学校干训队许多人已经离开学校重回"黄河部队"，但他们训练部里来自干训队的教员好像都没有动静，陈主任前两天还在布置自己建造鱼雷检修所呢。合影后他向陈宗孟主任求证他要离校的消息是否属实？陈主任告诉他现在留在学校的干训队官兵，除少数教研室教员外都在整装待发，要开往葫芦岛参加打捞工作。

1951年5月16日打捞出水的"重庆"舰

陈主任还告诉他："重庆"舰的打捞4月28日就已经开始，这两天差不多就可以打捞出水重见天日。但打捞出水还仅仅是开始，后面还有堵漏、焊补、排水等许多工作要完成，只有这些工程全部通过检查验收，"重庆"舰的打捞工作才告全部结束，接下去就是要把它拖进船厂进行修复。

骆传骊关心地问陈主任什么时候可以回学校？陈主任其实已经发现了他的焦虑，所以安慰他："鱼水雷教研室的行政工作由朱国雄负责；战术实验室的收尾及验收、鱼雷检修所的设计建造安德列夫顾问会继续发挥他的作用，作好技术把关；'山大'校办工厂你已经很熟悉，大家配合得很好，所以应该不会有问题。你就放手大胆地去干。"

确认陈宗孟主任真的明天（5月16日）就要随最后一批前往葫芦岛的干训队成员集结出发，乘专列驶往葫芦岛回"黄河部队"，与中苏大连造船公司共同完成对"重庆"舰的堵漏、焊补、排水等工程后，骆传骊隐隐有点失落。他怪自己这阵子忙于干"工程师"活又干"教员"活，都不知道留在学校的干训队成员都要赴葫芦岛去参加打捞"重庆"舰。陈主任这一走，他一下子觉得少了一个给他力量的臂膀，因为自从参军到快艇学校，他就一直接受陈主任的领导及工作指导，并且因为陈主任的信任，让他这么一个"鱼雷小白"直接参与战术实验室、鱼雷检修所等海军"重大"项目建设，还有上讲台当教员，给学员讲授"鱼雷武器"，他觉得自己在陈主任的指导下天天在进步。现在陈主任他们突然要去葫芦岛完成安东海校干训队成立之初就定下的任务——打捞"重庆"舰，既让骆传骊看到了我国海军未来的希望，又让他为自己少了陈主任这样的良师益友而遗憾。当然，他理解"重庆"舰上原海军们的心情，他们一个个都企盼着"重庆"舰早日修复，他们可以再回到原来的岗位各就各位，保卫祖国的辽阔海疆。

## 2. 快艇部队"硬件"投入加快

还是在1951年5月16日同一天，我国向苏联购买的第一批鱼雷艇中的18艘鱼雷艇在旅顺港移交，其中8艘快艇直接运往广东新湾基地，另外10艘将会通过火车走陆路运到青岛，运进快艇学校码头，既用作学校教学，也用作青岛快艇基地部队建设。这也是苏联援助我国海军的第一批军舰物资，来之不易。

早在1949年年底毛泽东主席首次率团访问苏联期间，就与斯大林达成了苏联帮助中国建设海、空军的共识。1950年2月14日，周恩来总理专程赶到莫斯科，代表中国政府与苏联政府签订了《关于贷款给中华人民共和国的协定》，即苏联政府向中国政府贷款3亿美元用于购置海空军装备的协定。毛主席和周总理还当即决定，将苏联向中国提供的3亿美元一半用于海军建设，并与苏方签订了用贷款购买1.52亿美元海军装备的协议[1]。

1950年4月，中方致电苏联部长会议副主席布尔加宁，"提出一批急需的海军舰艇、飞机和海岸炮的订单，要求苏方在1950年夏天或至迟1951年春天前发来中国。"后来因为爆发朝鲜战争，这笔原本用于海军的1.52亿美元有一部分调给了空军用于购买朝鲜战场急需的战斗机，而且苏联也担心向中方提供海军舰艇会刺激到美国，所以当萧劲光司令员一行于1950年11月前往莫斯科洽谈我国《海军建设三年计划》的援助问题时，中苏仅就1951年的海军援助达成共识，苏联只答应通过陆路运输小型舰船及器材。无奈之下，为了满足海军建设所急需的武器装备，我国只能同意苏联的建议。这也是我国海军快艇部队率先建设成立的另一个主要原因[2]。

1951年3月27日，中方再次致电苏联："1951年请领物资如下：鱼雷快艇12艘，加上1950年供货计划所列的18艘"[3]。终于，我国根据协定条款向苏联购买的第一批18艘鱼雷艇，于1951年5月16日在旅顺港移交；随之而来的还有同一批另外12艘将于5月26日抵运天津塘沽港。

其实早在5月到来之前，上海吴淞、广东新湾、天津塘沽以及设在快艇学校里的青岛4个快艇基地的机关班子已经组建，开始为艇队进驻之后的各种勤务保障做起了准备。但是，为第一期学员成为第一批快艇部队的艇员而扎的营盘，包括指挥中心、军营、训练场地等军事建筑，码头、船排（坞）、船舶修理设施等水上设施都需要在五、六、七三个月里陆续完成。加上还有30艘向苏联海军购买的第一批鱼雷艇还在路上，

---

1．见《萧劲光回忆录》续集，解放军出版社，1989年版，第29页。

2．关于海军率先组建快艇部队，是基于解放初期我国东南沿海还有国民党军队盘踞，新中国海军才刚刚组建，主要职责是护航护渔，以防守为主。而鱼雷艇部队是一支小型水面舰艇的部队，它兼具攻防两种能力，适合近海作战，因此中央军委决定率先建设鱼雷快艇部队。

3．见沈志华主编：《俄罗斯解密档案选编：中苏关系》第3卷，东方出版中心，2015年版，第207页。

要到5月16日及26日才能运抵中国旅顺及塘沽港，从运抵到接管中间还有一段时间的过渡，所以学员们虽然已经按艇队初步编队，编队之后又在5月12日举行了毕业典礼，但他们并没有立即打起背包就走，而是继续在学校里完成战术理论科目与技术训练科目的学习与训练，之后成熟1个基地就开拔1个快艇大队，直到1951年10月24日最后1批学员离校奔赴自己的战斗岗位。

### 3. 鱼雷战术实验室终于见真容

青岛基地因为与快艇学校同在莱阳路8号里面，所以它相比其他基地有着先行优势。像鱼雷战术实验室为了艇长班学员教学实习需要，半年前在苏联专家指导下就开始建设，到5月底终于迎来获得通过的激动时刻。但骆传骊激动不起来，因为包括陈宗孟主任在内的一起参加建设实验室的大部分教员都去葫芦岛打捞"重庆"舰了，还不知他们以后会不会再回学校？什么时候能回学校？后来的事实也证明他们中的大多数人这一去就没有再回青岛莱阳路8号的快艇学校，没能见到亲手建设的实验室真面目。

骆传骊站在实验室门口，建设过程中给予他指点与帮助的启蒙老师陈宗孟主任、苏联专家安德列夫以及"山大"校办工厂里的许多人，还有教研室的同事、战友，大家劲往一处使的工作镜头一幕幕又浮现在眼前。

1951年3天春节假期刚过，战术实验室就打响了收尾大战，他们把所有工作按先人（需要别人支持的活）后己（自己就能完成的活）的原则排序。骆传骊最关心的还是最难攻克的鱼雷发射管加工，它的成败决定着实验室建设的成败。它不像鱼雷、水雷，都可以找到废旧的实物，只要放进实验室可以让学员分组进行各项目检查的练习。所以春节一过，教研室就派"二王"等助教住在工厂里，和工人同志一起加班加点，仿制过程中骆传骊则不停地修改图纸。但由于经费困难，鱼雷发射管最后只做了一个，另一个则请绘图员绘制在硬纸上，这样左右舷两个发射管就算全了。

与此同时实验室也开始摆放用于教学观摩的陈列样件，他们通过拆解一条旧鱼雷来组装成雷头、雷身和雷尾三个部件，把组成这三个部件的主要零部件，如控制鱼雷航深、航速、航

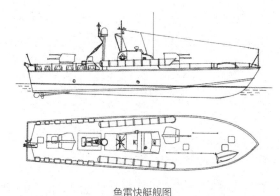

鱼雷快艇舰图

向的仪器仪表，后舱雷尾段内安装的发动机、推进装置、螺旋桨、方向舵和水平舵等都一一找了出来。骆传骊则着手画陈列布置图，还有鱼雷快艇简图（如右图）。在组装时若发现缺键少螺钉等且又在鱼雷库房废弃零配件里找不到的情况下，骆传骊便立马测绘画图拿到"山大"校办工厂去加工定制。

鱼雷艇操纵驾驶台是战术实验室里最重要的组成部分，放进实验室的驾驶台学校决定采用木料制作，发射器要安装在木制驾驶台上，所以骆传骊又开始跟木工师傅打起了交道。他们合作默契，骆传骊忙出图师傅忙打样，然后再加工制作。就这样，鱼雷艇操纵驾驶台在木工师傅的精心制作下成功了。有了驾驶台，又有了一根金属制作的、一根硬纸制作的左右两根发射管，俨然构成了一套完整的发射系统。

到3月25日，实验室里的鱼雷发射台基本可以工作了，陈宗孟主任首先来检查实验室建设情况，他走到驾驶台旁，亲自试操作发射装置，看

到发射台能够正常工作，他高兴地说："这样以后学员们操作时可以先在左舷发射管（实物）上进行，然后在右舷发射管（硬纸板）上比划，动作训练逼真，解决了'发射前的准备'及'发射和故障排除'等项目的操作训练。"随后他马上当起了教练，教在场其他人上台操作。因为在场的其他人有的虽是"重庆"舰上老海军，但不是鱼雷兵；有的则是刚刚到校的大学生新兵，他们都不曾上过鱼雷艇，更别说驾驶鱼雷艇操纵发射台了。而他们以后不是要上讲台对学员讲授《鱼雷发射》课，就是要在实验室教学员操作"鱼雷发射"，所以他们都当了一回陈主任的学生。

到了4月中旬，实验室样品陈列基本就绪，骆传骊又开始动笔画图了。这回画的不再是机械零部件，而是画木制家具图，如鱼雷艇上鱼雷兵的座椅图、战术实验室学员上课坐的长椅图、操纵鱼雷艇用的工具箱、实验室书柜图。还是依靠"山大"校办工厂配合，一直到5月下旬终于迎来鱼雷战术实验室获得通过的激动时刻。

### 4. 留下遗憾的第一个鱼雷检修所

就在骆传骊为实验室初获成功而感到可以歇一口气的时候，5月4日，陈宗孟主任又找到了他，拿来《鱼雷检修所计划》让他先看起来，并对他说："学校即将开始鱼雷艇基地建设，其中的码头、轮机修理所由其他部门负责建造，而鱼雷检修所的建造又落实到我们教研室。现在战术实验室已经到了内部扫尾阶段，由其他同志在负责，所以接下来你就接手鱼雷检修所的建造任务吧！检修所建设仍旧是由安德列夫顾问作指导，土建与机械加工安装还是依靠山东大学校办工厂的力量，你没有问题吧？"

骆传骊仔细看了一遍《鱼雷检修所计划》，这是一份苏联专家按照苏联海军修造厂规格、内容编写的建造计划。对完成这项任务，骆传骅不再像刚接手实验室建设任务时那样胆怯，他对此是有信心的。因为早在燕京大学读书的时候，曾经的机械系主任丁荫教授就为他们机械系的学生打过基础，让他们在学习机械设计的同时把建筑设计基础知识也学了，后来到抚顺煤矿轮岗实习时也接触过木工及泥水工的活。

说干就干，于是骆传骅就以《鱼雷检修所计划》为参考依据，又开始动笔设计检修所的平面、立面结构图。

鱼雷检修所为长方形砖和石块砌筑的单层建筑，要开挖深半米以上、宽1.5米，贯穿近百米的漕沟，漕沟里要安装上轨距0.8米的轨道，房梁上要安装起吊鱼雷用的俗称"神仙葫芦"的手动起重滑轮。考虑到鱼雷在检修所中检修与运输的方便，所以他在建筑设计时安排了双出入口，即鱼雷的运送是前门进后门出，预算资金为8万元。但因为抗美援朝战争的缘故，海军军事贷款被压缩使用，最后只获批了4万元。

骆传骅算来算去4万元造一个检修所是远远不够的，为此他去跟学校分管首长据"理"力争。首长劝他说："经费紧张，出入口就改开一个，漕沟也缩短一点，检修所能简则简。"他还是解释道："出入口如果只有一个，每次就只能安排一辆雷车作业，进了就不能出，出了就不能进，备战的时候，准备好的鱼雷要往码头运，从仓库运来的鱼雷要往里运，势必会都挤在门口。"首长回答他："眼下军费紧张，这个检修所只是为学校学员实习用的，可以了。"

实在是没有钱，骆传骅只得围绕4万元建造费搞设计，图纸画好后，他自己根据鱼雷重量计算选择"神仙葫芦"规格，同时配合房产股地面划线、监督施工。为赶在墙体、屋顶完工之前完成吊机的安装和调试，忙不过来时他自己也去拉石灰搬砖头。在部队这所大学校里，他已经跟"文弱书生"的称号说"再见"，越来越像工地上戴着眼镜的"工程师"。

后来"神仙葫芦"的加工安装不很顺利，当"山大"校办工厂按期把"神仙葫芦"送来后，骆传骊与师傅好多天都一起爬上爬下进行调试，但不是按启动开关后电动葫芦不工作，就是噪声异常。寻找原因，最后发现是轮槽尺寸与钢丝绳尺寸配合太紧，没有活动空隙所致。没办法，校办工厂的师傅只能把葫芦运回去对轮槽进一步加宽，再运来调试安装，几经周折总算按要求完成。

最后，在苏联专家的指导下，新中国海军快艇基地第一个鱼雷检修所经过近两个月的建设，终于在1951年6月底在莱阳路8号建成。但作为设计负责人，骆传骊却总是高兴不起来，他为只有1个出入口的检修所而耿耿于怀。但同时他又为自己有幸在苏联专家指导下，参与设计第一个鱼雷检修所，加上已经完成的战术实验室而感到高兴，这些经历都为他以后到部队再建实验室和检修所打下了基础。更让他感到高兴与自豪的是，快艇部队的"硬件"建设进入到了快车道。

# 十一、第一批援华快艇到校后，学校里的故事多起来

## 1."穿裙子的不准上艇"

新进10艘快艇加上已有的4艘快艇，小青岛附近海湾里的鱼雷艇一下子增加到14艘，那可是学校上上下下官兵与师生眼中的宝贝，于是一连串的故事、笑话就涌了出来。首当其冲的笑话当数苏联专家一句话："穿裙子的不准上艇！"这句话差点让骆传骊掉下眼镜。

停泊在学校码头上用于教学的实习艇平时都被里三层外三层包裹着，整齐地排列在码头上。而码头则戒备森严，只能远眺不能靠近，甚是神秘。对莱阳路8号里的绝大部分人来说，他们基本上都不会被批准登艇，所以他们都从来没有见过鱼雷艇的真面目。骆传骊所在的训练部各教研室教员不经批准也不能随便登艇。

被包裹着里三层外三层停泊在码头上的鱼雷艇

快艇到校不久那阵子，学校机关的同志都想上艇去参观。机关部、处里不少是来自于青岛业务学校的女同志，有一天她们接到通知，说下午组织机关干部上艇参观，于是大家擦亮皮鞋、整齐着装、排好了队准备前去海边。结果她们忽然接到苏联顾问的命令："穿裙子的，不得上艇！"于是这些女同志赶快回去换上了裤子跑到队伍中。谁知她们换上了裤子也不让她们上去，经过陪同顾问的翻译解释，她们才得悉原来是她们对苏联顾问所说的"穿裙子"的意思领会错了。苏联顾问说的"穿裙子"就是指女人，顾问还煞有介事地说："舰艇上有了女兵就没有纪律。"他们认为女人上艇不吉利，会扰乱军心，会出事故，所以绝对不允许女人登艇。最后这次登艇活动不了了之，以后机关干部，尤其是机关女干部几乎没有人上过鱼雷快艇。

## 2. 为减轻大鲨鱼痛苦，差点殃及到爱艇

1951年7月初夏的一天，气温超过30°C，快艇学员大队第一期学员大部分已经离开学校，第二期学员还没有入校，在校的教员及机关工作人员经不住清澈大海的诱惑，纷纷利用午休时间下到离宿舍200米远的港湾内游泳去了。

海面在阳光的照射下波光粼粼，但见海鸥自由飞翔；远处大海上，还不时传来轮船"呜呜"的汽笛声，告诉人们它正缓缓

栈桥边波光粼粼的大海

地驶向远方；在海里游泳的人们也互相嬉戏，愉悦心情，一派祥和。忽然，在宿舍里的骆传骊听到海上传来深沉而又响亮的汽笛声，接着又是三声长远的汽笛响，他觉得有异常，便顺着声响向海湾跑去，才听清楚是停在港湾外的水上大吊车在拉响汽笛。此时，岸上、海上的人们都听到了汽笛声，都不约而同地奔到海湾四周张望，并没有发现有任何障碍物，也没有任何来往船只，可是水上大吊车还是不停地拉汽笛，"一定是有什么事情要发生！"所有人都紧张起来。这时有人发现海里疑似有一条大鲨鱼在尾随着游泳的人，若隐若现。在岸上的骆传骊他们都紧张地挥舞着胳膊示意游泳的人赶快向岸边游回来，海里的人也意识到有紧急情况，都拼命地向码头游来。就在最后一位战友刚离水爬上码头的千钧一发之际，只见一条大鲨鱼尾追而来，猛地一口把一个大浮筒吞进了腹中。

大鲨鱼肯定不知道这个浮筒是用铁皮制成的，它的下面还有铁链和铁锚固定在海底。浮筒长约0.8米，直径0.5米，是专用来系小艇的，被大鲨鱼吞进去的浮筒，外面还有铁链和铁锚相连，所以岸上的人只看见露出的铁链条并没有看见鲨鱼，可以想见它吐不出来又跑不掉，被拴在铁锚上痛苦不堪的样子。大家都不忍心看着大鲨鱼受折磨，纷纷议论怎么来处置它，使它受痛苦最轻？至于大鲨鱼为什么游进港湾内来觅食大家都还来不及去想。

此时有人提议将它打死再拖上岸是最好的办法。那怎么让它痛快地死去呢？又有人提议赶快请示首长用手榴弹炸死它。这时骆传骊急了，码头旁停着的鱼雷艇那可是学校的宝贝、海军的宝贝，它们非常娇贵。他立即上前阻止这个提议："千万不能用手榴弹去炸，万一炸坏了鱼雷艇，那可不是一条鲨鱼的事了。"这时又有人提议说："那就用机枪来扫射。"大伙实在拿不出其他好办法，只得接受这个提议。

大约在下午16：00左右，一艘载着4个警卫连战士的小汽艇向码头开来，他们带着一挺轻机枪开始围着大鲨鱼扫射，但小汽艇不敢太靠近大鲨鱼，怕受伤的大鲨鱼把它掀翻。可能是海水深阻力大的缘故，一直忙到17：00多也没有见鲨鱼浮出水面露出真面目。到天黑之前，终于开回一艘到胶南县运西瓜的"海阳"号运输船，大伙便拦下"海阳"号想用这艘大船将鲨

死在沙滩上的大鲨鱼

鱼拖上岸。不料在收拾鲨鱼的过程中，浮筒从鲨鱼口中脱落，大伙只能眼看着身负重伤的大鲨鱼晃晃悠悠离港而去。第二天一早，就有消息传到学校，说渔民在沙子口发现了这条大鲨鱼，但已经死了，他们估计这条鲨鱼足有1000多斤重。

这件事发生在快艇学校调兵布阵、人员频繁调离的当口，大鲨鱼游进港湾凑热闹，活吞大浮筒，幸好为了帮它早点解脱，没有用手榴弹去炸它。不然的话，若殃及到鱼雷艇，那就不是一桩茶余饭后闲聊的话题了。

## 3. 让人另眼相看的"111"号艇艇长王苏南

小青岛海湾里的鱼雷艇神秘，"快艇中队"的8个人同样给人一种神秘的感觉。虽然骆传骊因为工作关系与他们都熟悉，但关于他们每一个人的不凡经历所构成的"故事"，还是用了半年的时间才陆续知道了他

苏联伊万诺夫国际儿童院，摄于1941年

王苏南（前排右一）与安东海校秘书科战友

们干海军少则一两年，多则五六年，其中"111"号艇艇长王苏南是真正的海军学校"科班"出身，而且是苏联的海军学校。在新中国解放初期有这样背景的人在海军里面真可谓凤毛麟角，好多人见了他都是另眼相看。

确实，"111"号艇艇长王苏南的父母都是东北抗日联军领导人，先后牺牲在叛徒和土匪枪下。王苏南九岁时就被送到苏联伊万诺夫国际儿童院，与毛泽东的儿子毛岸英、刘少奇的女儿刘爱琴、朱德的女儿朱敏，赵世炎的儿子赵施格、蔡和森的女儿蔡博、林伯渠的女儿林利、王若飞的儿子王继飞、罗亦农的儿子罗西北等许多党和国家领导人的孩子及早期革命烈士遗孤是同学。他也是第一位被苏联海军选中参加海军的中国共产党人遗孤。

王苏南毕业于苏联格鲁吉亚的巴都米海军学校，是中国唯一一位进入苏联海军学校的中国学员，1948年从海军学校毕业后，他被派往苏联黑海舰队实习服役一年。1949年他响应即将成立的中华人民共和国召唤，主动申请回国，后经苏共中央组织部有关部门批准，他告别养育他十多年的苏维埃共和国，改回国籍，到成立不久的中国共产党领导的第一所海军学校——安东海军学校报到，担任安东海校秘书科秘书。

1950年8月，为筹建在青岛的海军舰艇学校，"63"和"64"两艘护航舰（全称"护航驱逐舰"）入列筹建中的海军青岛基地，给舰艇学校办学用。此时还在大连海校航电系进修的王苏南被紧急调到海军青岛基地，被任命为"64"号护航舰上的实习航海员。王苏南到青岛后便与"64"号舰的战友们一起把旅顺基地调拨给舰艇学校用作教学艇的4艘苏制 Б-123型鱼雷艇从旅顺运送到青岛。当鱼雷艇从舰上卸下后，王苏南又驾驶鱼雷艇停靠到莱阳路8号的舰艇学校码头上。所以，把王苏南称作是驾驶新中国海军自己鱼雷艇的第一人名副其实。

新中国海军第一个"快艇中队"于9月17日开始组建，这其中也有王苏南的一份功劳。是王苏南向苏联专家建议，成立一个鱼雷快艇中队，专门培养鱼雷快艇艇长。他的建议得到苏联专家的赞同，并得到萧劲光司令员的批准，最后这个建制上归青岛基地，指挥上归舰艇学校的"快艇中队"，在10月9日舰艇学校第一期学员的开学典礼上宣告成立，王苏南担任"快艇中队""111"号艇艇长，岗位就在舰艇学校的码头上。

## 4. "快艇中队"里其他人同样让人感到神秘好奇

中队长刘秉义，曾是"陆军第十八集团军山东胶东军区'海军'支队"骨干。这支部队1944年11月5日由威海刘公岛起义的汪伪海军组建，是我军历史上第一支使用"海军"名称的成建制部队。1945年10月21日，现任快艇学校教育长的田松曾率领这支部队驾船跨海挺进东北，在其后的剿匪战斗中，"田松支队"令东北各大匪帮闻风丧胆。刘秉义在"田松支队"里任副营长，"侦察排长"杨子荣是他的战友。从1949年6月起，遵照党中央指示，原八路军山东胶东军区海军支队中刘公岛、龙须岛汪伪海军起义人员约170人，作为海军建设的骨干，先后分批调入人民海军，刘秉义就是其中之一。

指导员魏岱峰，1938年参加革命的老八路，1950年转型到海军之前长期担任八路军鲁东、泰西、鲁西、湖西、晋冀鲁豫等支队的宣传、政治委员等职务。一位爬山走陆地的老八路来领导驾驶飞舟驰大海的海军，他的过人之处在以后的海军部队创建期得到很好的映证。他先后担任快艇学校训练部副部长、海军第一快艇总队参谋长、快艇1支队支队长、南海舰队副参谋长等海军领导职务，还到苏联海军学校留学，但那都是1951年以后的故事。

"112"号艇艇长韩明岐，他的参军经历与刘秉义队长差不多，也曾参加汪伪海军，1944年11月起义后加入到"山东胶东军区海军支队"，只是这支部队在挺进东北的时候并没有全走，而是留下了18个人，韩明岐就是其中之一。1946年6月，以这支部队留下的班底为骨干，胶东军区司令员许世友在烟台成立了"山东胶东军区海军教导大队"，下设两个中队，每个中队100人，训练的主要课目为游泳、旗语、驾船等海军基本技能。不过这支教导大队与大名鼎鼎的海军支队相比，显得有些默默无闻，但它同样为新中国海军创建贡献了很多人才。

还有一位1926年出生的"虎艇长"滕远，他是一位新海军、新艇长。他1942 年在山东乳山老家以教员身份作掩护开展革命宣传教育工作。1945年6月他加入中国共产党，从此开始在许世友领导的胶东军区东海军分区机关武装部工作。1947年任东海军分区独立三团宣传干事，1948年任第三野战军教导师干事，渡江战役结束后，他由陆军转到海军。1950年3月他接受青岛航海大队培训，9月份海军舰艇学校成立，他入列"快艇中队"来到学校，任中队"116"号艇教练艇长。

其他教练艇长也都有精彩的过往经历。如果说舰艇学校是快艇部队的播种机，那么学校里的刘秉义队长、魏岱峰指导员及"111"号艇艇长王苏南（属虎）、"112"号艇艇长韩明岐（属虎）、"113"号艇艇长崔捷（属虎）、"114"号艇艇长范永康、"115"号艇艇长王健秋、

　　"116"号艇艇长滕远（属虎）等8人就是在播种机上播撒种子又培育种子的人。他们组成的"快艇中队"是新中国海军第一个入编的鱼雷艇中队。以后一批又一批鱼雷艇艇员从莱阳路8号走出，一场又一场战斗涌现出一个又一个海上扛炸药包的英雄，都与播撒种子、培育种子的他们分不开。

# 十二、快艇学校里的"调兵布阵"

## 1. 第一波"调兵布阵"从1951年3月末开始

快艇学校里第一波"调兵布阵"从1951年3月末开始。先是把快艇学员大队按3个小支队重新编队,一部分教员也被编入学员队;然后是一批又一批干训队原海军返回"黄河部队",赴葫芦岛参加打捞"重庆"舰,最先调离学校的是干训队非一线教员;到第二学期考试结束,陈宗孟主任等最后一批训练部的干训队教员在5月16日那天也离开青岛返回"黄河部队"。

我国海军4个鱼雷快艇大队的组建,向全世界庄严宣告中国不再是有海无防的海洋大国。为快速把中国的鱼雷快艇部队筑成海上万里长城,来华支援快艇学校建设的70多位苏联专家顾问,也离开了青岛快艇学校被安排到各个快艇部队,他们的工作重心完全转移到部队强军建设之中。

因为打捞和修复"重庆"舰是一项艰巨而复杂的工程,没有3至5年不可能完成这项工程。但快艇学校里的苏联顾问大多去了部队,干训队原海军教员去了"黄河部队",那第二期及以后每一期学员由谁来培养?于是就有了第一期毕业班当中文化水平高、技术能力强的优秀学员留校,他们被分配到学校教职员岗位上,有干助教的,也有干教练艇长的,但干教练艇长的不久又都去了各个快艇部队。

## 2. 第二波"调兵布阵"从一期学员毕业开始

第二波"调兵布阵"是在学员进入到战术学习、技术训练的五、六月里。随着上海吴淞、广东新湾、天津塘沽以及青岛4大鱼雷快艇基地的建成，包括学校"快艇中队"在内的基地人员频繁调离，"快艇中队"也就此撤编，人员都编入到快艇部队中。为了给9月初就要开学的第二期学员挪空位，第一期学员在完成岸上项目训练后，先后离开青岛快艇学校，奔赴各自的战斗部队，到那里继续完成海上项目的训练。到5月初，第一期学员的第二学期考试结束，在还没有领到《毕业证书》之前，他们今

第一期学员杨和德毕业证书

快艇学校第一期学员张立春毕业证书

后的岗位就开始明朗了，大部分学员都将奔赴鱼雷快艇部队。

如右上图这张证书的获得者杨和德，他被明确分配到天津塘沽的"快21大队"，被任命为3号艇艇长；再如右下图这张证书的获得者张立春，他被明确分配到上海吴淞的"快1大队"，担任1中队枪炮军士。也有一部分学员留校，充实到训练部或鱼雷快艇中队等各个部门，一部分要接替干训队原海军教员的教学工作，培养他们成为训练部各教研室的专业教员，从助教干起；另一部分则是要充实到学校的鱼雷快艇中队，

培养他们成为训练学员的教练艇长。

分配到训练部的一期学员5月7日就到训练部及有关教研室报到了。那天骆传骊有事要找陈宗孟主任汇报，跑到航海教研室正好碰见几位艇长班的学员向陈主任报到来了，他们是黄红兰、许坚、郭浩、王绍熙等，他们马上就要成为快艇学校第二期学员班的助教。

因为到5月26日为止，向苏联购买的第一批30艘Б-123苏制鱼雷艇都会运抵我国，其中运抵旅顺军港的18艘鱼雷艇有8艘直接转运到广东"快11大队"，余下的10艘中有6艘运抵青岛莱阳路8号的快艇学校，与原有的4艘快艇一起成为第一期班学员的教练艇。随着教练艇的增加，教练艇长的配置也需随之增加，而此时学校已经陆续将干训队原海军教员调离学校，前往葫芦岛。也就在5月7日分配到航海教研室的一期学员向陈主任报到后没几天，骆传骊看到学校快艇中队王苏南等教练艇长已经开始训练新学员，而那时候学员大队还只是进入到战术理论的学习阶段，尚未开始技术训练，这是怎么回事呢？后来才得知这批接受训练的都是快艇中队新加入的教练艇长，他们是在接受岗前培训。他们中有中队、区队干部，有第一期艇长班的学员。

接受培训的中队、区队干部中有一位后来成为闻名全国的海战英雄、优秀指挥员，他就是第4学员中队队长兼指导员纪智良[1]。就是他在1954年指挥我国海军第一次以鱼雷艇击沉国民党"太平"号护卫舰的那场战斗，创下我国海军鱼雷快艇部队历史上的第一场大捷。当时纪智良担任鱼雷"快31大队"副大队长兼1中队队长，在战斗前和战斗中他担任岸上指挥，在他的指挥下取得了那场震惊中外海军的胜利。纪智良是一位1944年就参加汪伪海军，在刘公岛起义后加入八路军，解放战争中驾船驶进东北参加"辽沈战役"，以后又打到天津参加"平津战役"的老

---

1. 纪智良以后历任海军快艇六支队副支队长兼参谋长，潜艇学院任系主任、校务部部长，海军旅顺基地后勤部副部长，海军工程学院院务部部长等职。

海军。1950年9月海军舰艇学校成立，他被任命为第4学员中队中队长，组织管理电讯兵各个学员区队的学习、军训等所有活动。

在击沉"太平"号舰战斗中担任岸上指挥的31大队副大队长纪智良

被选拔到学校鱼雷艇中队接受培训的学员中有一位叫铁江海[1]，他是第一期艇长班的优秀学员，被确定入列"快21大队"担任"1"号艇艇长。以后为准备抗美援朝，在各大队中选拔优秀艇长成立冲锋陷阵的"快31大队"1中队，他成为"快31大队"1中队副中队长，也参加了1954年击沉国民党"太平"号护卫舰的那场战斗。在那场战斗中，他与中队指导员朱鸿禧[2]一起负责战斗的海上指挥，他们与岸上指挥纪智良紧密配合，瞄准时机后由铁江海下达指令向"太平"号护卫舰发出第一颗鱼雷。要知道"太平"号舰是一艘1430吨的大型护卫舰，是国民党的主力舰之一，击沉"太平"号舰是人民海军首次击沉国民党大型军舰，其意义非同一般。从那以后，年轻的海军快艇部队就如同"铁江海"的名字一般，为我国的东部海疆筑起了一道钢铁长城。

## 3. "老头顾问"欲培养他成为"参谋"人才

快艇学校未雨绸缪的不仅仅是学员的编队，除学校干训队官兵分批离校前往葫芦岛打捞"重庆"舰外，为即将成为新中国第一支拥有30多艘Б-123苏制铝壳鱼雷快艇部队中的一员，包括学校鱼雷快艇中队、护航大队、供应训练大队、机要训练大队、文化补习大队等基地官兵以及

---

1. 铁江海烈士生前为东海舰队快艇六支队第三十一大队大队长，1968年3月病故于上海。

2. 朱洪禧：1943年参加八路军，解放后加入海军，任海军舰艇中队指导员，后任海军舰艇大队政委、大队长，海军北海舰队参谋长、副司令员。

70多位苏联顾问,大家都在"被动站队",随时准备接受指令开赴远方的基地。人事变化在悄悄地进行之中,骆传骊也被告知他被编入第3学员中队。接着学校很快就通知编入学员队的教员明天就搬"家",吃饭与学员队同吃一灶,铺盖也搬出干训楼而搬到中队宿舍去。接着他不断地看到有首长及教职员从身边调离,奔赴上海、广东、天津等军港。

6月27日,鱼雷检修所的建造已近尾声,骆传骊正和工人们讨论铁轨的安装等接下去要做的事情,忽然有战友来找他,通知他说"'老头顾问'正找你,让你去一趟田松教育长那里"。"'老头顾问'找我?"他好生奇怪,但还是放下了手中活,去校办公楼田松教育长那里。而此时学校内部已经宣布田松任学校副校长,负责学校的日常管理工作,因为邓兆祥校长一段时间内很大一部分精力将投入到打捞"重庆"舰上。教育长一职由副教育长张朝忠接任。

田松是一位1937年参加革命、1938年加入中国共产党的老八路,他同时也是一位声名远扬的剿匪英雄。解放战争在东北剿匪时就有了以他名字命名的"田松支队",这是一支在他的带领下让躲进深山老林的"座山雕"等土匪魂飞丧胆的部队。他同时也是1957年出版的《林海雪原》作者曲波及剿匪英雄杨子荣的部队首长,是那部小说中田副司令员的原型人物。他曾是东北野战军、第四野战军高级指挥员,参加过辽沈、平津、宜浧等许多战役。中华人民共和国成立后,他从1949年11月开始担任安东海军学校参谋长;1950年9月海军舰艇学校成立,他出任教育长,1951年7月开始正式任学校副校长。

田教育长见骆传骊到了,开口就说:"你表现得不错,人家苏联顾问都到我这里来要人了。'老头顾问'要去天津当顾问,他指定要你也去21大队,他想培养你成为真正的海军参谋人员,你怎么看?"

骆传骊听到苏联顾问有意要培养自己成为快艇部队参谋,他暗暗高兴,感到机会难得,所以没有犹豫就答复说:"服从首长安排!到21大队去当参谋没有意见！"事后他心里犯起了嘀咕，"'老头顾问'为什么会看上我？除了我上讲台试教时他坐在后面听课外，平时我们没有交流啊！"这是一个没必要去解开的谜。

## 4. 4位第一批入列海军的大学生最终各奔前程

在鱼雷快艇部队成立的当口，骆传骊、黄君伟、黄清谈、陈遂也都再一次被部队挑选，接受人生的再一次考验。骆传骊被苏联顾问"相中"，步入到"快21大队"的行列中，将跟随苏联顾问学习成为"海军参谋"。

黄君伟同学，分配的工作岗位是轮机教研室。这大半年里他也跟骆传骊一样，投入在建设轮机实验室中，在这一波的"调兵布阵"中，他被调入"快31大队"的一个重要岗位——青岛基地轮机工厂担任副厂长。

黄清谈同学，分配的工作岗位是船艺教研室，岗位似乎与他的化学专业有点远，但清华大学的大学生都有很强的学习能力，专业对口最好，专业不对口可以学着干，不会被难倒。他同样在大半年的时间里投入在实验室的建设中。这一波的"调兵布阵"没有波及到他，他还是留在快艇学校担任船艺教研室教员。

陈遂同学则是最不幸的一个。在这一波的"调兵布阵"中他直接被调出了部队，没能去继续他的海军梦。

工作分配时，陈遂与黄君伟一道分配到轮机教研室当助教，他们一起参加轮机实验室的建设，也一起用他们的知识协助原海军教员备课。但从1951年5月中旬开始，全国性的控诉反革命运动（活动）开始，因为陈遂出身不好，参军仅8个月的他不得不在这场运动中成为最早被"泄肚子"的一批，被"清理"出了海军队伍。萧劲光司令员在许多年后回忆总结部队建设时谈到："由于当时的政治运动较多，在干部的分配使用上，过多强调阶级出身，强调历史清白，有的甚至搞唯成分论，通过一次又一次的'清理''泄肚子'，把很大一批掌握了专业技术，政治表现也不坏，只是由于出身不好，或个人历史上有某个问题或思想作风有某些缺点的专业技术人员，处理离队了。这不但浪费了国家培养这些专业技术人员的资财，而且明显削弱了部队的专业技术队伍，对海军建设造成了不应有的浪费。"[1]

陈遂在转业时自己提出回他的出生地、读书成长地——上海，他对骆传骊说："我是从上海去北京上学的，所以我还是回上海，等到了上海安排好后我会给你们写信的。"但之后他就与他们失去了联系，他离开部队后从来没有给跟他一起入伍的好同学、好战友写过信，他用那个时代保护战友的最好方法保护了另外3个一起第一批入列海军的大学生教员。

---

1. 摘自《萧劲光回忆录》，第251页。

# 十三、前往塘沽向"快21大队"报到

## 1. 他得到正式命令编入"快21大队"

7月5日那天吃过早饭，骆传骊忽然得知军务处干事在到处找他，到了军务处又被告知是组织科找他，到了组织科，段松耀科长对他说："现在编入21大队的学员已经前往天津塘沽，他们将在塘沽基地完成海上训练的教学任务。你今天就启程前往天津塘沽报到，苏联顾问、艇队干部以及基地人员都已经陆续分批抵达塘沽。到21大队后你就是他们部队的鱼雷参谋，12名鱼雷兵学员就交给你了，其他工作听从21大队首长的安排。"

接到任务，骆传骊就开始办理移交手续，那天整个下午他就忙着到鱼雷队部借钱，到军务处打护照，找学校办公室取材料，再去把借的参考书等还掉，还有手头上的工作移交，然后就去打铺盖整理箱子，当晚就坐上火车驶往天津。

部队的"调兵布阵"看似突然，其实早有预案。从5月初开始差不多一个半月的时间里，学员们结束了理论课的学习就进入到"鱼雷武器"等战术理论学习和技术训练。至6月中旬，学员按艇队完成了由教练艇长指导的船只安装、交接、检查、试验、吊装等陆地训练任务。接着就要开始进行离靠码头、抛锚起锚、单艇航行、编队运动、单艇及艇组虚放攻击、机枪射击等海上项目的训练。

此时位于各地的快艇基地陆续投入使用，"快1大队"的学员最先离开青岛，他们驾驶鱼雷快艇直下上海吴淞；接下来就是"快21大队"，

快艇学校学员练习单艇航行技术

奔赴"快1大队"的第一期学员从莱阳路8号码头启航

他们是坐火车去了天津，在塘沽军港里有12艘苏联Б-123型鱼雷快艇在等着他们；8月下旬，"快11大队"也离开青岛奔赴广东新湾，他们大队的8艘鱼雷艇已先于他们抵达广东。莱阳路8号是快艇青岛基地所在地，驻守的是"快31大队"，他们6月份成立，将与第二期学员共享里面所有的军事设施。

快艇学校的鱼雷快艇中队在对第一期学员完成陆地项目训练后就撤编了。所有新老教练艇长，包括第一批6位教练艇长及刘秉义队长，都被编入到分布在东海、南海、黄海和渤海的4个快艇部队中，他们将在快艇部队里继续担任教练艇长及艇长，着手的第一项任务就是完成对第一期学员的海上项目训练。只有政治指导员魏岱峰继续留在快艇学校，他被任命为学校训练部副部长。

编入"快21大队"的有刘秉义队长，他被任命为"快21大队"1中队中队长；两位"虎艇长"王苏南和韩明岐也编入"快21大队"担任教练艇长；由王苏南等第一批教练艇长训练出来的新教练艇长如纪智良、铁江海、徐焕章、于化武、林盛、辛学诗等也被编入"快21大队"，除纪智良是第四学员中队中队长外，其余新教练艇长都是第一期学员。以后为了"快31大队"赴朝鲜参战，"快21大队"的许多艇长、艇员都被挑选编入"快31大队"，纪智良、铁江海、于化武等都是在那时加入到"快31大队"行列，成为"以小胜大"击沉"太平"号舰海战英雄集体中的一员。

## 2. 到"21大队"报到的第一天他遇见许多"老战友"

第二天即1951年7月6日下午，火车抵达天津站。当天傍晚，骆传骊坐上前往塘沽的长途汽车，然后再换上驶往塘沽水警区的公交车。在车上他遇上了快艇学校"的战友，才知道几天不见与他同教研室的"二王"——王扬和王亮已先行一步到达了塘沽基地，还有好多他认识的基地人员。

又是新的一天开始。骆传骊一早就去队部向大队首长报到，大队长向他介绍了大队及基地的工作，并告诉他从现在起，他就是'快21大队'的鱼雷参谋，他的岗位既在码头、艇上，也在基地。因我国鱼雷快艇大队刚刚成立，"鱼雷参谋"前无古人，所以大队长特别提醒一句，希望他能够跟着苏联顾问好好学习如何当"鱼雷参谋"。

听罢大队长的一番话，骆传骊大致清楚了自己的职责。"快21大队"目前有两个中队6个艇队，他是大队鱼雷参谋，所以他今后几乎会天天与各个艇队的艇长、见习艇长、鱼雷兵在一起，还会与后勤处的鱼雷仓库、鱼雷检修所（暂时还未建）等基地保障人员打交道。

随着我国各海军快艇部队的成立或即将成立，快艇学校里的苏联顾问也都分路而行到快艇部队来当"顾问"。"老头顾问"被调到"快21大队"负责部队训练，他需要一位助手，当时就点名要鱼水雷教研室的骆传骊当他的助手，所以骆传骊从大队部出来，就去专家办公室见"老头顾问"。"老头顾问"很热情地对他说："我看好你！我会教会你当好鱼雷参谋。"从这时起骆传骊的另一个角色就是"老头顾问"的助手，助手的任务就是去贯彻执行顾问专家的训练意图，并把意图付诸行动，这是他学当鱼雷参谋的第一项学习任务。

苏联人的名字都很长，发音也难，"老头顾问"的名字叫塔拉苏洛夫。在快艇学校里，要想全部准确地叫出他们的名字还真不易，所以对于岗位明确的顾问，大家会干脆称他们为"鱼雷顾问""轮机顾问""船艺顾问""通讯顾问"等。相处久了我们的海军官兵有时还会干脆叫他们"船艺""枪炮""鱼雷"等简称，"老头顾问"也不例外，大家也经常叫他"老头"。"老头顾问"其实年纪并不大，40多岁，比大多数苏联顾问年纪稍大一点。因他平时一直"顾问"在校长、教育长等首长身边，以专业给他起外号有点不好搭，所以就以年龄给他起了个"老头顾问"的外号。"老头顾问"高高的个子，海军中校，曾经在太平洋舰队服役，参加过卫国战争中解放克里米亚和巴尔干地区的多次海战，是苏联一位老海军。

与"老头"告别后，骆传骊又来到作训股向他的直接上级彭股长报到。在那里他见到了"二王"——王亮和王扬；还有从快艇学校鱼雷艇中队调入21大队的王苏南和韩明岐教练艇长；还有与骆传骊"出身"相同，从学校轮机教研室调"快21大队"的轮机参谋包文潮，今后他们就是同属作训股的战友。都是"老战友"了，就不需要互相寒暄介绍，他们见上面后便交流了一番今后对学员训练的想法，特别谈到即将来临的快艇部队第一次秋季海上大演习。这次大演习是对第一期快艇学员的海上训练成果的检验，所以教练艇长及各战位参谋对演习成果起着决定性的作用。

## 3. 他成为文化教员眼中的"部队明星"

那天下午，他还见到了几位原快艇学校文化教育科的文化教员。文化教育科归政治部领导，所以骆传骊对文化教员不太熟悉，但他们却认识他，主动跟他打招呼。

他们告诉骆传骊早就知道快艇学校里有那么几位来自清华、燕京等顶尖大学的教员，都是新中国第一批入伍军营的在校大学生。他们还知道骆传骊平时与"重庆"舰上原海军前辈一起工作，是学校核心教学岗位上的教员。此外，他们还八卦到专业教研室里的大学生都受到苏联顾问的特别"顾问"，已经在苏联顾问的指导下完成了一系列的实验室建设，取得了不小的成绩。骆传骊听他们这么一说，赶忙谦虚地对他们说："你们也很棒，你们都是文化教员，以后我们就是21大队的战友了。"

交谈中，文化教员还是流露出对来自鱼水雷教研室的骆传骊的羡慕之情，觉得像他这样在苏联顾问身旁工作的专业教员跟他们在部队里的舞台是不一样的，所以初次认识就向他打听什么是鱼雷战术实验室？他们希望塘沽基地也能建一个实验室，让他们不是鱼雷艇一线的海军也能够操控鱼雷艇、触摸鱼雷。

原来快艇学校里的文化教员，大部分是第四野战军十二兵团军政干校里有文化的陆军，后来转为海军；也有一部分是抗美援朝报名参军的在读学生，解放初期部队官兵文化水准普遍不高，所以不少有高中及以上文化水准的学生参军，到部队就成为了文化教员，为学校里工农出身的快艇学员及机关里的老红军、老八路补习文化。

部队有严格的保密纪律，停在小青岛码头边的鱼雷快艇规定不相干的人员，包括机关干部、文化教员都不能上去，所以他们就把同龄的专业教员当成了"部队明星"，对他寄予了很大的希望，希望他能够再建鱼雷战术实验室来圆他们操作鱼雷艇的海军梦。

# 十四、在塘沽跟着"老头顾问"干参谋

## 1. "老头顾问"向他面授机宜

码头上停靠在一起的鱼雷艇

就在骆传骊报到后的第二天即7月8日,是个星期日,但"老头"却已经跟他约好上码头,让骆传骊一下子就感受到训练之前的忙碌。他们一早随车去了码头,到后便上码头的各个仓库、鱼雷修造厂等走了一圈,也算是认了"门"。随后"老头"让他检查一遍将要出海的鱼雷艇,就招呼他一起上艇。

平时苏联顾问身边一般都有翻译,但因翻译人少不能每次外出都带上一个,今天"老头"就没有带翻译。好在许多苏联专家、顾问大多会说几句简单的英语,骆传骊因为在燕京大学打下的基础也能够用英语作简单交流,再加上可以对着实物指指点点、比比划划,所以他们之间的交流没有太大的问题。那天由"老头"亲自驾驶快艇出海,大海风不大浪大,小艇在海上就像一片树叶漂在海面,忽上忽下,把骆传骊的五脏六肺都搅动起来。他忍住没有吐出来,让他又尝了一遍"难受"的滋味。艇在近海水域转了两圈就回到码头,"老头顾问"把他接下来一周的训练计划跟他交了底。骆传骊见"老头顾问"兴致正高,就向他了解苏联海军快艇部队里的鱼雷参谋他们都有哪些工作?他想要成为名副其实的鱼雷参谋。

"老头顾问"告诉骆传骊，在苏联海军中，参谋的工作区分"平时"和"战时"。鱼雷参谋的工作对象主要是鱼雷兵及鱼雷武器保障人员。在平时，鱼雷参谋要负责制定鱼雷兵的训练计划；检查他们的武器使用训练及其他专业训练，指导他们对武器、装备、技术器材的正确使用、管理和维修；还有指导、监督武器保障部门的工作，如鱼雷专修室、鱼雷仓库、鱼雷检修所等。以上这些可以说是鱼雷参谋的日常工作。一到战时，作为参谋人员就要参加指挥所的工作，提出兵力兵器、技术设备和器材的使用建议，参与制定有关作战计划、保障计划等。

"老头顾问"还补充了一句，苏联的海军参谋都有好为人师的特质，你要继续当好你的"教员"。

## 2. 他们都惦记着会干"工程师"活的骆参谋

骆传骊始终记得报到那天大队长对他说的话，"你的岗位既在码头、艇上，也在基地"，一个星期下来他深有体会。因为每天与他相处的快艇官兵，他们不是在海边，就是在海上，艇员们都自嘲说："我们的待遇比其他军种好，家住离海边最近的'海景房'。虽说鱼雷艇太小没有床，房屋就盖在码头上。遇到紧急集合时，营房到战位3分钟就能搞定了。"

正因为艇员们都生活在海边，活动在海上，所以骆传骊自从来到塘沽，每天5点起床号一吹响就雷打不动地起床，然后出操，吃早饭。没有特殊情况他都会从基地出发，沿海边步行走上三四千米，7点左右到码头。如果赶时间赶任务的话，他会坐交通艇去码头。

以后不仅到码头检查出海鱼雷艇是他的工作常态，到各个仓库检查鱼雷器械保管也是他的工作常态，他视鱼雷为宝贝。鱼雷会长锈，鱼雷

鱼雷仓库

会"走"电，鱼雷舱会进水，还有仓库本身也会出问题，所有这些都放进了骆传骊的心上。他不厌其烦地进仓库检查，督促各个仓库保管人员严格按照《仓库管理条例》做到万无一失，要为学员海上实习保驾护航。

17日那天，大队长突然到码头找他，然后他们一起去鱼雷仓库，绕仓库兜了一圈后，大队长就跟他商量建鱼雷检修所一事。塘沽快艇基地的建设相对于青岛基地来说要慢上一拍，某种意义上可以说青岛基地就是当时的快艇"头部"基地。骆传骊在离开青岛快艇学校之前鱼雷检修所已基本完成，塘沽基地也要建一个。

大队长的意见是要快、好、省地建检修所，所以他建议骆传骊照搬青岛基地那个检修所就行，连建筑图纸也不用重新画，在那套图纸上稍加尺寸的修改即可，里面的设备也可以完全照搬。骆传骊一直对检修所的规模及进出只开一扇门表示担忧，但大队长的意见这么坚持，他也不好说什么，就服从命令干呗！所以，在以后的3个月时间里，骆传骊除干好参谋本职工作外，也一直兼顾着鱼雷检修所的建设进度与建设质量。

惦记骆传骊这位"工程师"的不仅有大队首长，还有苏联顾问。就在骆传骊接手建鱼雷检修所任务刚好一个星期，即7月24日那天，"老头"又到码头找骆传骊，跟他商量建一个简易的鱼雷战术实验室，里面只要安装发射台及其发射装置即可。不知是巧合还是应了那句"心有所想，事有所成"，反正文化教员希望在塘沽基地见到鱼雷战术实验室的愿望，与苏联顾问的基地建设计划撞上了，骆传骊没有理由不接手这项任务。

建战术实验室，骆传骊有过一次在青岛快艇学校建实验室的经验，所以他很快就设计完成一套图纸交给基地修造厂去加工，不到1个月战术实验室就完成了加工并安装。这回没有复杂的验收程序，只有一位叫万尼的苏联顾问上台试操作一番，得到他的认可实验室就算建成了。

这一遭还真圆了文化教员的梦，他们终于在艇长还没有正式进实验室之前，在战术实验室的操作台上感受一把鱼雷发射的复杂操作，体会一次干一线鱼雷艇员的不易。

## 3. 他果真"好为人师"

骆传骊本是个"旱鸭子"，在1952年以前没有学过游泳，白天上艇都会晕船呕吐，再加上他鼻梁上架着的眼镜，海浪冲来甚至会被打掉，黑夜上艇出海那就更不好对付。7月末的一天，骆传骊吃过晚饭沿海边散步，遇见"虎艇长"韩明岐行色匆匆，他走上去跟他打招呼。韩艇长告诉他正赶着去码头，为学员日后的夜间训练，他决定今天自己先驾艇黑夜试航一趟。骆传骊听了后主动向他"请缨"，无暇顾及晕不晕船、会不会吐，韩艇长当即就答应了。

因为是夏天，不用换出海服，这天骆传骊跟随韩艇长在静谧的黑夜里出海了。月黑风高的大海本来就充满神秘，韩艇长勇敢地驾驶快艇，以35节相当于65km/h的航速驶进黑暗去探路，为的是第一期

飞驰在茫茫大海上的苏制B-123型鱼雷快艇

学员的海上训练能顺利进行，可见他的内心蕴藏着多大的能量与责任。此刻，站在韩艇长边上的骆传骊心头也泛起了"为部队训练顺利，我能贡献什么？"的自问。

经过几次出海、观海，骆传骊发现渤海湾的水域情况与青岛黄海水域还真不一样。经过一番比较分析，他想到有必要对从青岛黄海来的水兵补上塘沽渤海的海图课，他把他的想法与"老头"作了交流，并提议说："1中队、2中队的艇长虽然在快艇学校都上过海图课，但那是以苏联海军学校教材为蓝本的海图，没有专门研究渤海湾区的海域。现在21大队进了天津塘沽港，我们的任务就是要驰骋渤海湾，守护住'京津门户'。而渤海湾是浅水湾区，虽然风浪一般不会很大，但若一不小心走错航道就容易造成触礁、搁浅乃至沉艇等事故，所以要在现在即将开始海上训练的时候，给艇长补上渤海湾海图课。"

"老头顾问"很仔细地听完骆传骊参谋的提议，觉得很有道理，于是就对他说"小子，你的提议很有道理，海图课的任务就交给你了！"。骆传骊一听，心想顾问还真将我军了，我只是想到问题还不能解决问题呢。但既然话都说到这个份上，只有领命没有退路，于是他幽默地答复说："哈哈，您这个命令符合我们中国的一句老话，叫作'谁出主意谁掏钱，自己给自己下套'，我这就找'钱'去！"

接下来，骆传骊找来天津地图、渤海海图、《地理知识》等有关资料，把渤海湾海图上的地质构造、海底地貌、地势、水道、岛屿分布以及海流、潮流方向等标记由平面图变成了立体图，并与青岛附近的黄海海域进行对比，找出不同点。譬如渤海平均水深18m，而黄海平均水深却有90m；渤海海水盐度30‰左右，比黄海3-4‰要高得多；渤海风浪平均波高0.1—0.7m，比黄海波高低得多，黄海强寒潮过境时会高达3.5-8.5m；渤海污染严重，近海缘的含沙量大，而黄海则几乎没有污染。通过比较可以看出渤海水底浅，则造成出海及海上驾艇难度系数加大；渤海污染严重，则对鱼雷艇保养提出了新要求。

经过几天的研究及与专家的讨论，骆传骊的"海图课"开课了，他把渤海海域地理讲得通俗易懂，很受欢迎。课上完后，学员还要进行考试，一来检验学员的学习成果；二来检验教员的教课水平。按照苏联海军学校的规章制度必须是"教""考"分离，快艇学校都按照执行，到部队也是同样。那天考试由顾问直接出题，骆传骊连监考资格都没有，考试内容是画接近航线图，还要画命中地带，考得艇长们从早上一直画到中午，大家都来真的，新中国第一代鱼雷官兵就是这样严苛要求下培养出来的。

## 4. 出海训练之前的磨刀霍霍

刚组建的"快21大队"在火热的7月里干得热火朝天，骆传骊忙于一些基础工作，快艇学员则在教练艇长的带领下进行着离靠码头、抛锚起锚等训练。进入到7月下旬，单艇航行及海上放雷训练开始，项目难度越来越大，时间也越来越紧，学员要完成单艇航行、机枪射击

第一期学员都投入到紧张的训练之中

等训练科目并考试，然后选拔优秀艇队赴青岛参加人民海军第一次举行的海上演习。"快21大队"的新教练艇长纪智良、铁江海等与王苏南、韩明岐等"虎艇长"一起在苏联顾问的带领下分艇指导学员训练。

就在要开始单艇航行训练的前两天，"老头顾问"又到码头上来找骆传骊："走，你现在就跟我一起上'邯郸'号靶舰，我们来使用一下方位镜。"舷号"197"的"邯郸"号护卫舰，是海军调配给"快21大队"在训练时用作"靶子"的一艘大舰。这是一艘美国海军轻型运输舰，"二战"后由国民政府行政院善后救济总署接收，后移交给当时的招商局。解放后这艘军舰被华东军区海军接收，编制在华东军区海军第七舰队。靶舰，就是被当成"靶子"的舰艇，是海军海上打靶不可或缺的训练装备，通常都是由老旧即将退役的军舰担当。现在进驻塘沽的"快21大队"海上训练就要开始，只能委屈这艘老旧军舰来充当"快21大队"训练中被攻击的角色。

一艘大船一旦成为"靶舰"或"靶船"，通常它除了担当被攻击的角色外，还担当着观测或测试对舰攻击武器性能的职责。方位镜就是一种在舰艇上对实施目标进行方位测量的光学仪器，用于观察、搜索目标，测定目标的方位、距离、速度和舷角。今天"老头"要赶在学员训练之前再来一手，培养骆传骊成为鱼雷发射的观测员，以后学员在海上训练时就上"邯郸"号这艘靶舰，通过使用方位镜来对学员驾艇、鱼雷攻击进行观察、判定及记录，收集训练结果，返航后再对每一次的训练进行讲评。

这天骆传骊在"邯郸"舰上学习、试用方位镜后，与"老头"一起上了岸，但他没有回基地而是直接上码头去找一队队长刘秉义，因为接下来就是一队出海训练的开始，而上艇训练前学员们流露出各种焦虑情绪，他要和刘秉义队长一起为学员作心理疏导工作，缓解他们的心理压力。

这一遭也是"老头"传授给骆传骊的工作经验。在苏联海军中，专业参谋就是各个专业部门、专业兵的老师，从早起机械检试到夜间战位操演，从组织各个专业部门的业务学习到海上去实际操练，他们几乎天天都和艇员在一起。他们不仅对专业兵的技术水平了如指掌，而且对他们的情绪、性格也有了了解；他们与艇员的交流都是敞开心怀，所以受到艇员们的信任。这不，骆传骊又把从"老头"那里学到的苏联海军的好传统、好做法去落地应用，为队长、艇长减负，为第一次驾艇开进大海深处的艇员减忧。

# 十五、险象丛生的海上训练及第一次大演习

## 1. 忠于职守见成效，但海潮还是来帮倒忙

从7月23日开始的日日夜夜海上训练并不顺利，有鱼雷艇老旧的原因，也有塘沽港淤堵航道的问题。海上发射鱼雷开始后，骆传骊既要协调地面工作，也要跟随快艇督阵鱼雷兵的操作训练，忙得一天只能睡四五个小时。

最初的第一个月，部队训练进入到单艇航行及海上放雷训练，几乎每天都有快艇出海，可把骆传骊忙坏了。起初训练基本都是在上午出海，后来增加训练频次，变成上下午都有快艇出海，再后来晚上出海也是家常便饭。但凡有艇出海，骆传骊必到码头检查一遍要出海的快艇，不放过可能出现的任何小问题，哪怕是一滴油污、一枚损坏掉落的小螺钉，然后目送它们出海。

到实放鱼雷训练阶段，骆传骊自己经常上艇督阵鱼雷兵操作使用鱼雷发射管及鱼雷指挥仪。此外，对于没有轮到出海的鱼雷艇，他要教艇长画用来出海寻找目标，尤其是夜间寻找目标的九九方格图；同时指导他们到战术实验室的发射转台上进行鱼雷发射训练。他要给艇长及鱼雷兵复习以前学过的《鱼雷构造》，还要给他们上新的战术课《固定袭击法》。

骆传骊的忠于职守没有白费劲。8月7日，海上训练不出20天，那天早上原定有3艘快艇出海，结果有一艘艇被发现一根发射管的前盖损坏，于是他赶紧举一反三，要求每一艘快艇都对发射管前后盖挨个检查，结

果查出了几个发射管外舱盖插销损坏，也因此避免其脱落事故的发生。

随着快艇出海频次的增加，鱼雷发射管出问题的快艇逐渐多了起来，像前后盖损坏等外伤还没有完全修复，新的问题又被发现。先是发现发射管被卡不能发射，后来又出现发射管断裂。骆传骊在例行检查中还发现密封橡胶圈老化的现象，他马上意识到这就不是个别艇的问题了，因为第一批购进的Б-123型鱼雷艇都是"二战"旧艇，橡皮圈老化基本是同步的，是先天不足的问题。他越想越觉得问题严重，于是当天晚上就去兵器股找崔股长，商谈如何向苏联顾问反映苏联的供货质量问题。

不可否认，中华人民共和国成立初期，像"老头顾问"这样的苏联顾问来中国帮助我国建设是诚意满满的。第二天骆传骊和崔股长就去找"老头顾问"反映问题，商量为鱼雷艇更换掉一批橡胶圈、发射管等零配件。最后在各方努力下，苏联海军答应重新发货，但还是影响到了训练进度。

没想到人、机问题还没有解决，海潮也来帮倒忙。塘沽新港始建于日军侵华时期，由于缺乏管护，解放之初水深已不足3米，每年淤积500万立方米以上，轮船无法进出，基本已成"死港"。解放后经过一年多时间的治理，天津塘沽新港才起死回生，重新开港，才有了"快21大队"进港驻扎。但就在快艇接连不断地被发现武器发射系统缺陷后，港口的回淤问题也显现出来，导致快艇无法出海。8月8日，挖泥船不得不开进塘沽军港，用传统方法疏浚，一挖就是三整天。

那些天因为港口淤堵不能出海，骆传骊就把后面的工作提前来做。他第一天上午分别和一中队、二中队的艇长们一起整理记录表，再与"老头顾问"一起利用下午及晚上时间给每艘艇作出海训练的讲评。

第二天上午他给二中队发了3枚鱼雷，并布置5号艇装雷，又命令鱼雷兵去领架鱼雷的支架，然后他再去抄写两份《鱼雷员职责》发到一中

快艇学校第一期鱼雷班学员训练鱼雷吊装技术

队和二中队，要求他们立即学习领会并执行《鱼雷员职责》，以防事故发生。

第三天骆传骊第一个去码头等候潮水上涨，但潮水还是跟他们捣蛋，你越是训练急，它越是涨得慢。就这么一直耗到了第四天中午11：00，才由"老头顾问"解开系艇的缆绳，快艇得以出港。此时的骆传骊突然想明白了"什么样的港口才叫良港"的道理。

海潮差不多拖了一个星期的训练后腿，这天出海的是二中队，骆传骊也跟艇出海。渤海湾海面看似波光粼粼、风平浪静，实则暗流汹涌，船开出灯船后便上下颠簸不停，骆传骊又忍不住呕吐起来，好在那天二中队的训练成绩很好，抵消了他因呕吐而带来的不快。

为迎接海军快艇部队成立以来的第一次海上训练，海军从旅顺苏联基地请来40多位快艇部队的一线艇员，他们作为训练顾问分配到各大队，而原来派到各大队的苏联顾问有的调防、有的干脆"撤岗"回家。8月19日是骆传骊难以忘怀的日子。晚上，他到顾问处参加大队部为欢送"老头顾问"等苏联顾问而举行的饯别活动，大家喝酒、跳舞、畅谈，一直搞到20日凌晨2：00。

回宿舍后骆传骊翻来覆去再也睡不着了，他回忆起在海校时安德列夫顾问教他建实验室，现在的"老头顾问"教他当参谋，这一年来发生在自己身边的一件件、一幕幕都涌现到了眼前，他感到工作的压力巨大。

## 2. 为了训练，骆参谋忙上忙下

到8月下旬，训练进入白热化状态，从骆传骊的忙上忙下就可见一斑。

8月24日上午，一中队出海实习放雷，大队长、新到的苏联总顾问及一中队的刘秉义队长都上了"邯郸"号靶舰。原定骆传骊担任那天的观测员，但等他协调好地面上工作，赶到码头时靶舰已开出塘沽新闸驶进大海。他没有办法只能跳上那天第一个出发的5号艇并观察他们艇的鱼雷发射，再进行鱼雷打捞。5号艇放出两雷，一雷命中，第一次真"枪"实"弹"，这样的成绩还算可以。中午稍作休息后骆传骊上"邯郸"舰继续出海，一共有3艘艇出海，6枚鱼雷先后发射，结果只发出去5枚，1枚卡住，命中2枚，实战成绩欠佳。因第二天早晨骆传骊还要出海，所以他还来不及分析原因。

次日早晨4：00，骆传骊已经起床，随即打电话催促一中队、二中队两位队长，通知他们作好准备，带上饼干，卡车马上就到码头接他们上"邯郸"舰；然后他又打电话给总顾问，他们也都上了"邯郸"舰。这次由总顾问直接指挥的训练演习搞得井井有条，给队长们作了榜样，上了一课。

晚上骆传骊接到通知，要求他立即上"邯郸"舰观测学员的夜间放雷。他坐上登陆艇直接上了靶舰，一直训练到半夜11：00。回到宿舍后他气还没有喘过来，又接到电话要他立即去靶舰检修回收的靶标，他马上又坐上登陆艇前往码头，好在问题不大，一会工夫就解决了。没想到再次回到宿舍，二中队又来电话，说要领鱼雷，他只得打电话到后勤处让他们通知仓库，自己又去请示大队长，等把这一切都搞定已是第二天的凌晨1：00。

大约睡了4个小时，骆传骊因为有工作压力而早醒。早饭时二中队又来电话说没有领到鱼雷，他随即又打电话到后勤处，让后勤派人去码头，他也立即赶去码头。到了码头看到鱼雷已经吊到岸边，鱼雷兵正擦洗着鱼雷，看到此景他只得对二中队的来电哭笑不得。他准备事后找一下二中队队长，与他好好交换意见。

饭后骆传骊检查了一遍各个出海艇，然后随快艇出海至泊于大沽拦江沙外的灯船处上了"邯郸"舰。那天不知什么缘故通讯又出故障，快艇联系不上靶舰导致无法进行海上进攻演习，场面出现混乱，到下午13：00不得不草草结束训练返回。返回途中得知1号艇也出了故障，只能派出巡逻艇将钢缆系在鱼雷艇上，一直折腾到下午15：00才被拖回码头。

晚上各单位分头开会，检讨发生在同一天的事故，最后决定明天暂停训练一天，把所有设备、舰艇统统再检查一遍，确保以后出海设备不出故障。

### 3. 陈主任回到快艇学校并指挥第一次海上大演习

快艇部队的第一次海上大演习，按计划应该是在1951年9月进行，海军司令部8月里就调集旅顺港苏联驻军40多人到各大队担任海上训练顾问，组织鱼雷快艇部队进行海上技术、战术训练。但由于这次演习是新中国海军快艇部队第一次组织的大规模海上演习，中苏双方都缺乏经验，对气象、海况等客观条件也估计不足，如骆传骊所在的"快21大队"被安排

快艇学校第一期到部队学员驾艇出海训练

进驻塘沽渤海湾，并在那里进行训练，仅仅是潮位不足这一缺陷就拖了海上训练的后腿。最后鱼雷快艇部队第一次秋季海上演习变成了冬季演习，时间定到了12月10日。尽管如此，第一期学员的实际出海训练时间也仅有15周。

在12月10日就要正式进行海上汇报演习的前几天，演习指挥部给"快21大队"发来电文，通知骆传骊于12月6日前到快艇学校值日处报到，作为观测员参加演习那几天的监测工作。骆传骊暗自高兴，因为他终于又可以回到快艇学校了，又可以得到陈宗孟主任的工作指导了。

就在前几天，骆传骊得悉了快艇学校两件令他高兴的事情。一是干训队去葫芦岛参加打捞"重庆"舰的部分教员回校了，陈宗孟主任也回来了；二是快艇学校训练部的组织架构进行了重组，原来的专业教研室现合并为两个系——机械系和指挥系，陈宗孟主任被任命为指挥系系主任。指挥系下辖战术、航海、鱼雷、枪炮和船艺五个教研室。每年夏、秋两季鱼雷快艇部队海上大演习的指挥调度就是指挥系的任务，指挥系主任当仁不让地就是大演习的执行总指挥。

12月6日，火车抵达青岛站后，骆传骊直奔莱阳路8号值日处报到，到了值日处才得知学校首长及陈主任他们都出海去巡视海况，让他到训练部报到。报到后他得一空隙，便去鱼雷教研室会会他的鱼雷老战友。巧的是那天下午当他去战术实验室的时候，正好看到实验室管理员对航空鱼雷进行擦洗。这是一枚由他从海军航空学校借来的鱼雷，现在因为航校需要用鱼雷里的压缩机而要了回去。还好让他赶上看鱼雷"回家"前的最后一眼。

骆传骊转身又去找陈主任，无奈第一天找了大半天也没有看到陈主任的人影，直到第二天上午才找到他。但陈主任很忙，因此也没有多聊，只是给他看了这一次的训练计划，然后告诉他这次海上演习他的任务是与郑恒欣教员一起上"天目山"号靶舰当观测员，并嘱咐骆传骊要认真、公正对待每一艘艇的航行与发射。

郑恒欣教员是原"重庆"舰雷达兵,作为干部训练队一员跟随邓兆祥校长、朱军政委一路南下从安东来到青岛,成为海军快艇学校航海教研室教员。半年前他与其他"重庆"舰教员一起回"黄河部队"打捞"重庆"舰,现在他又与陈宗孟主任等少数教员一起返回快艇学校担任指挥系教员。"天目山"号靶舰是一艘美制的LST型坦克登陆舰,"二战"结束作为战利品赠送给国民政府,解放后经过挑选,它被选入到海军行列,这一次海上演习,它被选中前来担任挨打的靶舰。

告别陈主任后,他就去大港码头"快21大队"的临时驻地。这次代表"快21大队"参加演习的是1中队宋量盛艇长及他的艇队和2中队李景乐艇长及他的艇队,领队是副大队长、副政委,他们要求骆传骊当晚在大港码头住下,与两位艇长再好好切磋一番明天的演习战术。

快艇部队的第一次海上演习,考核的是鱼雷艇的"单艇航行"与"放雷"两个项目。

12月10日,快艇部队第1次实战演习开始。参演的4个大队各派出两艘快艇偕全体艇员按照计划从大港出发,到黄海进行实兵演习。早晨,前来观摩演习的海军领导机关及快艇学校首长、各大队指导学员海上实习的20多位苏联专家都集结在大港码头上。"快21大队"苏联总顾问也

快艇部队第一次海上演习场上的单艇航行

在场，他看见骆传骊正跟旁边站着的一位首长说话就走了过去。骆传骊随即就把田松副校长向总顾问作了介绍，谁知总顾问得知田松是学校首长时，就对骆传骊来了个大表扬，告诉田副校长骆传骊的工作怎么主动细致、怎么开动脑筋解决问题、怎么执行条例做好鱼雷保养，还称赞学校把有知识的大学生放到鱼雷一线部队这条路走对了。说得骆传骊满脸通红。

第一天演习内容是"单艇航行"，骆传骊被安排上李景乐艇长的艇担任"考官"。李艇长他们驾艇出海，先是虚放，后即实放，命中良好，鱼雷打捞成功后即回岸。下午，继续给他们评判打分，这次是评判他们擦洗鱼雷是否规范，李艇长他们都能够做到符合要求。

12月11日演习继续，是鱼雷小艇攻击敌舰"天目山"号的真实场景演习。骆传骊和郑恒欣教员一起登上"天目山"靶舰，他们的任务通过方位镜观测鱼雷发射以后的快艇转弯、逃离。

演习开始，只见敌舰"天目山"号登陆舰缓缓地返回青岛港，它刚一露面就被等待多时的鱼雷快艇发现。当"天目山"舰进入埋伏圈后，早已准备好的两艘鱼雷快艇先后以最快速度围绕"天目山"转了两个大圈，施放烟幕后，两艘鱼雷艇又高速向着指定的水域集结待命。这时"敌""我"之间在立即升腾的烟幕中谁也看不见谁。在这种情况下，

演习场上由两艇组成的艇队快速扑向"敌舰"

一边是舰体笨重、行动缓慢的"敌舰",另一边是轻巧灵活的鱼雷快艇,战情有利丁"我"而不利丁"敌"。只听见指挥艇发出"开始攻击"的命令,两艘鱼雷艇就像离弦的快箭,勇猛地以最高速度冲过烟幕,扑向"天目山"舰。但见鱼雷快艇的头部昂起,离开海面,全身震颤,尾部掀起的白色浪花急速向后侧翻滚。又听一声令下:"预备,放!"两艘艇立刻对准"敌舰"施放了鱼雷。随后两艘鱼雷快艇又先后驶向集结点海面汇合。这时两艘快艇都用望远镜对着"天目山"舰观察攻击结果……命中!返航!

其他大队的鱼雷艇也同样"表演"一遍。快艇部队第一次海上演习成功!

# 十六、高手比武，空前绝后的第二次大演习

## 1. 训练场移步青岛黄海，骆参谋谨守职责

第一次海上演习结束后，"快21大队"回到了塘沽，鱼雷艇就进入到了冬季保养期，艇员也开始了理论学习。几位参谋人员作了分工，骆传骊依旧担任"鱼雷武器"课教员。

部队的上课条件不再像青岛快艇学校，有宽敞明亮的教室，有理论与实践一体化的战术实验室。现在只能因地制宜，中队的舰艇或空屋子就是上课的教室。尽管骆传骊的讲课对象还是艇长及鱼雷兵，但他们已经不是刚脱下黄军装换上蓝白装的鱼雷"小白"，而是经过浪涛滚打，已能熟练驾艇及发射鱼雷的"老兵"，所以骆参谋也必须与时俱进，重新备课。

时间进入到1952年1月，反对贪污、反对浪费和反对官僚主义的"三反"运动开始，部队也不例外。在这场运动中，骆传骊主要角色是宣传员，直到春节过后的2月22日，他被通知去军务股开会，会上参谋长宣布他从军教股调整到军务股，要求他手头上的"三反"调查工作继续完成，但工作重心要尽快转移到鱼雷业务上。就这样骆传骊又开始忙鱼雷了，码头、仓库又是他经常要去巡查的地方，上课、训练又成了他的常规工作。

5月17日骆传骊正准备去1中队上课，突然接到参谋长通知，让他带上相关的东西即刻赶往天津火车站，由他负责带领两个中队的水手长和鱼雷兵一起坐火车去青岛。原来1952年的夏季海上演练又要开始了，

吸取去年秋季在渤海湾训练遭遇淤泥堵塞的教训，这一季海军机关决定"快21大队"的训练场移到青岛黄海，驻地安排在快艇学校学员楼。任务来得突然，骆传骊与2个中队的水手长及鱼雷手一起上了火车，经过一昼夜的行程抵达了青岛莱阳路8号。一同坐上火车前往青岛的还有"快21大队"的艇长们，其他艇员紧随其后坐后面的火车进驻青岛训练基地。

到了青岛快艇学校骆传骊便如鱼得水。他首先去指挥系找陈宗孟主任，一时没有找到；又去找一同参军留在学校的黄清谈，也没有找到；他就立即调转方向，去学校图书馆为鱼雷兵借《鱼雷构造》等书籍，又去联系教研室赶印《水手长手册》讲义，然后两个中队派代表分别去办理了借书手续。到了晚上，他分别召集水手长和鱼雷兵开会，告诉他们在没有进入到出海训练之前，他们的任务便是战术理论学习。

第二天他找到了陈宗孟主任，陈主任给他看了这一季夏季训练的总计划。他这才知道此次训练科目与上次基本一样，加上了第一次没有完成的"夜间放鱼雷进攻"科目。但考核对象却是全体艇长，包括带兵的中队长和带教艇长的"武教员"——教练艇长。

这次训练依旧由苏联专家作指导顾问，"快21大队"还是由总顾问带领的专家团队负责训练。所以拿到训练计划后，骆传骊立刻去找总顾问，然后他又去把两位中队长找来，他们一起商量如何把训练计划展开，细化成每天要训练的内容。骆传骊马上执笔写出《夏季训练计划》，报大队参谋长，获得批准通过。

出海训练是从5月21日开始。每一次出海之前，骆传骊都会到鱼雷检修所检查一遍训练用的操雷，再到码头去查看一遍鱼雷发射管，还会要求出海的艇长检查一遍鱼雷艇的两台发动机，从鱼雷艇员到仓库管理员大家都做好了各项准备才出海训练。他自己则在中队出海前到指定的训练海域为出海艇划定训练阵位，只要天气允许，1中队、2中队一般都能做到隔天的上午轮流到大公岛附近海域训练。

在训练"单艇航行"科目时，骆传骅会直接上艇观察水手长和鱼雷兵的操作是否规范。而在训练"鱼雷攻击技术"科目时，他就会坐交通艇去小青岛海域换上靶舰"西安"号去观察鱼雷发射踪迹，下午午休后即到当天出海训练的中队对当天的鱼雷艇训练作讲评。

考核比武前的训练秩序井然，没有轮到出海训练的艇长会被要求画《海上攻击分析图》。画图的任务让许多艇长感到头疼，有的艇长甚至抱怨说"鱼雷命中并非是画《海上攻击分析图》画出来的，而是通过我们艇长扳发射把打出来的"。但骆传骅还是严格按照苏联海军的教程，坚持每位艇长及以上指挥员都必须会画《海上攻击分析图》，他耐心地向他们解释"理论指导实践、实践映证理论"的关系，让他们体会"不会纸上规划哪来胸中谋划"的道理。在他的坚持下，艇长甚至中队长都必须认真练习画《海上攻击分析图》，针对没有学会的艇长，他就来个因人施教，个别辅导，直到会画为止。

那时候的骆传骅参军两年还不到，虽然他也看出苏联的《鱼雷艇训练大纲》有不接我国地气的地方，但他还是严格执行它，他认为学习任何一门知识、一项技术都应遵循"守、破、离"的规律。他现在只是刚踏进"鱼雷艇训练"的门槛，还不具备创新鱼雷艇训练的能力，所以守好《鱼雷艇训练大纲》是第一步。

青岛的夏天，倾盆大雨加雷电经常会光顾，导致训练计划常常被打乱，部队不能按预定计划出海。眼看着考核时间越来越紧迫，而大家却只能在岸上待命，骆传骅急中生智，想到把不出海的时间、下雨的时间利用起来，可以安排艇长、艇员的学习。他去航海系找来讲授《磁性鱼雷》的朱教员，请他为艇队官兵补课，补上《磁性鱼雷》课。朱教员非常支持骆传骅的建议，连夜为艇员准备好讲义，看天气见缝插针为艇员上课。就这样，《磁性鱼雷》和《鱼雷构造》这两门课艇队官兵在青岛训练期间利用天气时好时雨的交替，在不影响训练的情况下完成了补课。当然，《鱼雷构造》这门课还是由骆传骊自己来上，因为他曾经是鱼水雷教研室助教，备过课也讲过这门课。

## 2. 韩艇长旗开没有得胜

1952年夏季的第二次演习比武使用的苏制Б-123型鱼雷艇，用于航海的只有六分仪、海图及磁罗经；用于发射鱼雷的只有苏制鱼雷发射瞄准器；且只能装备两枚鱼雷，续航力短，必须在距敌舰1.2链（222米）-1.7链（315米）射距内发射鱼雷。

快艇部队第二次演习的最精彩项目，就是对中队长、教练艇长等"武教员"驾艇及攻击考核。这是1952年夏季海上演习的新项目，骆传骊觉得不好理解，可陈主任却对他说："'火车跑得快，全靠车头带'，鱼雷艇也是同样，全看艇长能不能驾驭它来避暗礁、迎风浪，在最佳射雷阵位对目标果断射击。"骆传骊想想也对，艇长的培养都是由教练艇长师徒制带教出来的，只有有了过硬的教练艇长才可能带出过硬的高徒艇长。

正式演习的前一天，鱼雷参谋骆传骊先坐小登陆艇去海上设计航行路线，分配各个艇的阵位，然后艇长们都出海去指定海域熟悉自己的

快艇编队海上演习

航路及阵位，估计距离，为接下来的演习作好准备。对"武教员"的考核是"应知"加"应会"全方位的。"应知"的内容包括画《攻击分析图》，"应会"则是考核他们的驾驶技术、航海技术与攻击技术。不幸的是，演习场上常常会应验"战场上没有常胜将军"这一说法。

1952年6月5日早晨天气不好，有雾，但还是决定出海。这一天特意从北京过来的"海司"苏联总顾问库兹敏也来观摩视察，他与大队苏联总顾问、学校首长、大队首长等都登上靶舰。那天出海的是二中队3艘艇，骆传骊上了2号艇，因为装雷时艇与艇之间协调得不好已经耽误了出发时间，又因为时间被耽搁，所以先装好雷的1号艇就急着出发了，那天担任1号艇艇长的是韩明岐教练艇长。

让人意外的是，骆传骊随2号艇出海后一直漂在海上没有进阵位，结果无功而返，没有进行放雷演习，上岸后他才知道韩艇长那天出征不利。原来1号艇出海后就遇上风浪大作，导致鱼雷艇在海上颠簸厉害，后来又发现通讯出故障，折腾了好一番工夫快艇才联系上靶舰。另外，尽管韩艇长将鱼雷航行深度设定在靶舰吃水线以下，但因为海浪颠簸，他发出的第一雷却打到了靶舰的驾驶台下面，幸好演习用的雷头没有装炸药，而这一雷却让"海鹰"号打捞船无法打捞，又折腾了好久。以后他又进攻一雷，却又打到船头去了，顾问只得下令通知他们立即回岸。这第一仗旗开没有得胜，一路遇麻烦，第一"炮"打了哑"炮"。

### 3. 他舞起了空前绝后的海上华尔兹

第二天继续教练艇长的考核，出海的是林盛、纪智良、王苏南和铁江海4位教练艇长。这4位艇长中，王苏南曾经是另外3位艇长的教练，他们的上岗培训由王苏南指导完成。铁江海和林盛都是第一期艇长班学员，毕业后入列"快21大队"担任教练艇长。铁江海是"快21大队"1

四位艇长单独驾艇排成一字型驶向靶舰

号艇艇长，林盛以后一度担任电影《海鹰》里主角张明的原型、创下单艇独雷击沉国民党"洞庭"号炮舰的老英雄张逸民的教练艇长。

那天的演习可真正是高手出招，规定艇员一律不上艇，就只有四位艇长单独驾艇排成"一"字队形沿着设定的航线驶向靶舰，目的是考核他们除指挥外的驾驶、通讯、武器装备与发射的全面技术。几位顾问及骆传骊都上靶舰"西安"号对他们进行观测并考核。

早晨4点半，要出海的艇长们都按时起床，然后就到码头装雷。不愧为教练艇长，他们艇要装的鱼雷一吊成功，装好一艇，驶出去一艇，非常有序。那天的海面波浪翻卷，几分钟后鱼雷艇就淹没在滔滔黄海之中，但还是按照规定航线抵达预定海域。首先是林盛发射，接下去是纪智良发射，再后面是王苏南发射，只见鱼雷跳起惊天怒吼，在平时要算作事故，但今天不算。原来由于射角的不同，再加上海水潮流的作用，鱼雷虽然溅落到水里也极容易弹跳，好在演习使用的是操雷。

最后是铁江海发射，他发射完后驾艇到大海里去转了一大圈，舞起了轻盈优美的"海上华尔兹"，驶出了一片雪白的航迹，让"西安"号上的苏联顾问都惊讶得欢呼，顾问给他们的评价是"全部命中"。这一场快艇艇长上阵的实弹演习，代表着刚刚建立的海军快艇部队那时的战斗水平。

其实铁江海情不自禁地驾起鱼雷艇在大海里起舞转圈，既来自于他的豪放性格，也来自于他的战斗自信。带着这份自信在日后1954年11月14日凌晨击沉国民党"太平"号护卫舰的那场战斗中，担任31大队1中队副中队长的他与担任指导员的朱鸿禧一起作为海上指挥，与时任31大队副大队长兼1中队中队长的纪智良密切配合，在指挥艇上向各艇发出施放鱼雷的命令，并第一个把两枚鱼雷射向了"太平"号舰。

## 4. 演习场上偶然性与必然性没法统一

接下去一天的演习轮到两个中队的队长上场了，规定由一位中队长及一位艇长组成一组上阵。原定的演习安排在早晨，但因天下雨，所以每艘艇装好两个雷后就各自回去休息，到中午11点钟天气转好，骆传骊马上到各处去通知有关人员"中午11:30出海演习"。出海演习的中队长、艇长及顾问们11:30都准时到达出海码头。

那天的演习结果有点意外，由刘秉义队长和李景乐艇长组成的1中队竟未打中目标，而2中队的南玉堂队长和徐焕章艇长他们先是虚放，后即实放，命中目标，鱼雷打捞也成功，即回岸。要知道入列人民海军最早的鱼雷快艇中队是1950年9月伴随海军舰艇学校成立而成立的中队，队长就是刘秉义，他是新中国海军最资深的快艇中队中队长，没有之一。但"胜败乃兵家常事"，鱼雷艇出海演习乃至以后的作战亦是如此，没有发发打中的常胜艇长，但有明知危险而冲锋向前的鱼雷艇长，刘秉义他们就是这样的艇长。

中队长和教练艇长演习之后，轮到各位艇长带领艇员上场，要求完成从领雷、吊雷、驶离、停靠码头、海上航行、鱼雷攻击到放烟幕全过程完整地实战演习一遍。

于化武艇长首先上阵，只见鱼雷艇疾驶飞驰，从水面上一跃而起，然后就是鱼雷逐浪，直扑目标，从舰艏下钻进又从舰尾穿出，让靶舰上的人看得心惊肉跳，他们取得了异常优秀的好成绩。难怪对1954年11月14日解放军鱼雷快艇一举击沉美制蒋舰"太平"号护卫舰的那场战斗，究竟是哪个艇射出的鱼雷击中了"太平"号一直存在着争议。有人分析说是31大队1分队4号艇艇长郭继祥驾驶158号艇将第二颗鱼雷射出击中了"太平"号;也有人分析说是31大队1分队2号艇艇长于化武驾驶156号艇完成了攻击任务。但不管怎么分析,击沉"太平"号之战,于化武艇长的基本功训练成绩一直名列前茅,口碑极佳。

那天取得好成绩的还有谢福有艇长带领的鱼雷艇,其他鱼雷艇没有击中目标。

## 5. 夜间的海上演习"玩"失重

海上训练的最后一个项目就是夜间鱼雷攻击,演习之前先是夜间进行训练,日落出港,凌晨回港。夏季的夜间机舱温度高达40°C以上,那些操纵机器的艇员要克服极大的心理与生理上的困难来完成训练任务。

训练之初,骆传骊上艇跟队,给艇员们鼓劲打气,但他自己却常常晕船吐黄水,尤其是当完成鱼雷攻击,鱼雷艇转身在海上停下待机时那随涌浪漂泊的感觉,比快速航行时的颠簸还要让人受不了。每次跟艇训练一夜回来他浑身就跟水里捞上来一样湿透,他以为是自己的体质太娇嫩所致,于是就决定在夜间训练期间,轮番跟随1中队、2中队出海,苦我心志,劳我筋骨,磨练自己的体质和意志,慢慢来适应海上的夜间颠簸航行。

1中队的夜间鱼雷攻击演习终于到来,骆传骊与苏联顾问、大队长、中队长上了"西安"号先出发。艇员们则一起先到码头换上出海服装再登上快艇出发。

那天1中队六艘鱼雷艇一起出发,单纵队开始航行,海面上漆黑一片只有天上的星星在眨眼,靶舰在海上机动地规避航行,鱼雷艇上没有雷达,只能在茫茫的夜色中凭借月光仔细地搜索着、辨认着。当指挥艇上发出攻击指令后，有的艇长看到了目标就朝向靶舰发起鱼雷攻击，有的艇长则找不见靶舰。

不仅如此，快艇在海上的航行速度很快，到深海时浪又很大，快艇一会浮在浪尖上，一会又下到浪窝里，有时还从浪里穿过，艇上的人从头到脚都被海水打湿。幸亏艇员都穿上了出海服和靴子，所以当海水打下来时人无大碍，但头被撞出包的、咬破舌头的、脸被刮伤的比比皆是。这就是鱼雷艇，海军向来有个

6艘鱼雷艇呈单纵队出发

说法："敢上鱼雷艇的就可以算是半个英雄"，近距作战，海上送炸药包，有这样大无畏精神的不是英雄谁是英雄?

可能是夜间训练不够充分，这次出海演习每艘艇都进行了两次鱼雷攻击，成绩不是很理想。但也许是第一次，顾问们对这次夜间出海进行鱼雷攻击的演习过程和攻击结果还是宽容地予以了肯定。

# 十七、黄海亮剑后"快21大队"移驻刘公岛

## 1. 渤海练兵，黄海亮剑，美国渤海梦不再

至1952年3月，"快21大队"自天津塘沽诞生并驻守渤海湾只有短短不到一年的时间。尽管当时我国海军只有岸防部队和快艇部队，力量很薄弱，海军其他兵种直到1952年4月以后才先后成立，但因为"快21大队"勇敢地"快"上一步，倚重那些老旧鱼雷艇，在距离当时我国岸线3海里（相当于5.556千米）的渤海上骑鲸踏浪，一次次出没大海，勇敢地在海面上亮剑，发挥出的震慑作用，让窥视这片大海企图重演"仁川登陆"的美国军舰从此停止了渤海海区的航行。

渤海成为我国的内海及内水，真正成为拱卫首都北京的安全防线，时间要推后到1958年的9月4日，是毛泽东主席的"《海牙协议》不是圣旨，道理是打出来的，列强想打仗我们也不怕"一句话，硬是把我国领海从3海里扩展到12海里。这还要归功于恰好在我国的渤海海峡上有一串横亘在海峡之上、由32座岛屿组成的群岛，一字排开，这串群岛叫作"庙岛群岛"，也称"长山列岛"。从地图上可以看到，庙岛群岛几乎占据了渤海海峡一大半的区域。由于这些岛屿都是中国的领土，因此它们均拥有12海里的领海。而在庙岛群岛最北端的北隍城岛到辽东半岛之间，还有一段宽阔的水域，叫作老铁山水道，两地之间的直线距离为42千米，约合23海里，如果两地均向海延伸12海里，则刚好覆盖整个水道。也正因为北隍城岛这个不起眼的岛屿的存在，让渤海变成中国独有的内海，才解决了海洋防务问题。当然，这都是1958年9月4日以后才有

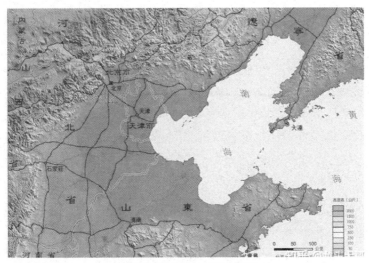

黄渤海上的庙岛群岛，即长山列岛

的事。

　　"快21大队"成立不到1年间对海防的第一大贡献，就是让美国军舰从1952年开始就不敢肆意进入渤海海域。如果不是"快21大队"鱼雷艇在渤海领海上巡游，美国军舰很难说会放弃把我国北方拖入朝鲜战场的狂妄企图。因为在我国政府没有宣布拥有12海里领海主权之前，各国舰船都可以在渤海的公海上随意航行。朝鲜战争爆发后美军就一直窥视这片辽阔的海域，开始策划第二次"仁川登陆"，这可能是鉴于朝鲜战争打起来后，他们尝到了在朝鲜后方仁川成功登陆的甜头，想把我国也作为朝鲜战场的后方。但是，当他们的情报获悉我国年轻的海军快艇部队常常出没在属于我国3海里领海的渤海湾上，并且两次在黄海上亮剑，他们不仅会驾艇出海，而且会进行鱼雷攻击后，最终让窥视这片大海企图重演"仁川登陆"的美国军舰停止了渤海航行。

　　从"呱呱坠地"到"蹒跚走路"，"快21大队"在天津塘沽水警区的这段历程，也许因为在海军建军史上的稍纵即逝，留下的航迹已无迹可循。他们就如同一支海上游击队，虽然在渤海湾塘沽口停留过脚步，震慑过美军军舰的横行霸道，但却来得快也走得快。1952年3月29日，这支诞生在拱卫京津冀门户渤海湾的快艇部队，在遏制住美国军舰接近首都北京以后就接到中央军委的命令，要求部队移驻到威海卫的刘公岛。此时的刘公岛外就是联合国部队的航空母舰战斗群，其飞机正在轰炸我志愿军阵地。海军司令部要求如果航母向我领海越雷池一步，就将不惜一切代价将它击沉。

听到"快21大队"要移驻刘公岛的消息，骆传骊的脑海中不禁想起了著名诗人、清华大学国文系闻一多教授的《七子之歌·威海卫》：

再让我看守着中华最古老的海，

这边岸上原有圣人的丘陵在。

母亲，莫忘了我是防海的健将，

我有一座刘公岛作我的盾牌。

……

是啊！能看清多远的历史，就能看见多远的未来。向北洋海军兴亡史要镜鉴，在参与人民海军由弱向强发展历程中激发斗志，骆传骊顿觉使命伟大光荣。

## 2. 他的任务负责把鱼雷艇及鱼雷转移到青岛

在1952年"快21大队"空前绝后、精彩无比的夏季训练结束后，参加训练的鱼雷快艇随艇长及艇员都移防到威海卫的刘公岛驻地，但此时大队的后勤库房还没有搬离塘沽。后勤库房没有搬离就意味着夏季没有拿到青岛黄海去训练的鱼雷艇及鱼雷都还在塘沽，所以训练结束骆传骊接到的任务就是带领鱼雷兵，与后勤库房战友一道把还在塘沽的鱼雷艇及鱼雷安全转运到青岛。因为1952年的秋季训练马上就要开始。

骆传骊从青岛回到了塘沽军港。一回到部队，他就被叫去后勤处参加会议，会上谌政委传达了上级关于"快21大队"1个月内彻底搬离塘沽的命令，并对有关部门及有关人员如何做好善后工作作了分工。骆传骊的任务就是负责鱼雷艇及鱼雷的安全转移，落地到指定仓库。此时刘秉义中队长在青岛落实参加秋季训练官兵的安置地点，鱼雷仓库负责人万久贵[1]干事在青岛落实武器的安置，骆传骊会议一结束立即给他们写信询问青岛的人和武器的安置情况。他们很快回信告知，秋季训练时，除"快31大队"外，其他3个快艇大队都将安置在团岛营地和馆陶路营地。"快21大队"全部入驻在馆陶路营地，鱼雷武器将入库燕儿岛107仓库，快艇还是停放在快艇学校的海边。

　　接到回信后，骆传骊立即召集后勤处鱼雷组及两个老中队的鱼雷兵开会，讨论把武器怎么从铁路运走？会后他又组织大家到仓库去看看鱼雷情况来决定下一步将投入多少人力和物力，结果进仓库发现一个月不见的鱼雷身上长黑斑了，幸好用抹布擦还能擦掉，于是他们就立即动手把一个个鱼雷身上的黑斑给擦去。回办公室后他便连夜赶写了一份《武器转移计划》，对如何走铁路进行展开，细化到快艇、鱼雷的拆解、包装，搬运过程中要用到的车辆、人力、所需时间、使用工具、包装材料乃至伪装办法等，还有经费预算。第二天一早他把《武器转移计划》交给谌政委后又去了码头。

　　在塘沽基地的苏联顾问也都在关心鱼雷艇及鱼雷转移之事。第二天一早他们也去了码头，见面后他们就向骆传骊了解准备如何转移这么多的庞然大物。骆传骊将整理了一夜的《武器转移计划》概况向几位顾问作了汇报，顾问听完骆传骊汇报后就离开了码头。中午，谌政委把骆传骊找去，跟他说："刚才顾问与我们几位大队干部一起开过会了，大家

---

1．万久贵：1943年10月加入中国共产党，1948年参军，海军快艇学校第一期鱼雷班学员，分配到"快21大队"后时任后勤处鱼雷科干事、科长等职。他与骆传骊是一辈子的战友，一辈子没有离开过鱼雷。

讨论下来同意你在《计划》中提出的方案，回头你再跟鱼雷兵一起把鱼雷艇的拆分及零部件包装再讨论一下，考虑得再细一些，要确保鱼雷艇及鱼雷都安全。"

谌政委转达的"同意骆传骊提议的《计划》"无疑对他是一个很大的鼓舞，于是，他分头带领库房鱼雷组战士分解、拆卸鱼雷；带领中队鱼雷兵去码头量艇架子尺寸，又把直舵机检查台抬出，把横舵机、直舵机修好。他自己还去联系了气象台，每天跟进近期的天气情况，必须卡点踩准日期来保证鱼雷转移不受伤害。

之后刘秉义队长和万久贵干事回到了塘沽，恰好海军后勤部同志也来到塘沽关心武器转运之事，他们就在后勤处专门讨论了鱼雷艇及鱼雷的装车，并搞来了大吊车。接下来库房万久贵被派往天津找厂家制作大箱子；鱼雷兵开始分解、拆卸鱼雷，他们还从快艇上取下发射管、卸下鱼雷；骆传骊则跑天津火车站联系运输车皮。到临近出发的前几日，他和万久贵更是频繁往来于塘沽与天津之间，验收并取回在天津为搬运而加工的木箱、铁板、油纸等，箱子运回码头后又忙着改装雷车装运鱼雷，好几个晚上他们俩都在中队的地板上过夜。

鱼雷艇及全部鱼雷被装箱装上了大货车后直接运送到塘沽火车站的站台上，那天火车站警戒森严，一箱一箱的大件吊上了货车车厢，这是一趟没有旅客和其他货物的军列，车厢被精心伪装成一列货车、列车混编的慢车，押车的官兵也都换上了铁路工作服，其他人则穿便服。7月8日傍晚，专列终于缓缓地驶离了塘沽火车站。

## 3. 抗美援朝的战火已蔓延到眼前的黄海公海上

中华人民共和国成立之初，美国军舰在我国领海附近的公海里肆意航行，渤海，东海、南海和黄海都是他们想来就来，想去就去的海域。

黄海是离朝鲜半岛最近的大海，也是扼守我国京津的重要门户。朝鲜战争爆发后，以美国为首的联合国部队先后派出由航空母舰组成的"朝鲜西部战斗支援群"和"朝鲜东部支援战斗群"，他们长时间保持两艘以上的航母战斗群在朝鲜半岛的西、东海面上，其中"朝鲜西部战斗支援群"航母就在我国与朝鲜之间的黄海公海上。航母停泊在黄海的公海上，不仅可以对付朝鲜战场上的我方阵地，也威胁到我国包括青岛、烟台、威海等胶东半岛地区。

1951年6月就曾发生过一桩相当可怕的事件。那是快艇学校第一期学员理论文化课学习结束后，一部分留在快艇学校还没有去部队的学员在青岛实习。那天，当"武教员"和实习学员在码头登上4艘快艇正准备出海训练时，这时从小青岛方向飞来一架超低空飞行的飞机，大家误以为是来自沧口的海军航空学校的实习战机，码头上及4艘快艇上的官兵都友好地向他们挥手致意。但当飞机飞越到码头上空的时候，忽然有人发现不对，便大声叫道："不对，飞机的标志是美国的，是敌机！"此时敌机正绕过训练部大楼。快艇基地接到报告立即通知空军，当我方空军战斗机编队飞来时，敌机早已飞走。据后来得到的情报，这架飞机就是从停留在黄海公海的航母上起飞的，他们利用我方雷达的死角钻空子，来侦察青岛海军基地。这一深刻的教训，迫使快艇学校从第二期学员开始增加飞机识别的授课内容，已经去到部队的第一期学员也补上了这一课。

1952年年初，朝鲜战争进入到双方僵持阶段。在这之前，美军的大量舰载机协同地面部队都是从西、东航母上起飞，直接攻击和轰炸我志愿军和朝鲜人民军阵地，而当时我国海军还处在初创期，没有强大的力量可以布局，所以当"快21大队"在渤海海域对美国军舰起到一定的威慑作用后，中央军委决定将"快21大队"这把海上"刺刀"插入到威海卫刘公岛上。

位于山东半岛威海卫湾口的刘公岛

刘公岛位于山东半岛威海卫湾口，面积不大，只有3.15平方千米。但是这个地方的战略地位非常重要，有着不沉的战舰之称，历来是兵家必争之地。当年甲午海战爆发的时候，刘公岛就是主战场，清政府花费巨资组建的北洋海军，也是在刘公岛全军覆没的。刘公岛就是旧中国耻辱的一个代表地，它既是黄海前哨，也是渤海前哨，中央军委要求驻守青岛和刘公岛的海军快艇部队随时准备战斗，一旦航母开进我国黄海领海，就要不惜一切代价将敌人航母击沉。

"快21大队"接到移驻刘公岛命令还没来得及全部移防，便投入到早已计划并安排在青岛黄海训练的1952年夏季训练演习中，部队只能一边训练一边准备移防。大队机关先行离开塘沽移驻刘公岛，在那里建设作为快艇部队基地的基础设施，包括鱼雷快艇检修所。骆传骊1951年4月离开快艇学校前画的那张鱼雷检修所建筑设计图，再一次被采纳，除青岛快艇学校、塘沽快艇基地外，又一次用到了刘公岛上。"快21大队"两个作战中队以及提供训练保障的后勤部门则一直到夏季训练结束才开始移防行动，但没过多久他们又回到了青岛投入到秋季训练中。

虽然在1952年秋我国没有对外宣布海军将参加抗美援朝战斗，但海军其实已经在未雨绸缪，积极备战，一旦需要不能打无准备之仗。1952年的秋季训练是一场相当关键的训练，这一季的训练从某种意义上说就是一场精锐部队战斗员的"选拔赛"，这支参战部队海军内定的就是"快31大队"，他们将赴朝参战。所以海军决定通过这一季的训练，选拔一批大队、中队干部，以及完成了单艇科目并实放过鱼雷的艇长，连人带艇充实到"快31大队"。

# 十八、一到青岛他立即去关心快艇基地

## 1. 一路护送不敢有闪失

1952年7月8日傍晚，由骆传骊参谋带队押运鱼雷武器的专列启动上路了。当年的军用专列车厢，押车官兵的生活设施非常简陋，每节车厢只有两张床焊在列车内两侧壁上，没有风扇更谈不上空调，没水没电，甚至没有厕所。大伙一路吃住在武器大箱子旁，一方面监视武器状况；另一方面定时检查木箱的固定情况。他们24小时轮流值班，不值班的即使躺在床上也是睁着眼睛迷糊着睡，生怕有丁点闪失让敌特分子钻空子。因为那时刚解放不久，还有大量的国民党间谍留在大陆执行破坏和窃取情报的任务，部队的一举一动都是他们盯梢获得情报的目标，更何况这趟专列是海军部队的武器转运。

列车没有按常规速度行驶，沿途只停靠天津独流镇、河北沧县（今沧州市）、山东德县（今德州市）、济南、张店（今淄博市）、高密县（今高密市（县级市））等几个站点，给列车加水，也给官兵加"油"，更重要的是给专列重新编组，让紧盯我军动向的国民党特务摸不清方向。

停靠的第一站是天津独流镇站，它虽与塘沽站同属天津市，列车却是在次日凌晨才到达这座静谧的千年古镇所在的四等车站。到站后列车仅停站20分钟，给大伙下车活动方便一下就继续上路了。列车再行驶近两个小时，到达河北省沧县（今沧州市），大伙总算吃上了早饭，是自带的干粮。车站没有水，他们都没有洗脸漱口。

列车在第二天中午抵达山东西北端的德县（今德州市）。列车在德县车站停下后，大伙都下车去洗了把脸，德县出扒鸡、西瓜和金丝枣三件宝，他们就在车站买了烧鸡和西瓜充当午餐。在盛夏缺水的列车上能够吃上德县三宝中的二宝，官兵们都心满意足、喜笑颜开。

列车继续前行，到晚上抵达济南。在济南车站，大伙在站台上买到了包子，这一天的晚餐就算解决了。过了济南站就是夜行车了，骆传骊值班到半夜12点才换了人。此时的列车已经安全行驶近一半的路途，还有一半的路途让押车的所有人还是悬着心。车轮滚滚继续往前开，骆传骊半睡半醒地眯着眼，迷迷糊糊中列车到了张店火车站（今淄博火车站）。列车一靠站，大伙都下车洗漱一番让头脑清醒一下，然后买个肉烧饼就上车，上车后又轮流值班。列车在张店站停靠了小半天，重新进行编组。

一直到天快黑下来，列车才开开停停地到达了高密（今潍坊市高密市）火车站。列车在高密站停下后，大伙还是在站台上解决了晚餐。离青岛还有200千米不到的路途结果又开了一整夜。经过一天两夜的车轮滚滚，列车终于在7月10日早上7：30驶进了青岛火车站。

当列车缓缓驶进车站时，车上的官兵立刻发现站台已经有战士3人1岗、5人1哨把守，载有大吊车的军用卡车也早早地在专用站台上等候，任何无关人员都不能靠近。列车停稳后，骆传骊首先下车与地面指挥协调吊装工作，随即大吊车就开始把大箱子从列车上一箱箱地吊下，放到站台上，一直到中午才全部卸完。因青岛火车站就坐落在青岛市市中心，离快艇学校所在地莱阳路8号不远，所以装载快艇的箱子就先运送了过去。

这时，大伙儿终于松了口气，才觉得肚子在咕咕直叫。鱼雷兵们拿起部队为他们准备好的面饼就啃了起来，骆传骊一口气吃下了创纪录的整整1斤（500g）面饼。后来他回味起面饼的香味，感叹道："面饼怎么这么香？以前怎么没有觉得？"

午饭后，卡车开始来来回回地把大箱子送往燕儿岛仓库。骆传骊指定鱼雷库的保管员跟着大卡车去107仓库卸箱子，他自己则带领两个中队的鱼雷兵坚守站台。就这样一直干到晚上9点才把站台上的所有箱子全部运走，他们终于能回部队驻地。这次回到青岛，骆传骊没有再住进莱阳路8号的快艇学校，而是随"快21大队"进驻馆陶路军营。

## 2. 到了青岛，他就去关心快艇基地

回到青岛，骆传骊整理好鱼雷组的登记记录，就去向基地军械处办理了移交手续。武器移交办妥后，骆传骊还是老习惯第一时间去了快艇学校，他先到指挥系去向陈宗孟主任"报到"，还去看望了好几位他在快艇学校时同一个教研室的鱼雷伙伴，然后就到码头去查看鱼雷艇有没有碰伤。

隔了一天，骆传骊又去鱼雷检修所看望夏隆坤、姜承秀等"老伙计"。夏隆坤曾是快艇学校鱼水雷教研室的巧手，鱼雷身上的"大病""小病"到了他手上就"药到病除"，现在他是鱼雷检修所的技师；姜承秀是检修所所长。骆传骊向他们了解检修所的使用情况，这个鱼雷检修所可以说是新中国第一个自行设计的"不完美"的检修所，所以一直横梗在他的心头。

姜承秀所长告诉他："检修所总面积不小，但运来送往的活动还是会互相牵制，装一条雷两个小时还不止"。夏隆坤告诉他："眼下这个检修所早已经不是快艇学校实习专用的检修所，而是一个以'快31大队'使用为主兼顾学员实习的检修所。"听罢姜承秀所长和夏隆坤技师的情况介绍，骆传骊立即想到："现在4个大队进驻青岛参加训练演习，要共用这一个检修所。这方寸之间做腾挪能行吗？"他不知该怎么向他

们解释，只好说："是啊！这个检修所当时因为资金压缩不得不将两个出入口改成了一个出入口，想不到我这个缺乏根据的设计变成了永久性的使用。"

姜所长还和他说："现在我们准备一条鱼雷需要花上1个半小时，加上出入口受阻往往要花两个小时。现在检修所只有同时能准备最多10条雷的地方，而且人员编制也只有6个组，任务再来根本就完不成。"骆传骊从姜承秀所长和夏隆坤技师那里还得知，送进运出装载鱼雷的鱼雷车也不够用，于是他当晚就连夜赶画鱼雷车草图，一直画到凌晨2点。

骆传骊那天在检修所听到姜所长他们的抱怨之后，就意识到眼下鱼雷艇基地建设跟不上部队建设的情况比较严重。几天后他又去了码头，这回去看的是船排情况。学校码头的船排能同时容纳两艘艇，但设在了港湾的转弯处，听说这些船排在水中部分常常会被泥沙淤住，致使快艇有时进与出都困难。他在想："这是一个简单的道理，为什么不可以设在港道直的地方？"

这些天重回学校到检修所和码头这一走，骆传骊掌握到鱼雷艇基地建设方面这么多的实情，还真收获不小。没有调查就没有发言权，现在他手上有材料就有了发言权，于是他开始提笔向大队部就快艇部队的基地建设写起了书面建议。

也就是在7月16日骆传骊去学校码头看船排的当晚，谌政委晚点名，同时宣布了一个任命：任命刘秉义中队长为"快21大队"代理参谋长。参谋长是领导参谋工作的首长，骆传骊想这叫巧了，我要向刘代理参谋长报告的第一项工作就是关于基地建设的问题。

青岛从7月23日开始刮起了大风，海浪扑打堤岸，快艇都靠钢丝绳拴着，大风来时要把快艇刮出去，而快艇又被钢丝绳拉回来，这样的受力钢丝绳的强度够吗？那天骆传骊早上、中午都跑去码头看风向、看风力，估算着钢丝绳的拉力强度，理论数据得出的结果还行，于是就叮嘱

被钢丝绳栓在一起的鱼雷艇

各位艇长一定要看好自己的鱼雷艇。

7月24日上午，骆传骊拿着他写的《关于快艇基地建设的建议报告》去找刘秉义参谋长，参谋长同意他报告中提出的问题和几项建议，其中一项可以当场解决的就是增加鱼雷车。骆传骊于是立刻就拿着鱼雷车图纸去了内蒙古路28号，以前的基地后勤部修造所。修造所6月7日刚列编基地军械处的水鱼雷修理厂，平时鱼雷艇的修理、保养工作都是由高工程师负责，所以那天骆传骊就直接找高工程师。高工程师也不打马虎眼，鱼雷车的结构并不复杂，就是一个搭搭焊焊的手拉车，他爽快地同意制作鱼雷车。两天后3辆鱼雷车就送到了检修所，为检修所的鱼雷检修保养提供了方便。

## 3. 他对基地建设的用心换来首长对他的信任

8月4日上午，骆传骊去快艇学校参加由苏联顾问召集的基地建设意见征集会。会议刚结束校长办公室就来通知，让他下午到校首长会议室开会。他有点诧异，他知道邓兆祥校长从去年4月开始担任"黄河部队"指挥，工作重心已经移到"重庆"舰的打捞修复上，学校日常工作一度由教育长升任副校长的田松负责。最近听说这两年没有在学校出现的马忠全副校长正式接替邓兆祥校长，担任学校校长。

关于马忠全校长，骆传骊对他几乎一无所知，所以他好生奇怪："马校长有什么重要事情让我去参加会议？"他只是在岗前培训时听朱军政委介绍说，学校正式成立那天，海军王宏坤副司令员宣布校级首长名单：校长邓兆祥、副校长马忠全，但近两年的时间里一直没有在学校里见过马副校长。

下午骆传骊准时到校部会议室参加会议。会议由新校长马忠全主持，原副校长、刚刚宣布担任"快31大队"大队长的田松也参加会议。会议内容还是"关于青岛鱼雷快艇部队基地建设"的讨论，还点名让骆传骊就自己所见所想在会上作一汇报。于是他就把自己这几天看到的、经过思考整理出来的基地存在的问题一并提出。

会上，他还对"快21大队"燕儿岛鱼雷仓库提出了意见："不久前我们把鱼雷从塘沽转运到青岛，并搬进燕儿岛仓库，结果一看是一个不通风的仓库，我就有点不放心了，于是第二天又去了仓库，想看看鱼雷怎么样了？没想到随机打开一个箱子就发现鱼雷身上形成的水珠子像在冒汗，这样潮湿的仓库鱼雷可呆不下去的，会生病发霉长锈的。"此话一提大伙就议论开了，其他与会人员也就他们关心的如轮机修理所等设施提出问题与建议。

会后第二天仓库那边就传来反馈，报告说已经想办法采取措施，但骆传骊还是不放心，一直挂念着"娇嫩"的鱼雷。于是他又去燕儿岛仓库，看见存放的鱼雷已经搬到通风干燥的屋子"娇养"起来，而且他到的时候鱼雷保管员正在对它们进行养护，他悬着的心放下了。但检修所、码头等问题一时没办法得到解决，他只能自我安慰一番："刚刚解放，本来就千疮百孔，又加上抗美援朝，军队建设有限的军费只能一样一样地用来解决问题。"

在8月4日的会上，马忠全校长还传达了另一个令骆传骊振奋的消息，马校长说："大伙已经知道，从6月中旬开始，小港码头上就停靠着一艘舷号'中114'大轮船，这是一艘美国制造的坦克登陆舰，它原本主要用于运载坦克和其他重型装备登陆，相比步兵登陆舰而言，坦克登陆舰能够在抢滩登陆时运载重型装备，可以使得步兵能够得到及时的重型火力支援。但现在我们要把它改装成为鱼雷快艇母舰，来为我们快艇部队保驾护航。"

田松大队长补充道："对于快艇母舰的作用想必大家都知道，因为鱼雷艇续航力小，主要用于在近岸海区与其他兵力协同作战。现在海军领导决定将美国在'二战'中建造的大型坦克登陆舰改装成母舰，就可以用它搭载鱼雷艇去远海搜索敌舰，一旦发现敌舰后，就把鱼雷艇放到海上去攻击，然后再返回母舰，撤离战斗，这样鱼雷艇的作用就不再只是承担近海作战任务那么单一了。"

马忠全校长接着说："现在华东海司舰船修造处已发文通知青岛修造船厂[1]将'中114'坦克登陆舰改装成为快艇母舰，改装工作已经开始。为此，青岛基地成立了由各相关单位组成的'114工作组'。第一阶段的工作是对'中114'进行机械设备的维修，两个大队的轮机参谋早都吃住在舰上，与船厂工程技术人员和舰员一起经过没日没夜的奋战，已基本完成了第一阶段的任务。接下来就要开始对登陆舰的武器装备进行改装，经专家推荐，学校及大队首长同意，指定'快21大队'鱼雷参谋骆传骊作为'114工作组'成员，负责'中114'舰的装备改装。"骆传骊听到马校长这一宣布后，立即站起来向马校长敬礼，并大声说："请首长放心，保证完成任务！"

经过马校长和田大队长的情况介绍，会场上所有人都心里明白，快艇母舰改装成功，"快31大队"开向朝鲜战场就又跨进一步。

---

1. 青岛修造船厂始建于1898年，于1950年10月划归到海军，工厂正逐渐恢复生产，时任厂长陈骏。

# 十九、他为海军赴朝参战出大力

## 1. 他们扶他踩上了两只"船"

骆传骅接受"中114"舰改装任务只能算是他本职工作以外的兼职，他的本职工作还是"快21大队"的鱼雷参谋，是带领两个作战中队到青岛参加1952年秋季训练的参谋。但当他和1、2两个中队抵达青岛后，他还没有来得及去学校向陈宗孟主任"报到"，时任快艇学校指挥系主任的陈宗孟老领导就已经托人带口信让他去指挥系一趟，实在是心有灵犀。

听到陈主任召唤，骆传骅马上响应，立即抽出时间去学校见陈主任。可当他到指挥系时陈主任又正有事，于是他就去作战室要了一本小本子，习惯性地去码头记录下所有艇的艇号，又到艇架处核对，再去检修所看看正在检修的鱼雷，后又回到作战室抄写贴在墙上的《值班员条例》，兜兜转转一大圈，最后在午饭前再次到陈主任办公室，终于见到了他。

见面后陈主任便向他分析了当前朝鲜战场上进入到白炽化胶着状态的战事，告诉他早在5月份，中央军委与海军就开始讨论谋划派出鱼雷艇部队、水雷部队、岸炮部队进入朝鲜，参加西海岸的防守。海军参战部队由"志愿军西海岸指挥部"统一领导，设"海军前线指挥所"，由学校朱军政委兼任"海军前线指挥所"总指挥。陈主任自己也已经接到命令，担任海军参战部队的鱼雷快艇参谋，10月份他就将作为先遣部队成员赴朝鲜西海岸海军前线指挥所打前站，协调有关鱼雷快艇部队行动事宜。

骆传骊听了陈主任的介绍，爱开玩笑的他脱口而出说道："那快艇学校不就是'志愿军西海岸指挥部海军前线指挥所'设在国内的司令部了？"此话一出立刻被陈主任打住，提醒他不能随便开玩笑。

陈主任又告诉他，接下来的秋季训练，所有部队都集中到青岛进行训练演习，但这只是第一步。目的是要通过这一季训练，组建起一支类似陆军前线作战时冲锋在前的主力突击队，快艇部队的突击中队，指挥系在这一季的训练演习中又将担当协调指挥的重任。

陈主任接着问他："你同意借调到指挥系协助我们工作吗？或者到指挥系兼职也行，但兼职不能耽误指挥系的工作。你可以把我们的想法跟你们大队首长汇报一下，然后向学校打一份报告。"

听到陈主任的提议，骆传骊当然愿意啦，能在这一季训练中参与指挥系工作，自己不是离抗美援朝更近了吗？所以他当即就答应，说："好的，我回去就跟大队首长说明情况，向学校打报告。"

陈主任同时还补充道："这次你如果兼职秋季训练的指挥工作，准备交给你的任务有这么两项。其一，带教从兄弟部队借过来的观测员，培养他们胜任出海工作；其二，为各大队训练的安全顺畅，调度靶舰、观测员以及捞雷船、追雷艇、警戒艇及海域分配等训练资源。"陈主任把任务说得这么明确，骆传骊觉得这不会影响到自己大队的训练，"我可以做到两不误呀！"他信心满满地回答说。

从学校回到"快21大队"驻地，骆传骊就去大队部汇报陈宗孟主任的提议，希望把他借调到指挥系参与训练过程中的相关工作。副大队长（注：当时大队长缺位，副大队长主持工作）听完后连连说好："陈宗孟的这个提议好呀！这么一来我们'快21大队'的训练就可以跟'快31大队'同步了。这样吧，你先以'快21大队'的名义向快艇学校起草一份两队一同进行秋季训练的报告，这样你也可以名正言顺地为指挥系工作。"骆传骊很高兴，他回去赶紧起草一份《借调报告》，然后就交到了大队办公室。

　　两天后他去吃早餐，在餐厅里遇见刘秉义代参谋长，刘参谋长拿出一封信给他看："这封信是根据你写的《借调报告》改写的直接给训练部魏（岱峰）副部长[1]的信，你看一下还有什么意见？"骆传骊心想这下他兼职指挥系的训练工作更有把握了。因为早在1950年舰艇学校成立之初，学校的快艇中队就是刘秉义任队长，魏岱峰任政治指导员，骆传骊理所当然地认为老搭档为秋季训练提出的人手借调建议应该会得到批准。他看了一眼给魏部长的信说道："能有什么意见？只要能让我参加为抗美援朝而准备的训练工作就好。"他还信心十足地说："直接以信的形式写给魏部长是个好办法，请首长放心，我会兼顾好大队与指挥系的训练工作，不会让'快21大队'的训练成绩掉下去的！"

　　刘参谋长回答说："我们要的就是你的态度，你能做到两不误我们就支持你去参加指挥系的备战训练指挥工作。"

## 2. 他像"老头"顾问一样培训观测员

　　4个大队齐聚青岛训练，海域、靶舰以及靶舰上的观测员等空间、物力、人力都不够用。关于观测员不够用的问题，陈主任一开始就向骆传骊指出过，要他去向兄弟部队借用人手并培养他们成为合格的观测员。这不？骆传骊在开训前真的手持介绍信，去青岛海军基地勤务保障大队靶档队"借"人了。

　　"靶档队"，一个神秘的部队名称，就是海军在海上训练时当"靶子"的部队。20世纪50年代，海岸炮兵或航空兵训练时往往把靶子拖到

---

1. 魏岱峰副部长：海军快艇学校成立时任学校快艇队政治委员，1952年任学校训练部副部长，以后成立第一快艇总队时任参谋长，后任海军快艇一支队队长，海军南海舰队副参谋长等职。

海上，让火炮、炸弹、鱼雷对它们进行攻击，靶档队的水兵则是在离靶子400米以外、600米以内距离处记录射出的成绩。而轮到鱼雷艇部队出海训练就不同了，鱼雷直接向靶舰投射，鱼雷出膛走直线，观测员的任务就是在靶舰上通过方位仪观察瞭望鱼雷艇施放鱼雷，然后赶紧报告舰长，舰长立刻打个满舵与鱼雷擦肩而过，而鱼雷则飞向远方，在大海里留下它的航迹，观测员再记录下航迹交给大队有关部门作分析。

那天骆传骊办完基地里的事情后就去到了贵州路上的基地勤务保障大队靶档队，拿出介绍信找到队长，跟他商量借调骨干队员参加快艇部队这一季的海上训练，还向队长解释一通参加实战训练可以训练出一批技术过硬的观测员等道理。实战训练观测员本是一桩好事，所以骆传骊的解释显然多此一举，队长爽快地答应会派四名观测员参加海上训练。骆传骊很高兴，顺利完成了培训观测员一半的任务。

走出靶档队，骆传骊特意去看了附近团岛上的那座建于1900年的灯塔。他抬头仰视这黑白相间、高15米的塔身，耳旁又回响起大雾天里经常听到的"哞……哞……"海牛一般的叫声，感叹它50多年如一日，夜明日息地为海上船舶定位助航。团岛灯塔所象征的"燃烧自己、照亮航程"的航保精神触发了他甘当人梯，努力培养优秀观测员的动力。

团岛上黑白相间建成于1900年的灯塔

从靶档队回来他就去快艇学校找黄树谋教员。黄树谋教员是"重庆"舰上的原海军,曾经是英国皇家海军声望级战列巡洋舰1号舰[1]上的中国海军上等兵,现在是学校航海教研室"舰艇机动"教员。骆传骊向黄教员借来《观测手册》仔细阅读一遍,谋划起怎么来一步一步地培训观测员。

靶档队选出的4位观测员很快就到指挥系来报到了,骆传骊首先将他们带到黄树谋教员那里,黄教员给他们上了一堂鱼雷发射观测跟踪的课。然后骆传骊又带他们到码头登上"长沙"号靶舰熟悉环境,在靶舰上骆传骊也像他自己刚到塘沽时塔拉苏洛夫顾问培训他成为观测员一样耐心地带教他们。他教他们使用方位仪,教他们观察、记录与换算,叮嘱他们在鱼雷射出瞬间负责观测的要盯得住鱼雷航迹,负责记录的要准确记录其航迹的相关数据。经过一个多星期的培训,观测员上岗了,骆传骊开始时都跟他们一起上靶舰,观察并考核他们的反应敏捷程度、口齿清晰程度,并及时训练他们"观察清、记录快、计算准"的过硬本领。

### 3. 首次大规模集训,老旧军舰重焕青春

从7月秋季训练开始,快艇学校副校长田松正式出任"快31大队"大队长。"快31大队"1中队以后之所以成为一支让国民党海军魂飞魄散的尖刀部队,与这一季训练的精心设计分不开。

为抗美援朝而准备的1952年秋季训练格外重要,遍布全国的四大快艇部队的鱼雷艇全体官兵都集中到青岛黄海集训。海军司令部指定快艇

---

1.英国皇家海军声望级战列巡洋舰1号舰在1945年11月至1946年11月期间,曾在朴次茅斯德文港作为训练舰接待中国国民政府派遣到英国,并负责接收英国援助给中国海军的"重庆"号轻巡洋舰以及租借军舰"灵甫"号驱逐舰的中国海军学员及带队军官。

学校朱军政委担任这一季训练总指挥。朱政委在接下来集训的日子里，各部队每次出海训练时他都亲自出海，不是上指挥艇，就是上靶舰，他要亲自选拔"海军有你，足以壮军威"的快艇部队突击队员，包括指挥员及战斗员。

训练结束后，从四大快艇大队中挑选出能打善战的鱼雷艇长，连艇带人组建起"快31大队"1中队。"快31大队"就是内定的准备赴朝参战的作战部队，其1中队就是这支部队的突击中队、尖刀中队。"快31大队"1中队副中队长及以下所有官兵都是从莱阳路8号走出的快艇学校第一期学员，仅"快21大队"就有几位教练艇长加入到"快31大队"1中队行列。他们是：被任命为"快31大队"副大队长兼1中队中队长的纪智良艇长；被任命为1中队副中队长的铁江海艇长；被任命为1中队2号艇艇长的于化武艇长等。

1952年的秋季训练是一场4个大队齐聚青岛黄海的大规模训练，充当的靶舰都来自于华东海军第六舰队，它们是"开封"号、"西安"号、"济南"号和"长沙"号4艘大型护卫舰。其中由"西安"号、"济南"号和"长沙"号组成的编队，在7月8日就出发，从东海远航青岛，前来担任秋季训练的靶舰。

鱼雷艇出海训练离不开靶舰的陪伴，"西安"号和"长沙"号是这季训练的主力靶舰，它们将轮流由各大队实施虚放攻击或实放操雷攻击。靶舰从8月12日开始夜以继日地陪伴部队训练，提前出海，按照指挥系骆传骊等参谋人员设定的攻击部署而行动，既当目标舰也当指挥舰。

抗美援朝期间，我国军费的绝大部分都用到了朝鲜战场，靶舰的角色只能是让国民党留下的老旧军舰来担当。原则上，能用于打仗的军舰尽量不让它白白挨打吃炮弹，这样挨打吃炮弹的份就轮到了伤痕累累上不了前线的老旧军舰上，把它们的武器弹药及其不必要的装置拆除后，它们就成为了日后鱼雷实航打靶试验时的挨打目标，来承担测试鱼雷及

原属于日本海防舰，抗战胜利后被国民党接收，入列
人民海军后被命名"西安""长沙""济南"等舰名

枪炮武力性能的重任。每一次出海训练回来，修造船厂都会对它们的操舵系统等关键部位进行检查，不允许因为操舵系统失灵而导致靶舰偏航及不能在高速航行状态下急转舵强机动，否则就将会影响训练计划。

这一季训练主力靶舰"西安"号和"长沙"号舰都属于老旧军舰，它们在1950年4月华东海军成立一周年之际加入到人民海军序列，并被命名。它们都是抗战胜利后国民党海军从日军手中接收的二型海防舰，因舰况较差，被海军上缴给国民政府，由行政院再分配给政府其他部门使用。但由于修复它们需要大量的经费和人力，结果被使用部门弃置在黄浦江上。1949年5月27日上海解放，被国民党弃如敝屣的它们却被人民海军视为珍宝，华东军区海军立即接收了这两艘军舰以及另一艘同类型舰，编入到第一舰大队即后来的第六舰队，并依次送入江南造船厂进行抢修，但也只能够达到自主航行这一步，丧失了本应有的战斗能力。

除主力靶舰"长沙"号和"西安"号外，还有"济南"号、"开封"号这两艘舰况还不错的军舰也不得不上阵充当靶舰。"开封"号舰原为英国皇家海军"花"级反潜护卫舰（也称为驱潜舰），二战结束后退役，并拆除武装，于1947年前后在香港出售给了一家中国航运公司，1950年它与另一艘商船一起被人民解放军华东军区海军收购，重新恢复为军舰，编入海军第六舰队。它从7月份开始就投入到这一季的训练中，先是奉命为后勤"100"拖船护航，因为拖船上装着500吨鱼雷艇训练需要用的柴油，从东南沿海经过70多个小时的航行才安全抵达青岛。到青岛后它又奉命留下，作为训练的备用靶舰随时准备出海挨打吃炮弹。

1952年的秋季海上训练除了鱼雷艇和靶舰出征外，捞雷船、追雷艇、警戒艇都投入在密集、紧张的训练之中。随着各大队训练密度的加大，骆传骊参谋参加指挥系的训练调度任务也加大，多个大队同时段出海射雷攻击是经常的事，他就要安排好每一个大队甚至中队训练的海域，调度靶舰、捞雷船等训练用船只。当4艘靶舰齐出征时，他要对每一艘舰的出航时间、航行路线、航行速度等行动作出详细的部署，同时，还要对鱼雷快艇抵达指定海域的时间、允许施放鱼雷的时间等作出部署。

当9月10日秋季训练结束回头看这一季的训练成果时，一批英勇无比的好苗子涌现出来，他们有的直接去了"快31大队"作战中队，有的仍留在原来的大队随时听从召唤，部队上下一致认为这一季的训练成果得之不易。第一次快艇部队齐聚青岛黄海，第一次全面调度方方面面的训练资源，都是史无前例。第三海军学校[1]（注：1952年9月6日之前曾命名为"海军舰艇学校""海军快艇学校"）首长表扬指挥系指挥调度有力、有序，在第六舰队配合下很好地完成了海上技术、战术训练，陈主任则夸赞骆传骊等参谋人员发挥了聪明才智。骆传骊说："华东海军第六舰队的老旧军舰在这一季训练中焕发了青春。'快31大队'1中队这支准备赴朝参战的尖刀部队能够顺利组成，少不了靶舰的功劳。"

---

1．从本节开始，所发生的事件以1952年9月6日为界限，凡9月6日之前称之为"海军快艇学校"，9月6日之后称之为"第三海军学校"。

# 二十、让"美"制坦克登陆舰为
# "苏"制鱼雷快艇保驾

## 1. "中114"坦克登陆舰的前世今生

从1952年秋季训练开始，骆传骊除了脚踩两只"船"投入部队集训之外，他还有一项任务就是马忠全校长向他布置的代表使用方负责对"中114"舰的改装。骆参谋其实对"中114"坦克登陆舰窥视已久，那是在"快21大队"5月份到青岛黄海进行夏季训练那阵，他就看到有一艘退役的"美"制坦克登陆舰停泊在青岛小港，没过几天轮机参谋鲍文潮就接到任务，要求他住进"中114"舰参加对它的机械检查与修复验收。

事后骆传骊了解到因新生的人民海军一穷二白，所以四处搜罗军舰或者适合改造成军舰的民船，华东海军前不久就从上海海运局找到了一艘舷号为"中114"的坦克登陆舰。"中114"舰就这么因其体量大、舰龄短、运量可观而跃入到了海军视线，毕竟那年代海军吨位最大的舰船就属"美"制LST型坦克登陆舰了。他从鲍文潮参谋那里还了解到海军司令部已经批准通过对它的改造，让它成为鱼雷快艇母舰，为秘而不宣的海军快艇部队抗美援朝作准备。

早在6月7日，那天是夏季训练由艇长带领全体艇员出海比赛的最后一天。于化武等艇长的几艘鱼雷艇海上亮剑刚结束，负责训练的副大队长就带着快艇官兵先撤离了青岛。骆传骊也觉得比赛告一段落可以松懈一下，出于对大型舰船的向往与好奇，他就想着上"中114"舰去见识一下这艘庞然大军舰，于是他借给鲍文潮参谋送衣服之名去到小港，在

改装前被国民党政府招商局命名的"中114"货轮

鲍参谋的陪同下参观了军舰里面的配置。没有想到当他从小港一回到驻地，立刻被留在青岛的"最高领导"高副政委叫住，对他进行了严肃的批评，指出他的行为是违纪行为。原来"中114"舰不是谁想上去就可以随便上去的。

让骆传骊意外的是，他再度回青岛备战秋季训练那几天，居然会被首长委以参加改装"中114"舰武器装置的重任，真是应了那句话："心有所想，事有所愿"，他甭提有多高兴。那天，当马忠全校长在会上刚宣布要把它改装成鱼雷快艇母舰的时候，会场就沸腾了，大家你一言我一语地议论起"中114"舰的前世今生，其中不乏谈及它所建立的"战功"。

有人说："'中114'舰是1947年11月由国民政府行政院物资供应局从驻菲律宾美国海军手中购入，是一艘于1944年10月30日下水，原舷号是'LST-878'的退役'美'制坦克登陆舰。它同年12月9日入列，至1946年5月3日退役，1948年年初被拖回中国后由招商局接收，命名为'中114'号货轮，整修后主要为国民党当局从事军事运输。"

也有人说："上海1949年5月解放后，招商局作为敌产被上海市人民政府接收。当时'中114'舰停泊在南京，是上海海运局安排船员到南京把船开回的。在回上海途中舰船遇到国民党飞机低空扫射，船壳被打出许多洞眼，船员一边开船一边堵漏，才得以开到上海，以后经过焊补漏洞修复了它的航运功能。"

还有人说："自1949年5月27日上海解放起，'中114'舰两次运送第25军第75师的解放军战士至崇明岛冲滩登陆，增援前线作战。据说每次运送战士都达2000人，远超舰的额定运载人数。6月崇明岛解放后，'中114'舰又开赴解放舟山的战场。"

马上有人接着说："1950年4月为解放舟山群岛，华东军区海军征用了一批包括'中114'舰在内的19艘原招商局所属的'美'制LST型和LSM型大中型登陆舰，组建起一支被称为'第四舰队'的运输舰队。以'第四舰队'领导机关为基础，1950年9月海军舟山基地开始筹建。1951年3月，舟山基地（筹）又与海军第七舰队领导机关合并，改称"舟山基地第七舰队"。1950年5月舟山解放后，解放军就开始筹划渡海解放台湾，'中114'等19艘登陆舰都被编入东海舰队舟山基地第七舰队，它们于10月18日开进舟山群岛，海军舟山基地就此成立，虽然还没有被正式命名。"

当然，大家最感兴趣的还是"中114"舰的性能。它长100米，宽15.3米，吃水4.2米，最大排水量4080吨，可携带两艘登陆艇，或中型坦克17辆，或卡车32辆。马忠全校长听到大伙都这么熟悉"中114"舰，就笑着说："看来大家对招商局几艘'美'制坦克登陆舰的来历比我了解。舟山战役后，本着'军商两便'的原则，包括'中114'在内的13艘登陆舰交还给了交通部航运部门，但规定艏门、坦克大舱、登陆兵舱、炮座等设施必须予以保留，其中'中114'等4艘登陆舰给了交通部北洋区海运管理局管理。但从去年9月开始这4艘登陆舰又陆续移交给海军，'中114'在去年11月移交给了青岛基地。"

会后骆传骊才知道参加"114工作组"的成员单位各有各的任务，总协调人是基地后勤部军械处彭股长；负责舰船改装加工的是海军青岛修造船厂（以后改称4808工厂）吕品奇工程师；负责舰船设备改装的是水鱼雷修理厂高工程师；而骆传骊则代表使用方（军方）负责武器装备改装要求的提出及验收。"中114"舰的全体舰员改装期间都驻守在舰上，因为他们熟悉舰上所有设备的操作。

## 2. 终于呈现一幅"美"制登陆舰保驾"苏"制鱼雷艇的讽刺画

改装鱼雷艇母舰，既是为快艇部队平时训练服务，更是未雨绸缪为"快31大队"抗美援朝作准备。因为快艇部队一旦上了朝鲜战场，就需要有快艇基地作后盾，为前方随时提供鱼雷、弹药、油、水、备品等各类补给和维修服务。但当时朝鲜没有快艇部队，更没有快艇基地，所以海军就选中了"中114"这款由美国生产的LST型坦克登陆舰来充当快艇母舰角色。因为它早已声名远扬，被誉为"大西洋型坦克登陆舰"，舰船装备了水压舱，能够适应吃水较深的远洋航行，也能够适应吃水较浅的沙滩登陆，可以凭借自身的力量穿越大西洋，"二战"时期它被英美盟军广泛使用。正因为这款登陆舰能够满足作为快艇母舰支援快艇部队训练与作战的所有条件，所以它被选中加入到人民海军的行列。其时，与改装母舰同步为抗美援朝作准备的还有，在靠近朝鲜边境的安东县（今丹东市）大东沟（今东港市）鸭绿江口加紧抢修快艇码头，双管齐下为快艇部队赴朝参战作积极准备。

骆传骊接到参加"中114"舰改装任务后，心头油然产生出一种强烈的紧迫感。会后他就去找苏联专家，找指挥系陈宗孟主任，找"快21""快31"的大队首长，还找了"快31大队"鱼雷业务长王庆昌等同行，广泛听取上上下下对"中114"舰改装的建议和要求。他汇总各方意见后整理出一份舰上需要改装及配置的建议报告，首先是鱼雷艇吊装设备及鱼雷放置舱，还有修理车间、充电充气车间，需要配备修理设备及材料、备品等。他想得很周全，还想到了为艇员提供居住、医疗及休息、娱乐等生活设施，让它尽力为排水量小、生活居住条件差、各类消耗品储备量小并缺乏维修能力的鱼雷快艇提供后勤支援，使它们能在海上游弋待机或持续训练活动较长的时间，从而扩大活动海区，增大作战半径，提高在航率。

从8月中旬开始，"114工作组"涉及的各个部门全面启动改装工作，因秋季训练也同时开始，协助指挥系承担训练资源调度任务的骆传骊暂时脱不开身，所以在一开始的时候，"中114"舰舰长就会来"快21大队"主动找他，向他介绍登陆舰有哪些主要设备，讨论快艇母舰的必要配置。

随着工程的深入，骆传骊感到光听介绍得不到直接的认知，于是他调剂出自己的时间，再加上周末休息的时间，约上鱼水雷修理厂的高工程师一起上"中114"舰，再次仔细检查已经修复的甲板、炮台、驾驶台、水手舱、舵工舱、轮机舱、船头船尾等部位。当他看到了许多经过枪炮洗礼留下的原装部件、原始痕迹，感到非常心痛。经过检查，再次确认哪些可以留用、哪些需要拆除、哪些需要换新，然后把检查结果与发现的问题整理成文交给彭股长，由彭股长根据工作内容落实到青岛修造船厂、水鱼雷修理厂或"中114"舰。

改装维修工作并非一帆风顺，有一次对鱼雷艇进行吊放试验，结果当把鱼雷艇从母舰上放下时，起重机吊杆突然折断，修造船厂不得不对起重机的强度重新计算并重新制造。新制作的吊杆也同样经过数次校正才用到母舰上。改装任务至9月20日基本完成，接下来就是对"中114"舰进行外海航行试验，航行要求及计划由骆传骊制订，出海试航3天没有意外，至24日早晨就返回了锚地。"中114"回来后，骆传骊与鱼水雷修造厂高工程师又一起花上近10天的时间对它来了个如同他们刚接手时那样地全面体检，除鱼雷舱、鱼雷架、鱼雷艇吊放装置等与鱼雷有关的空间与设施外，他们还仔细到连船舶系缆桩、导缆孔、绞关、探照灯、灯开关、驾驶台顶桅杆、绞滩挂放绞缆钩、绞关开关、工作铁箱等都一一过目，甚至连舰长床铺、放收救生艇支架、楼梯、木质小桌子、板凳等都不放过。

10月7日开始进入到用户试运行阶段,骆传骊代表用户即海军方在前一阶段给舰艇全面体检的基础上,再次认真检验了校正后的吊杆,调试了吊雷车等与鱼雷艇及鱼雷装运、起吊有关的关键部位。至10月21日,"中114"舰终于要驶离修造船厂的小港码头,骆传骊又一次奉命去小港码头把"中114"快艇母舰及借用"快31大队"4中队的6艘鱼雷艇接回停泊的码头。

"中114"舰驶离船厂还只是完成改装工作的一半。接回快艇母舰后,母舰上的政委即来找骆传骊,提出为舰员增设学习、休息、娱乐等需要的书籍和器材。骆传骊想到"中114"舰长期漂泊海上,鱼雷艇艇员一旦出海打仗,在海上漂泊的时间就更不能确定,改善一下舰员、艇员等待期间的生活条件,为他们适当添置一些生活用具也是合理的。于是他大胆地向基地写报告,提出为"中114"增设非执行任务所需器材,结果他的报告被立即否定,原因还是因为军费紧张,挪不出钱来增添非必需的开支。同时被取消的还远不止生活设施,舰上的炮位数也被减少,这让骆传骊感到意外。

12月10日,在"中114"交给部队前对它的初验收开始了。为确保万无一失,青岛修造船厂吕工程师和鱼水雷修理厂高工程师对舰艇的船体强度、动力装置系统、电力通风系统、雷达系统等再次进行全面检测与维修。当"中114"被"快31大队"接手后,"快31大队"也再次对它进行出外海的海上试验,对排水量、续航里程、航速等进行测试。过程中曾发生油舱里测定深的器具漏油等问题,"中114"舰再次回到船厂维修。这期间,骆传骊又接到通知,要他去参加"快31大队"由大队长、副大队长以及苏联顾问参加的讨论会,研究对"中114"舰的定岗定编,起草工作又落到了骆传骊这位"秀才"的身上。等到试验收、维修返工、编制工作等全部完成,专家验收开始。经过严苛的验收,我国海军首艘鱼雷快艇母舰终于在1953年1月13日正式入列"快31大队"。

　　"中114"要正式入列"快31大队"之前，骆传骊代表"114工作组"办理移交手续，而代表"快31大队"接受移交的则是第三海校鱼雷检修所技师夏隆坤等"老伙计"。夏隆坤与骆传骊曾在鱼水雷教研室一起工作，鱼雷检修所建起来后他被调至检修所担任技师；在前不久的"快31大队"1中队的组建中他又被选入"快31大队"，成为"中114"舰武器保管与维修负责人。"中114"快艇母舰的移交可是一项大工程，清点物资、出海枪炮试验、鱼雷架等设备的验收、整改、复验，还有机、电、气等各种设备的账、物、卡建档并移交，一直忙到1953年的春节。

　　自从"中114"坦克登陆舰经过改装，变成专为鱼雷快艇提供基本维护补给、人员休整的海上移动平台——快艇母舰，骆传骊的眼前常常会呈现出一幅"美"制坦克登陆舰保障"苏"制Б-123型鱼雷快艇，在朝鲜战场打击以美国为首的联合国军队的画面。他曾对战友们说："太具讽刺意义了！幸好随着战事的进展，我国海军鱼雷快艇部队最终没有赴朝参战，否则就做实了中国人的那句老古话：'搬起石头砸自己的脚'，那才叫开'国际玩笑'。"

　　事实也确实如此。20世纪"二战"时期美国人建造海上大军舰是为了与以苏联为代表的社会主义阵营抗衡，两个军事大国、两大阵营你来我往，"不是东风压倒西风，就是西风压倒东风"，一直"压"到了朝鲜战场。然而刚刚建立起来的新中国海军却把"美"制坦克登陆舰改造成为了"苏"制鱼雷艇保驾护航的母舰，而且给它下达的首要任务就是陪伴只拥有18艘"苏"制Б-123型鱼雷快艇的"快31大队"备战，一旦"快31大队"按计划开赴朝鲜，作为海上移动平台的鱼雷快艇母舰就将在朝鲜战场上与美国海军对峙，为"苏"制Б-123型鱼雷快艇保驾，让美国在全世界面前出丑。俗话说"买了爆竹给别人放"，美国人则造了军舰让别人打自己，战争就是这样不讲情面不讲法理。

## 3. 英雄的"大虎山"称号后来一直伴随它

"中114"美制LST型坦克登陆舰自1952年再次被华东军区海军征用，一直到1998年退役，它的舷号及名字在横跨40多年的时间里几经更改，但其舷号、名字的每一次更改，见证着人民海军从小到大、从弱到强的筚路蓝缕。

1950年4月23日，在南京草鞋峡江面上，华东军区海军隆重举行了"庆祝华东人民海军成立一周年暨军舰命名授旗典礼"，为134艘各类改装整修后的舰艇正式命名。原招商局"中538"LST型运输船是华东军区海军最先在南京缴获的运输舰，被以"井冈山"号冠名。从"井冈山"舰开始，以后凡"中"字号LST型运输舰命名，原则上均沿袭最先被命名的"井冈山"号，采用革命根据地山岭名字命名，统称为"山"字舰，又称"井冈山"型舰。

1952年，"中114"舰入列海军青岛基地。它虽然没有赶上正式的军舰命名授旗典礼，但自它正式入列人民海军起，就被冠名"大虎山"号舰。"大虎山"，取自辽宁省黑山县大虎山镇背倚的一座小山，这座小山的山峰看起来像只老虎，大虎山由此得名。大虎山地区自古以来就是辽西地区兵家必争之地，它曾经是解放战争中辽沈战役的重要战场，发生在那里的那场惊天地泣鬼神的"黑山阻击战"，与"塔山阻击战"一起作为解放军军史上最著名的阻击战斗之一被载入史册。用解放战争中全歼国民党最强兵团，对辽沈战役的最后胜利起到决定性作用的那个战场附近的一座小山名字命名快艇母舰，预示的是人民海军所到之处所向披靡！

1954年8月，海军青岛基地对前几年征调、购买但尚未予以命名或编号的一批舰艇，参考华东海军的命名方式进行了命名及编号，但没有完全照搬华东军区海军。如登陆舰，华东海军以"3"字头开头、3位数编号，青岛海军则以"7"字头开头，也以3位数编号，

1957年8月4日，"711"舰官兵列队，接受周恩来总理检阅

"大虎山"舰被编以"711"舷号。"711"号舰在后来的北海舰队中曾有一段难忘的高光时刻。

那是1957年8月4日，原定毛泽东主席将亲自参加海军阅兵式，庆祝建军30周年，但临时毛主席突然患了感冒，便委托周恩来总理代表他检阅海军部队。那天，在萧劲光司令员的陪同下，周总理先在大港三号码头检阅军官队伍，随后登上由快一支81大队缪恒信[1]艇长驾驶的"245"号鱼雷快艇，周总理同艇上官兵一一握手后，开始检阅在胶州湾锚泊列队的舰艇部队。接受周总理检阅的登陆舰就是"711"号快艇母舰。

1961年9月，海军对三级及以上舰艇舷号统一为3位数字，以"3"字头为例，前半段为登陆舰，后半段则为扫布雷舰。"711"号快艇母舰属于二级大型登陆舰，于是就改舷号为"334"号舰，但因为舰艇的命名随即基本停止，所以"334"号舰的名字还是延续叫作"大虎山"舰。

1974年10月，人民海军所有舰艇的舷号编列方式最终获得了统一，三级及以上舰艇使用的3位数字舷号重新设定，登陆舰改为"9"字

---

1. 缪恒信，1933年出生，14岁入伍。在海军部队期间，曾担任北海舰队作战处副处长、快艇第六支队副支队长兼参谋长、支队长，快艇第一支队支队长等职。

8艘鱼雷艇依靠在"900"号"大虎山"母舰旁

头带头的3位数，随后由登陆舰改装的"334"号快艇母舰舷号又改为"900"号。

1978年11月，人民海军制定《海军舰艇命名条例》，到1986年7月10日，海军才对舰艇命名条例在小幅修改后予以执行。1986年"八一"建军节那天，海军对外宣布将以"祖国的大好河山"对舰艇予以统一命名，其中大型登陆舰以"山"来命名，中型登陆舰以"河"来命名。"900"号快艇母舰属于大型登陆舰，这就奠定了英雄的"大虎山"称号将永远伴随着它。虽然鱼雷艇部队从20世纪80年代后期开始陆续退出战斗序列，"900"号快艇母舰又改回成运输舰，但大家还是喜欢称它为"大虎山"舰，直至1998年光荣退役。

每一艘海军军舰的名称都有自己的精彩故事，但不知为什么海军大量引进和生产的鱼雷快艇从头到尾都仅使用数字编号。据说华东海军曾提出以战斗英雄的名字命名鱼雷快艇，未获上级批准。

# 二十一、备战抗美援朝的序幕终于拉开

## 1. 备战抗美援朝的序幕终于拉开

1952年9月中旬，快艇部队的秋季训练及"快31大队"1中队这支快艇突击队终于组建成功。此时，第三海军学校[1]第二期学员也到了毕业期，这就使得各个快艇大队都得以壮大，由原来的两个中队变成3个中队加1个预备队，共4个中队。

9月18日，在第三海军学校礼堂召开的军官大会上，朱军政委正式宣布快艇部队备战赴朝参战的决定，宣布"快31大队"为赴朝参战主力大队。但由于朝鲜没有补给设施，而"中114"快艇母舰还在改装中，所以"快31大队"留在青岛备战，海军同时加紧抢修安东大东沟的快艇基地。"快21大队"则为赴朝参战预备大队，主要负责黄海、渤海的海上巡逻，做到随时可以进入预定海域执行作战任务，完成临战准备。两个大队一起在青岛备战训练，但各有各的任务，所以秋季训练结束后，"快21大队"1、2两个作战中队没有立即返回刘公岛驻地，而是继续留在青岛继续备战训练。

抗美援朝张贴画上的陆海空三军

---

1. 海军快艇学校从1952年9月6日起第二次易名为"海军第三海校"，后文若提"快艇学校"就改称"第三海军学校"或"第三海校"。

1952年10月1日国庆节刚过，"快31""快21"两个大队都开始进入到紧张繁忙的训练当中。虽然两个大队原来的1、2老中队的艇长们早就通过"单艇鱼雷攻击训练"全过程，但指挥系还是为他们制定了从头开始再来一遍的训练计划，要求艇艇都必须重新过四道考试关。这四道关的第一关，假设情况，下战斗决心，画作战分析图；第二关，在实验室的鱼雷发射器上演练对活动目标的攻击，经过测"敌舰"航向、航速、鱼雷深发射提前量，画作战分析图；第三关，在海上对运动中的靶舰实施鱼雷"虚放"攻击，即艇长将"敌舰"运动要素、本艇接敌运动，占领发射阵位，以及所制定的射击诸元素进行图解分析，论命中可能性；第四关，在第三关取得较高命中率成果的基础上，才能在海上对活动靶舰进行"鱼雷"攻击，考核攻击效果。

## 2. 大连海军学校鱼水雷教员韩安民空降第三海军学校

紧接着，骆传骊还得知一个好消息，为了快速把赴朝快艇部队训练成为劈波斩浪、让联合国军队闻风丧胆的海上利剑，大连海军学校鱼水雷教研室韩安民教员将空降第三海军学校，协助指挥系陈宗孟主任指挥海上备战训练。此时秋季集训任务已经完成，陈主任安排骆传骊与韩安民代表指挥系一起参与接下来的"快21""快31"两个大队的备战训练，而他本人则即将于10月底启程赴朝鲜"志愿军西海岸海军前线指挥所"，协调有关鱼雷快艇部队赴朝的行动事宜。

韩安民又是一位参加接收"重庆"号轻巡洋舰和"灵甫"号驱逐舰的原海军，是"重庆"舰上的准尉鱼雷军士官。他1948年5月毕业于英国皇家海军学校鱼雷教官班，曾与英国水兵一同参加1947年英国本土舰队的夏季训练。"重庆"舰起义后他被安排到安东海军学校担任鱼水雷教研室教员。组建大连海军学校后，他又被分配到大连海军学校担任鱼水雷教研室教员，称得上是一位懂鱼雷、懂鱼雷艇训练与作战的海军教员。要知道20世纪50年代初期，我国懂鱼雷艇驾驶与作战的海军屈指可数，韩安民可以说是那个年代鱼雷艇部队及海军学校的稀缺人才。

韩安民果然于10月7日抵达了第三海军学校，但骆传骊还没有见到他人就听说他到"快31大队"2中队，到他们中队蹲点去了。这让他心头产生莫名的好奇，他很想早日认识韩安民，向他学习带艇训练方法。没过两天，骆传骊借为"快31大队"2中队上《计算尺保养与使用》课之名到了2中队，上完课后，他就去向指导员打听韩安民到2中队是临时蹲点搞调研，还是为2中队"开小灶"。当了解到是为了了解"快31大队"目前训练情况而临时蹲点后，他的好奇心放下了，但他还是有一种想早点认识韩安民的冲动。

之后他到第三海军学校，得知韩安民的办公地点是海校作战室后，就主动上门去找他，告诉他按照既定的训练计划，第一关的训练已经结束，明天就要对艇长进行《鱼雷战术》考试，考试后艇长们就要进战术实验室进行实操练习。同时他把各中队、各艇队参差不齐的训练成绩向韩安民作了详细介绍。韩安民听了训练情况介绍后，对他说："先看看明天《鱼雷战术》的考试成绩，我最近到2中队蹲点就是想上艇测验一下鱼雷艇每个战位上每个人操纵仪器设备的作战能力，尤其是艇长的技术与战术，然后再来拔出尖子，补齐短板，针对不同的艇队制定不同的训练方法。"

接下来他们俩作了分工，韩安民重点督阵"快31大队"训练，他要去摸清他们大队各个艇队的实际战斗能力。因为战术实验室鱼雷发射器是骆传骊在苏联专家的指导下设计完成的"杰作"，所以陈主任将指导艇长在鱼雷发射器上操练这一任务交给了他；还有一项责无旁贷的任务就是为两个大队的艇长"补课"，主要补《作战分析图》和《计算尺的使用与保养》。

## 3. 张朝忠受命出任"快21大队"大队长

10月17日那天，第三海军学校朱军政委、张朝忠教育长陪同青岛海军基地易耀彩司令员来到鱼雷战术实验室视察，刚好遇上骆传骊带领"快31大队"1中队的"老同志"在战术实验室鱼雷发射器上操练对活动目标的攻击。所谓的"老同志"，就是日后为海军快艇部队立下首功的纪智良副大队长兼中队长、铁江海副中队长，以及"155"艇王铭艇长、"156"艇于化武艇长、"157"艇赵洪伦艇长和"158"艇郭继祥艇长等，一个通过秋季海上集训，从4个快艇大队挑选出来的拔尖人才集合体，骆传骊常常开玩笑地称他们为"老同志"。巧遇"老同志"操作鱼雷发射器，易司令员和校首长就饶有兴趣地停下脚步观看他们操作。可能是首长们突然莅临视察的缘故，"老同志"那天的操作成绩总体并不如人意，有好有坏。但因为这一次的训练成绩，反而刺激并倒逼"快31大队"1中队"老同志"以后加倍刻苦地训练，最终他们这支突击中队成为了一支骁勇善战立头功的中队——那是发生在1954年的后话。

令骆传骊没有想到的是，第二天即10月18日，昨天还是以教育长身份陪同易耀彩司令员视察的张朝忠被宣布任"快21大队"大队长，大队长的空位终于补上了。

在开始备战抗美援朝的最初一个月里，骆传骊从"脚踩两只'船'"变成了"狡兔三窟"。这"第一窟"指的是被指挥系以兼职的名义"借用"；"第二窟"指的是已完成一半工作量的"中114"舰改装，还有大量验收及移交工作需要完成；"第三窟"嘛，则是他自己所在的"快21大队"。一开始骆传骊投入三"窟"的时间分配以第一"窟"最多，反而是第三"窟"最少，难怪在9月30日那天，当时"快21大队"从塘沽移驻刘公岛时随船带去刘公岛他的衣服箱子等个人用品，现在又被送回到青岛，因为他压根就没有去过刘公岛。但自张朝忠大队长到任后，时间分配就转了回来，他的工作重心又回到了第三"窟"——"快21大队"。

张大队长一上任，就让骆传骊给他开小灶补课，像"（画）作战分析图""计算尺的使用与保养"等鱼雷艇长必须掌握的知识他都学，他悄悄地跟骆传骊说："我想知道学习画作战分析图和计算尺使用到底有多难，为什么有的人就是学不会。"《计算尺的保养与使用》课，当时许多艇长虽然从海校一期班、二期班毕业，但就是不会灵活准确地使用计算尺。早期的鱼雷瞄准器其实就是一把计算尺（见右上图），计算尺有一个圆形或半圆形的框架，上面有三根连杆，图中F杆和E杆、E杆和T杆之间都有滑块可以滑动。鱼雷瞄准器的原理（见右下图），BC设定为敌舰航速，AC设定为鱼雷艇航速，∠ABC设定为鱼雷发射的目标夹角，∠ABC=∠ADE，此时用AB瞄准敌舰，鱼雷沿AC发射，鱼雷即可在E点命中敌舰。敌舰航速的判断依据是尾流的长度，如果它等于船身的长度，估计航速为20节，约37千米／小时；如果尾流等于船身长度的一半，估计航速约16千米/小时；任何其他长度的尾流都对应一个估计航速。由此可见这把计算尺关系鱼雷发射的角度、速度与发射位置，艇长要凭经验在瞄准器上设定靶舰航速、鱼雷航速和射击敌向角，所以计算尺是每位艇长必须要掌握使用的工具。

张朝忠大队长，1955年授予大校军衔

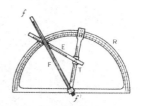

瞄准器原理图（上）

瞄准器原理图（下）

## 4. 高强度的训练让人、机都趴下

"新官上任三把火"，张大队长上任也不例外，他对骆传骊说："作战实验室是你在负责，你最熟悉使用了，你马上做一份计划，安排艇长去轮流操练，一定要让他们尽快全部过关。"就这样，张大队长到任后战术实验室大部分时间被"快21大队""占领"了，但"快31大队"也需要用它来练习，而且有优先使用权，没办法，实验室不得不"白+黑""5+2"地运转起来。经过10多天的室内训练，实验室里的发射台疲劳了，转不动了，机器尚且如此，人其实也是如此。

投入海上紧张训练的鱼雷快艇

在备战抗美援朝的日子里，训练强度相当大，所以人、机故障接二连三。"快21大队"可能是许多精兵强将抽调到"快31大队"的缘故，在训练中暴露出的问题不少，给张大队长来了个"下马威"。10月29日1中队出海到大公岛以南海域演练，结果1分队失败，2分队尚可，3分队艇出故障；11月3日朱军政委、张朝忠大队长坐407艇出海观察训练情况，结果407艇让首长漂泊在海上，被拖回后发现艇的轴承坏了；11月4日骆传骊去2中队，只见南玉堂中队长和李景乐艇长垂头丧气，便问怎么回事？才得知原来415艇驶出码头不久就趴下不动了；11月5日，401、402两艘艇的艇长不按设计的航线行驶先后触礁，这是不该发生的事故。

11月7日，骆传骊还亲眼目睹了"开封"号靶舰出事故。那天骆传骊晚饭后随405艇出海训练单艇虚放攻击和机枪射击。夜幕降临，405艇驶到了指定地点——连云港的连岛附近，却不见"开封"号靶舰，只得停侔漂泊。风急浪高下快艇被颠簸起来，吃下去的晚饭都快吐出来了，正当大家艰难忍受着风浪打击的时候，靶舰出现了，并在距离快艇250米左右的地方发出命令开始攻击，只听得艇长发出"战斗警报""战备攻击""预备——放"的号令，405艇上的枪炮手对准靶舰上的幕靶就打，一瞬间，炮声震得耳朵发疼，鱼雷还没有发出就听见靶舰发出呼救。骆传骊脑子立刻蹦出"靶舰出事故了"，他立刻向基地请示赶快派出舰艇到出事海域来拖曳靶舰，最后"开封"号被拖回到青岛修造船厂。

就这样一周内事故连连，事故接连不断之后就是中队、大队不停地召开大小分析检讨会，更为难堪的是"21大队是狗熊队"的说法也在部队内部传了起来，把骆传骊他们压得喘不过气来。这时，张大队长向骆传骊提出回"快21大队"的要求，如果指挥系或"快31大队"有需要用他时可以随时"借"，他会批准，给予支持。就这样，骆传骊从"狡兔三窟"又回到了"脚踩两只'船'"。

## 5. 他又被"快31大队""借用"而屡遭误解

接下来就是鱼雷艇的冬藏保养季节。1953年元旦过后，对"快31大队"来说此时已箭在弦上，他们要赶在快艇保养之前把所有的科目都再练习一遍。这时骆传骊又接到被"快31大队""借用"的通知，但这次说好是临时"借用"，短则4天，最长则7天，任务单一，就是为艇长们补课及实验室训练。所以从1月15日开始，骆传骊又围着"快31大队"转了起来，但他的"不务正业"遭到身边战友乃至苏联专家的误解。张大队长也明确要求他"帮忙"后即回"快21大队"，他们也要利用冬藏保养的难得时节加强"第一关"和"第二关"训练。

1月15日一早，骆传骊就去"快31大队"报到了，报到后他即去学校战术实验室为4中队艇长操练鱼雷发射器；下午他又去给2中队艇长上课，讲授《分队鱼雷进攻》；晚上他还与水鱼雷修理厂高工程师约好上"中114"舰检查维修情况。就在他连轴转之际，苏联专家的批评声音出现了。那是第二天上午，骆传骊去实验室帮助"快31大队"训练，下午他忙里偷闲跑到鱼雷检查所找夏隆坤沟通"中114"鱼雷舱里的鱼雷移交之事，因为"中114"快艇母舰就要移交到"快31大队"手上，母舰的鱼雷舱里存放大量鱼雷，所以要与他约时间上鱼雷舱仔细核对。不料就在他们交流"如何看好舱里的鱼雷"的时候，苏联顾问出现了，他对骆传骊没有督促"快21大队"鱼雷兵检查直舵机意见很大，骆传骊只能来个"虚心接受，以后再改"，因为他今天还要辅导"快31大队"艇长们学习鱼雷知识，顾问知道原因后也就没有再吭声。

1月19日是星期一，新的一周又开始了。一大早骆传骊又去了学校实验室，那天的任务是给"快31大队"1中队的"老同志"进行操练。苏联顾问得知骆传骊这几天没有跟"快21大队"在一起而是又被"快31大队""借用"后，特意过来看看他究竟在搞什么名堂。说来也巧，那天恰好被他撞见的除纪智良副大队长外，个个都是从第三海军学校（时称"海军舰艇学校""海军快艇学校"）第一期艇长班学员中挑选出来的出类拔萃的艇长，都是操弄鱼雷发射器的行家里手。顾问看了以后为"快31大队"艇长们普遍达到了这么高的水准，连声说"好！""很好！""可以上战场了！"又是一场误会。

骆传骊下午继续在实验室指导2中队艇长的鱼雷发射器操作，一直搞到下午5点钟。说好"借用"的截至时间到了，他明天开始就不来"快31大队"与他们一起训练了。当他正与"快31大队"作训股长告辞的时候，第三海军学校训练部魏岱峰副部长出现了，他是来征求骆传骊个人的意见，想调他回学校指挥系参加抗美援朝的训练准备工作。但这一回骆传骊明确表示回"快21大队"，他知道眼下"快21大队"正需要他回去发挥鱼雷参谋作用，把训练成绩搞上去。

# 二十二、忘不了1953年发生的身边事

## 1. 荣获三等功等诸多嘉奖却悲喜交集

朝鲜战争的结束意味着海军快艇部队赴朝参战使命的终结，但快艇部队的备战训练却一刻也不敢懈怠，因为蒋介石零星部队还盘踞在东海、南海一带，要把蒋介石军队赶出中国大陆乃至解放台湾岛，海军是不可或缺的力量。在青岛，"快31大队"依然是海上冲锋陷阵的排头兵，"快21大队"还是作为战斗部队补充力量，守卫着我国黄海、渤海领海，为鱼雷艇部队输送人才，骆传骊还是忙他的参谋工作。

让骆传骊受到鼓舞的还有，过去一年里他不分昼夜地为备战抗美援朝而脚踏两只"船"，并"狡兔三窟"，还代表军方参加"中114"坦克登陆舰改装成鱼雷艇母舰的重大工程。他作出的成绩得到部队与海校的一致肯定。早在1952年10月4日，他就被自己所在部门推选为典型；1953年5月8日，他被宣布为"见习鱼雷业务长"[1]，虽然在"鱼雷业务长"前头加了"见习"两个字，但当时"鱼雷业务长""副业务长"

1953年7月骆传骊立三等功获得的纪念册

---

1. 中国人民解放军海军从1953年起设置业务长，颁发了业务长职责条例，在各级司令机关内编配各专业业务长。

刚参军不久的骆传骊

都是虚位以待的状态；7月5日，他被评上了三等功；8月15日，又被评为优秀团员。

尽管好事连连，但他还是不想让自己松懈下来，因为一年多来突发的一系列"人"与"事"的变化不时地打击着他，让他的心情难以平静。

久久郁闷在心的，是他在1952年春天的时候，突然接到父亲的来信，信里告诉他，他的未婚妻因不幸染上肺结核已于3月23日离开人世。看完父亲的来信，骆传骊欲哭无泪，这种悲伤在部队里是找不到地方可以去发泄的，只能憋在心里。工作繁忙时让他无暇顾及个人的儿女情长，现在朝鲜战争结束了，备战训练的神经绷得不如以前紧张了，女友的音容笑貌又浮现在眼前。

她是纪王庙镇上他外婆家隔壁的姑娘，从小认识，但算不上"青梅竹马"，因为他只有到了寒暑假才会到纪王庙镇去看望外婆，住上几天。长大后，他的外婆与她的奶奶两人各扯红线一头当起了月老，促成他们俩在1948年暑假他回上海探亲时确立了恋爱关系。在建立关系后的三年里，总是他给她写长长的信，而她则回写短短的信，两人的默契就这么在长信短笺之中建立。到部队后，他曾告诉她因抽不出时间经常给她写信，也没有办法带她来青岛，所以只好尽量多拍几张照片给她。

就在骆传骊人疲心烦的当口，两位同是1926年出生，比骆传骊稍晚一个多月参军到海校，分配在同一教研室，又先后调入"快21大队"的王亮和王扬却是喜事连连。王亮在青岛有一位未婚妻，在"八一"建军节前一天来驻地看望他，王亮大大方方地把他的未婚妻介绍给骆传骊认识。而王扬远在老家的妻子则刚刚给他生了个女娃，他急不可耐地买了糖果发给身边的战友，骆传骊也分到几粒。看到身边的同龄战友有人谈婚交友，有人结婚生女，只有他孤单一人被落下，他不由自主地想念起亡故的女友，自责因为自己长期不在她身边，不能经常关心她才导致她病亡。骆传骊在一年多紧张的战备期间，只能将丧失女友的心痛深深埋藏，这中间克服心理创伤的压力究竟有多大，只有他自己才知道。

## 2. "自作多情"于部队频繁调动，却压垮了身体

"自作多情"的还有几件与部队调动、人来人往有关的事情，也成为压垮骆传骊的几根稻草，他生病趴下了。

原来，在1953年4月下旬，上级传达了"快21大队"将抽调人马调往华东军区海军的命令，张朝忠大队长被新任命为华东军区海军快艇第一大队大队长。5月6日那天，骆传骊下课后听说张大队长已经离开青岛，前往华东军区海军司令部所在地上海，他的内心突然产生了一种莫名的惆怅。这种惆怅来自两方面：一是"上海"两个字，这个让他魂牵梦萦的成长地，他离开上海赴燕京求学被奉调入伍，入伍至今不曾回过上海；二是因为张朝忠，俗话说"先入为主"，这四个字此刻在他身上产生了化学反应，因为他步入莱阳路8号第三海军学校（时称"舰艇学校"）大门认识的第一位学校首长就是时任副教育长的张朝忠，以后几次调动把他们俩的距离越调越近。张朝忠后来任第三海军学校（时称"快艇学校"）教育长，虽不是他的直接领导但也是负责教研室工作的领导；再后来张朝忠又成为了"快21大队"大队长，虽然作战参谋由参谋长直接领导，但因为信任就会有经常的"不耻下问"，张大队长学计算尺使用找他，学画作战分析图找他，甚至上一季的冬训直接让他作出《出海逼攻计划》和《夜间进攻计划》并予以采纳；有时周末或晚上也会来找他下围棋。这样一种让骆传骊难以忘怀的上下级战友情谊而今就要"中断"，这让骆传骊倍感失落。

除此之外，上两个月由王苏南中队长带去安东大东沟熟悉地形的4中

队几个艇队，没见他们回青岛，却传来以"快21"和"快31"为基本力量的"快41大队"5月份在大东沟组建成立的特大消息，中队长王苏南升任"快41大队"副大队长。以后，新"快41大队"成为了守卫黄海最北端战略要地的快艇大队。

到了6月初，他又亲眼目送"快21大队"3中队的6艘快艇及8艘艇的艇员被送上专列离开青岛驶往上海，队伍中包括以后以"单艇独雷"击沉国民党海军"洞庭"号炮舰，成为威震海峡两岸的英雄——张逸民艇长及他的艇员，当时他任3中队2号艇艇长。他们3中队全班人"马"都随张朝忠大队长一起调往地处上海的快艇1大队。

没过几天，6月23日，"快21大队"2中队的6个艇队也被连人带艇调入"快31大队"。就这样，1个月里"快21大队"一下子少了近3/4的人，好在即将毕业的第三期海校学员又会充实到"快21大队"，"快21大队"还是4个中队。骆传骊所在的作教股又开始忙碌起来，投入到新一轮的鱼雷艇部队训练上，骆传骊又围绕订计划、做预算、上课、进实验室、出海训练等"转"了起来。

1953年1月开始，我国向苏联购买的"K-123"型鱼雷艇陆续抵达学校码头

8月26日早晨，骆传骊感到肚子一阵阵疼痛，腰背部也感到疼痛，上厕所后还是感到腹胀想要上厕所。那天上午还轮到他值班，而他就这么老跑厕所沉不下心来工作，只能让别人替他值班。午饭后他觉得人很疲软，就没有回到自己的宿舍而是就近到其他人的床上休息。晚饭后他更觉得一点力气也没有，就又借值班室和衣躺下。此时值班室外面正在放映《光明照耀着西藏》，他很想去看电影却连两腿都迈不开。等电影放映完毕人也散去，他的肚子又一阵疼痛，不得不让值班室打电话找来卫生队值班医生。医生过来一看就觉得有可能

是急性阑尾炎，于是果断作出决定，立即叫车送他到海军医院。果然，他刚被送进医院就被值班的外科医生送上了手术台，立刻对他施行阑尾割去手术。医生对他说："幸亏送来及时，如果不及时手术会导致阑尾坏死、穿孔，甚至影响腹腔导致腹膜炎，那就麻烦了。"

海军医院坐落于美丽的青岛浮山湾畔，依山傍水，这次骆传骊住的病房号162B。医生告诉他至少得住院两个星期，他也没有办法，只能既来之，则安之。

### 3. 生病住院，萧司令探望勉励好好干

8月30日（星期日）下午，骆传骊躺在病床上刚看完从医院阅览室借来的由斯大林主持编写的经典著作《联共（布）党史简明教程》，王亮、王扬等兵器股、作教股、军务股的8位战友一起来看望他。他们知道他喜欢看书，便带来了茅盾的小说《虹》、鲁迅的杂文《准风月谈》及其专著《中国小说史略》，康濯的长篇章回体小说《黑石坡煤窑演义》，古立高的短篇小说集《老营长》，苏联短篇小说集《台湾云雾》等，这些书正中骆传骊的下怀。病房里一下子热闹起来，大家你一言我一句跟他开起了玩笑，他刚才还隐隐作痛的刀口好像也不觉得痛了。

正当大伙笑声朗朗的时候，走廊里传来"踏""踏"的脚步声，只见一位身材高大、面带笑容的首长提着一篮水果走进了162B病房，大家都愣在那里不知是什么情况？就听首长说："我是萧劲光，听说有位'21大队'的业务长（注：当时他其实是见习鱼雷业务长）生病住院了，我正好住在隔壁疗养院里，所以过来看看，没有想到遇见了你们这么多年轻军官。"

这时大家才缓过神来，除骆传骊坐病床上外，其余的人都一下子立正向萧司令敬礼，齐声说："首长好！"王扬赶快将自己坐的椅子端到

海军司令员萧劲光

萧司令跟前请他坐下。他们从来没有这么近距离见到过萧劲光司令员，一下子不知说什么好，还是骆传骊先开了口："萧司令，您这么忙还要来看望病人，也怪我身体不争气，放下手里的活住进了医院。"

萧司令问大家："你们都是'21大队'的？"还问："到部队有几年了？""有没有想家？""部队的工作都适应不？"当他得知大家都已经在部队有两年多的时间，都很爱快艇部队这个大家庭时，萧司令说："你们都是有文化的新中国海军，是海上长城的奠基石、打桩人。毛主席今年2月份再次为我们海军题词：'为了反对帝国主义的侵略，我们一定要建立强大的海军'，充分表达了中国人民建设海军、保卫海疆的决心与信心，是海军全体官兵长期奋斗的大目标，你们一定要好好干。"

他还说："眼下朝鲜战争刚刚结束，我们要准备力量协同陆军继续解放沿海岛屿，在适当的时候还要解放台湾岛，随时准备对付帝国主义可能的侵略。我们国家由于长期的战争环境，财政经济还很困难，并且在短时间内难以根本好转，所以一时不可能拿出大笔经费来建设海军，建设大型海军，只能建设一支现代化的富于攻防力的、精干的、轻型的海军力量。你们鱼雷快艇部队就是这样一支力量，因为现在我们与敌人作战的战场主要在近海，所以你们快艇部队就是主力部队。"

萧司令接着又对骆传骊说："我从顾问那里听说你这个大学生在部队里干得不错，教员、参谋、见习业务长，在不同的岗位上刻苦磨炼自己，在把自己培养成为海军技术干部的道路上走得很稳。"

骆传骊听到萧司令表扬自己反倒惭愧起来，他对萧司令说："萧司令：我做得很不够，我工作上、生活上有不少缺点必须要改正。"

萧司令听到此话很感兴趣："哦？那你倒说说你的缺点。"

骆传骊难为情地说："我常常自以为是，旁若无人。我和王亮、王扬他们俩在一个部门工作，无论是制订计划还是写总结，总是自己先起草好，然后再给他们看，嘴上说是商量讨论，实际就是'我的意见就是这样，你们看着办'，结果搞得他们意见提也不是，不提也不是。两位王同学，我在这里向你们赔礼道歉了。"

他接着又说："我的自以为是还表现在工作上非常主观，常常在讨论问题时，凡不接受我意见的就不给你再说下去的机会，非要接受我的意见才行。还有好开玩笑，常常搞得别人没办法接话，有意无意地伤了别人的自尊心，影响了团结。总之，我常常高估自己，这些都与我个人主义的名利思想分不开。"

听完骆传骊作的自我检讨，大家都笑了起来。萧司令鼓励他说："骆传骊同志从海校的助教干起，虽然还有许多毛病，刚才他自己也提到了，但我们也看到他到部队后向苏联专家及原海军学知识、学训练、学指挥，履行海军教员、参谋的职责，主动做好部队的技术学习和军事训练。"

萧司令接着又对在场的全体年轻军官们说："海军是高难度的技术兵种，必须有掌握技术的人员，必须有很懂技术的干部，要按照技术规律运用好技术。我们当前最大的困难是懂技术、懂业务的海军太少。有文化是你们的优势，但还是要学习、学习、再学习，把知识都用到海军建设上。过去旧中国有海无防，现在我们要集中精力建设海防、巩固国防，你们赶上了海军初创起步的好时机，一定要尽快掌握海军技术，把自己培养成为'海上蛟龙'。"

萧司令离开后，骆传骊的心情非常激动，难以平静。当战友们也离开后，病房里一下子安静下来，骆传骊也陷入了沉思。"萧司令日理万机，自己仅仅是基层部队的普通一兵，做个阑尾炎手术惊动到海军司令员？是不是自己沾上了'大学生'称号的光？"

萧劲光司令员向来爱兵如子

在海军部队里萧司令尊重知识、尊重人才的宽阔胸襟和长远眼光广为流传。他的理念很清晰，建军先建校，建校育人才，并且做到不拘一格降人才。原海军、大学教师及高年级大学生都是他眼中的人才，尽力把他们吸纳进海军教员队伍，还聘请一大批各专业岗位上的苏联海军专家、顾问来华辅助我国海军建设等，这些爱才、惜才、聚天下英才而用之的用人之道，受到毛主席、朱总司令及中央军委的肯定与赞扬。

骆传骊还联想到：在他不知晓的情况下，这次他得病的消息受到了青岛基地上上下下的高度关注，前几天就有第三海军学校、"快21大队""快31大队"好多首长、战友来看望他，没想到自己生病的消息还传到了萧司令的耳朵里。他越想越不能寐，于是干脆起床借着床头微弱的灯光，又一次提笔打起《入党申请书》的草稿，准备出院后再次向党组织提交《入党申请书》。

## 4. 紧跟"快31"，"快21"也诞生了"战斗艇长"

"战雷"，一听这名字就知道它具有杀伤力及神秘感。装上战雷头的鱼雷为了防止泄密和误伤，里面有个会和海水发生化学反应被腐蚀的镁合金塞子，它超过一定的时间就会漏水沉没，也因此战雷发射后要么马上捞上来，捞不上来就沉没，可见若用战雷作训练成本有多大。而"操雷"主要是对鱼雷头的战斗部位进行了改装，当鱼雷射程完毕之后能自动上浮，可以捞回反复使用，所以一直到1953年9月15日，骆传骊出院继续投入紧张训练的那一刻，都还没有哪个大队的快艇会装上战雷出海训练。

但到了9月24日，情况就不同了。那天骆传骊同往常一样一早就去码头检查，却看到"快31大队"有几艘快艇升起一面红色的信号旗，表示"我艇要装危险品了"。鱼雷艇上装危险品，那就是把鱼雷平时训练用的操雷头换成战雷头，并在战雷头里装入火药。因为一条鱼雷当时动则几百万美元，平时训练都是用不带火药的操雷代替装入火药的战雷。现在他们大队有几艘艇要带上危险品出海训练，说明他们已经开始"玩真的"了。骆传骊想，"快31大队"不愧为鱼雷快艇的精锐部队，依旧一马当先，竟率先开始用战雷实弹训练了，我们"快21大队"要迎头跟上才是。骆传骊马上起草了他们大队的《出海逼攻计划》详细方案，方案里提出，一是继续加强海上训练，提高放雷的命中率；二是训练各部门各岗位上每个人，做到对《战雷部署表》了如指掌，应知应会。

4月里，张朝忠大队长调往华东海军"快1大队"任大队长，"快31大队"大队长田松调任"快21大队"任大队长。10月3日，田松大队长召开中队以上干部会议，宣布冬季训练提前开始。这一季的冬训两条腿走路，既有海上的项目，也有岸港上的项目，所谓"岸港项目"就是在鱼雷检修所及专用装雷码头上练习装战雷，每一艘艇只有海上训练达标后才可以进入到快艇在岸港上装战雷的训练。

在接下来整个冬季训练中，骆传骊常常是早上6：00就在码头或检修所"督阵"，指导装战雷；然后马上穿上出海服，上靶舰并去位于青岛黄海脱岛（又称"槟榔岛"）以外的海上，指挥放雷搞进攻，一般情况下中午12：00返回部队。而有的时候，他一早去检修所布置完工作就上交通艇追赶靶舰，然后出海攻击训练，并在舰上吃午饭。这时他会走上甲板看大海，每当看到"快31大队"的快艇主桅杆升起的"J"字旗在海面上驶过，他就好像看到"快31大队"在以最高等级的战备状态对外宣

鱼雷快艇在装载战雷

示："我艇是战斗艇，装有战雷，所有过往船只都要远离我！"鱼雷部队官兵都知道，只有装上战雷的鱼雷艇才称得上是战斗艇，否则只能算快艇。当艇长的都想成为战斗艇长，当艇员的也都想成为战斗艇上的战斗员。

想到这些，骆传骊那颗不甘服输的心又被刺激到了，"快31大队"已经带头携战雷出海，首先说明他们有了技术过硬的鱼雷艇长，同时也说明他们已经承担重大的战备值更任务，开始了上战场之前的热身。我们"快21大队"如果诞生不了装上战雷的鱼雷艇，那我们永远只能算是"快艇部队"而不是"战斗部队"。他的这个想法，不仅跟大队首长汇报工作时说，跟出海归来的快艇作总结讲评时也讲。

为了成为战斗部队，"快21大队"也跟其他快艇大队一样，用"别人吃不了的苦你要能吃"这句苏联专家的铭言来要求自己。青岛的冬季，滴水成冰，晚上出海训练，经常是海风4级、浪3级的天气，恶劣天气时情况更糟，一般气温都在冰点以下。航行时甲板结成冰，护手索冻成冰棍，水手坐在驾驶台上，裤子和驾驶台冻在一起，人都站不起来。尽管这样，艇员们的情绪依然高涨，鱼雷攻击后就会来个敲冰比赛，既要敲得快，又不能把艇体油漆敲掉，把电线敲断，半夜里返航的途中总是敲声不断。"快21大队"鱼雷艇官兵就是这样，一次又一次在大冬天的黄海上颠簸，在寒风凛冽的大海上训练，凭借顽强的意志力，终于在12月24日那天也诞生了几位可以装上战雷、在重要节假日或特殊情况下值更巡海的战斗艇长。

骆传骊难忘载入鱼雷艇部队史册的1953年9月24日这一天。自1950年9月27日"中国人民解放军海军舰艇学校"正式成立起，我国鱼雷快艇部队就踏上了从"无"到"有"的征程，是"快31大队"诞生首批战斗艇长的这一天，把征程上带引号的"有"变成不带引号的"有"，那是真正意义上的"有"。从今往后，快艇部队开始踏上从"小"到"大"的征程，将以迷你的身躯、惊人的航速、"肩扛炸药包"在我国近海上骑鲸蹈海，万里海防线上从此有了真正可以倚重杀敌的海上"利器"。这一重大的转折点是快艇部队全体官兵用整整3年的时间学习摸索，海里钻、浪里滚、不怕苦、不怕死换来的。骆传骊难忘从舰艇学校成立算起，栉风沐雨海上行的每一天，更把1953年9月24日印刻到了自己的脑海里。

正当他为自己的部队成为名副其实的战斗部队而信心倍增之时，1月24日那天，政委在晚点时宣布了他晋升副连级。得知自己获批晋升，他暗自高兴，自己的提干问题踩到点上了，但入党问题、婚姻问题还是两个老大难问题，自己一定要克服小资产阶级思想，努力造就自己成为快艇部队的中坚骨干。

海里钻、浪里滚、骑鲸蹈海的鱼雷艇

## 二十三、莱阳路8号"易主"，他们都成了"流水的兵"

### 1. 第三海校"让位"迁驻刘公岛

1953年8月5日，海军司令部便下达命令，决定第三海军学校由青岛迁驻威海刘公岛，利用清政府留下的北洋海军提督署、水师学堂等旧址继续办学。而莱阳路8号将"让位"给正在筹备成立的青岛基地海军快艇第一纵队。

对于突然下达的学校搬迁命令，学校里一下子沸腾起来。莱阳路8号依着青岛最美的海岸线，傍着著名的鲁迅公园、青岛水族馆和海产博物馆等景点；穿过太平路就是中山路繁华的商业街，还有附近的学校，给当时不少拖儿带女的教职员生活带来极大的方便。而刘公岛则是孤悬海上，离威海县城还有3海里的海路，交通很不方便。再说当时的威海县城，只有一条小街，都是平房，满街全是鲜腥的鱼干味，与莱阳路8号所处的优越环境没法相比，这些实实在在的困难让许多人产生畏难情绪。但军人以服从命令为天职，时任校长马忠全、政委石峰、副校长任选国等校领导从一开始的动员，到深入细致地帮助有困难教员解决困难，只用了两个月的时间就把整所学校的搬迁事宜料理停当。

10月21日是第三海军学校告别莱阳路8号的日子，之前学校的一部分器材和物资已陆续从陆路运走，但帮上大忙的还是"大虎山"号快艇母舰。那天，满载着学校各种教学器材、营具、物资和470名教职员的"大虎山"号在"西安"号护卫舰的护航之下，中午时分从青岛启航。出港时，舰上的教职员们都站在了甲板上，看着美丽的青岛此刻就从他们身

刘公岛地图。图上水师提督署一带即第三海校校址

后渐渐地消失，大家依依不舍，有人高喊："青岛，再见！"

从青岛到威海大约200海里的航程，一路上风平浪静，水波不兴，第二天下午"大虎山"号就抵达了刘公岛的石码头，甲午战争留下的北洋水师提督府、丁公府（丁汝昌住所）等处就是第三海军学校校址。而先期进驻刘公岛的"快21大队"两个中队就在岛的最西端，包括黄岛在内。从此以后，第三海军学校和"快21大队"就成为各自为阵的岛上"邻居"。

当随船的人员和物资卸船后，在校首长的亲自带领下，只花三天时间就收拾了房子，铲除了杂草，修整了道路。随着陆路器材的到位，第三海军学校于11月19日开始正常的学习、训练和工作，这时大家才发现，原来刘公岛上的学校面积比青岛莱阳路8号要大得多，这里既没有城市的喧嚣，也没有部队进出的干扰，是个办学的好地方。

## 2. 莱阳路8号"易主"，海军快艇第一纵队成立

第三海军学校搬离后，进驻莱阳路8号的不仅仅有筹备中的海军快艇第一纵队司令部，"快21"和"快31"的大队部也将进驻这里。所以10

月21日第三海军学校前脚走，骆传骊他们在10月22日就把大队作战室搬进莱阳路8号，连续搬了3天。"快21大队"的营区还是在文登路4号。

从1950年8月在青岛市莱阳路8号创建海军舰艇学校算起，第三海军学校（曾为"海军舰艇学校""海军快艇学校"）从培养出的第一期鱼雷艇"科班生"900人不到，到已毕业的第二期、即将毕业的第三期，"科班生"人数达到近3000人。这3年间，快艇部队完成了从"无"到"有"，接下来就是要走上由"小"变"大"之路，去解放还被国民党军队盘踞的岛屿，直至完成解放台湾岛的大业。

有了前三年打下的基础，对青岛海军基地来说，1954年就是蓄势待发的一年。这一年里，基地加紧筹备组建人民海军第一支潜艇部队（时称"潜水艇部队"）和第一支驱逐舰部队（时称"雷击舰部队"），这两支部队都计划在1954年完成组建。与此同时，海军快艇部队也趁着青岛基地的"地利""人和"之势，参照陆军部队的团级、师级建制，师一级的纵队——"海军快艇第一纵队"的组建计划获得批准。因"纵"与"总"谐音，所以"快艇第一纵队"很快就被大家口口相传，成了"快艇第一总队"。

抗美援朝战争取得胜利后，黄海、渤海相对东南沿海而言变成了后方，青岛黄海也变成了为守卫黄海、渤海，解放东南沿海零星岛屿而储备力量、输送力量的训练基地。1954年3月15日，"快21""快31"两个大队全体官兵集合去青岛公安礼堂开大会，会上正式宣布：经过筹备与试行，以"快21""快31"大队为基础的快艇第1纵队正式组建成立，下辖"快21"和"快31"两个大队。纵队司令部就设在莱阳路8号，对外番号：海军1366支队。

经过前三年的建设，而今的莱阳路8号里，快艇部队所必需的基础设施在苏联专家的帮助下已基本健全。从纵队成立开始，纵队首长就安排骆传骊跟着纵队业务长学习业务长的业务，把他的工作地点也移到了莱阳路8号纵队队部。骆传骊不知其中的排兵布阵，只知道听从安排，向经验丰富的纵队业务长多学习，好好完成任务。

第一快艇纵队成立后，纵队及大队的领导班子重新任命。

纵队长 陈绍海　　纵队政委 彭布　　副纵队长 田松　　纵队参谋长 魏岱峰

纵队队长是陈绍海，他同时兼任"快31大队"大队长兼政委。任纵队长前他任华东海军鱼雷快艇基地司令员兼政委，在张朝忠大队长赴任"快1大队"大队长前他还兼任大队长。陈绍海是1933年参加革命的老红军，1950年4月海军成立后，陈绍海奉命从陆军编入海军，在担任纵队长之前他的海军职务多次变动，他也从一名"山里佬"变成了"弄潮儿"，变成了优秀的海军指挥员。

纵队政委是彭布，他曾经是叶挺部队的一名新四军老战士，在江苏溧水四区开展地下工作的时候，他组建地方党支部，又组建区中队，成员大多是地方党员，可见彭布政委是一位资历深厚的革命者。彭布原名叫"彭光烈"，在区中队成立不久，区中队五位同志为表示他们对党的坚定信仰，将名字改成连起来的"布尔什维克"。彭光烈改为彭布，其他几个依照年龄顺序依次改为尤尔、武什、宋维和翟克。从此，"彭光烈"不见了，坚定的共产主义战士"彭布"诞生了。

副纵队长是田松，他同时兼任"快21大队"大队长。1952年7月，他与冯达政委一起成功组建"快31大队"。田松副纵队长的海军资历最老,他1945年9月就担任胶东军区海防支队副支队长,这是一支由汪伪海军起义官兵组成的海军部队,以后他带领这支部队北上东北剿匪,涌现出杨子荣、曲波、刘勋苍等一大批传奇英雄。东北解放后,他任安东海校参谋长;以后他任第三海军学校(曾称"海军舰艇学校""海军快艇学校")教育长、副校长;成立"快31大队"后任大队长。

纵队参谋长是魏岱峰,时任第三海军学校训练部副部长,他是一位1938年参加革命的老八路,长期在鲁东、泰西、鲁西、晋冀鲁豫的八路军部队里从事宣传与政治思想工作,历任宣传员、指导员、教导员、政治委员等职务。1950年4月海军成立后,奉命从陆军编入海军,先后担任青岛基地快艇中队政治指导员,后任第三海军学校(时称"海军快艇学校")训练部副部长,由"文官"成功向"武官"转型。

### 3. "铁打的营盘,流水的兵"

朝鲜战场硝烟散尽进入和平时期后,其时的中国仍不太平,盘踞在东南沿海的国民党残余部队还在谋划反攻大陆,时不时地骚扰沿海渔民百姓;驻扎在南朝鲜军事基地的美军战机也会对我国的海军基地心存"好奇",青岛的领空经常会拉响警报驱赶美机。在这样的局面下,快艇部队内部又开始流传要重新整编开赴我国沿海各海军基地的消息。骆传骊未卜自己将身处何方,但知道在没有变成事实之前一切均有可能发生。

事实上,莱阳路8号就是俗话里的"铁打的营盘",而各快艇中队乃至各大队都是"流水的兵"。自1953年上半年开始,仅"快21大队"就流出去许多的"兵",原4中队在王苏南中队长带领下去了安东大东沟基地,与同去大东沟基地熟悉海况、码头的"快31大队"的一个中队一起组建成立"快41大队";原3中队的6艘快艇跟随张朝忠大队长,调赴地处上海吴淞口的"快1大队";原2中队的6个艇队也被连人带艇调入"快31大队"。快艇部队的建设就是这样前赴后继,离开一个又补上一个,"快21大队"仿佛成了这支快艇部队的人才库。

1954年4月10日晚上,"快31大队"1中队这支原准备赴朝参战的精锐中队突然接到上级通知,要求中队6艘快艇连人带艇连夜起航,前往东海前线舟山群岛,在那里驻泊训练。后来骆传骊他们在青岛基地的官兵得知"快31大队"1中队调往华东军区海军防区,主要意图一是直接接敌,锻炼部队;二是准备参加解放大陈、一江山等岛屿的战斗。

"快31大队"1中队离开青岛后,6月27日,首长又命令骆传骊带几个人着便装去山东石岛巡防区考察,为快艇部队进驻石岛作评估。石岛处于山东半岛的最东端,是中国离韩国最近的地方,当年孙中山先生曾在《建国方略》中两次提到石岛,将其与上海、广州并列为中国东方三大港口,被称为"小香港",可见石岛的战略地位及优越位置。

早在抗日战争时期,石岛港就是海外援助物资到达后卸货的重要据点,就有作为军事用途的基础。其间中国军队修建盐业专用码头,改建原有码头,并以此为基础在山东半岛设立小型兵工厂和军用物资工厂。考察石岛回到青岛后,骆传骊执笔起草了在那里设鱼雷快艇大

离韩国最近的石岛所处位置

队的可行性评估报告。虽然以后骆传骊没有随部队再去过石岛,但从莱阳路8号流出的"兵"到了石岛镇王家湾组建的"快75大队",以后一直驻守在祖国的黄海前哨,直到20世纪90年代初撤编。

在青岛基地第一快艇纵队旗下布局的还有驻刘公岛的快艇大队。虽然早在1952年上半年"快21大队"大队部就迁驻刘公岛,但骆传骊直到

1954年7月随队开赴海南岛，他都没有上过刘公岛，而是在青岛陪伴1、2两个中队进行了一波又一波的训练。新组建的3、4中队则驻守刘公岛，在那里进行海上训练。其间，田松大队长两次安排骆传骊等人起草有关刘公岛建制的草案。到7月18日，以"快21大队"1、2两个中队为基本力量的快艇官兵开赴海南岛榆林港，"快21大队"开始真正裂变，以后驻守刘公岛的"快21大队"改番号为"快71大队"。

## 4. 在"力量前伸"背景下他也当上"流水的兵"

1954年7月16日，天一直下着大雨，骆传骊在值班室值班，田松大队长（副纵队长）亲自到值班室来向他要广东省及海南岛的海图，而且要得很急。他立刻找人来代值班，自己则跑去保密室找出海图送到田大队长手上。这天他的值班应该到16：30结束，不过之前他已经接到通知，让他16：30去纵队队部参加会议，所以值班一结束他就赶去纵队开会。踏进会场他看到参会的基本都是"快21大队"中队以上的干部，刚坐下魏岱峰参谋长就宣布会议开始，并立即传达了海军司令部的战略部署。

那天大会传达的海军部署大意是：朝鲜停战协议于去年7月27日正式签字，表明抗美援朝战争胜利结束，现在被搁置的台湾问题重新提上了议事日程。重提解放台湾，意味着解放军的战略重心开始向东南沿海地区转移，但至今东南沿海许多岛屿还被国民党军队占据。过去，由于我们的战斗部队还没有形成真正的战斗力量，所以海军一度采取"力量后缩"的战略，作为海军战斗主力部队的快艇部队以往长期集中在黄海、渤海等北部海域进行战术、技术训练，包括准备赴朝参战的"快31大队"。萧劲光司令员去年年底向中央军委请示：为扭转战斗部队缺乏海上接敌实战锻炼的局面，我们海军要作好由'力量后缩'转向'力量前伸'的准备。萧司令的请示很快得到了中央军委总部的批准，作为'力量前伸'的第一个部署，1954年2月，新组建的海军航空兵第2师第6团调往宁波场站，并当即投入巡岛护渔作业和解放东矶列岛的战斗；作为"力量前伸"的第二个部署，"快31大队"1中队在4月10日也启程调往华东海军防区驻泊训练，他们将迎接解放大陈岛及一江山岛的战斗。

而那天传达的最重要事项与"快21大队"直接相关，那就是"力量前伸"的臂膀要伸向中国的最南端，地处"天涯海角"的海南岛榆林港，这一重任就落到"快21大队"肩上。自宣布开始，"快21大队"就是中南海军海南榆林巡防区的"快21大队"。那天的会上没有把"快21大队"移防海南岛称作是"力量前伸"的第3个部署，但骆传骊他们都明白，不管算不算第三个部署，移防海南岛就是"力量前伸"的一项行动。部队移防，一定程度上是军委下战略部署大棋的需要，也是对军队服从号令程度的检验。历次紧张时期需要部队配合时，移防命令都是突然下达，不需要酝酿通气，所以参会人员都没有疑虑。

接下来，魏参谋长庄重地宣布驻守海南岛榆林的"快21大队"由1中队和2中队全部艇队，以及新组建的大队机关整套班子整编而成。他还宣布了随队移防的大队机关人员名单，骆传骊听到自己的名字也在移防名单之列，将担任鱼雷业务长。同时魏参谋长还宣布赴海南岛的所有人员及武器将于后天，即1954年7月18日早上8：00（实际是10：00开车）由专列送往广东，再由舰船送往海南岛榆林巡防区。

接下来田松大队长（副纵队长）在会上作了简短的动员讲话，他激动地说："同志们，今天我在这里讲话，是为我们自己送行！我们即将启程开赴祖国的最南端——海南岛海军榆林巡防区。大家知道，榆林自古以来一直是我国南海的海防要塞，也是扼守南海进入印度洋的咽喉，国民党败兵最后也是从榆林港登舰逃往台湾的。在解放海南岛战役中，中国人民解放军第四野战军40军、43军及琼崖纵队第三、第五纵队共计10多万人，历时56天，分东、中、西三路渡海包抄追击，围歼了在榆林集结待逃的国民党海、陆军各一部，于1950年4月30日解放了榆林及三亚。5月1日早晨，海南战役宣告结束，榆林港由中国人民解放军接管。5月30日，全海南岛解放，从此海南岛的发展建设揭开新的一页。"

"这次我们'快21大队'挥师南下，由我和政委、参谋长一起带队前往，我们是往中国最南端被称作天涯海角的海南岛榆林港移防。我们将车舟兼程近万里，这不仅是地理空间的转换，同时也把我们的工作与生活切换到一种新的陌生状态，所以把这次移防比作万里迁徙都不为过，我们要有充分的思想准备。若问天涯有多远，天涯就在我们的脚下！"就这样，这回"流水的兵"轮到了"快21大队"第1、第2两个中队，也轮到了骆传骊头上。

"快21大队"这次移防时间紧迫，只给了他们1天的准备时间，所以会议一结束，大伙赶紧去吃饭，饭后就各就各位分头去落实各自的任务。骆传骊带领后勤部门的鱼雷兵奔赴码头组织卸雷。这天老天爷可能是听说这批可爱的水兵就要离开青岛开赴远方，一整天都以雨作泪，等鱼雷从艇上卸毕，鱼雷水兵都被淋成了落汤鸡。

晚上，骆传骊检查完码头的工作，回到宿舍就收拾起自己的箱子。这次移防的通知来得突然，对他的任命也来得突然，他久久不能入眠。青岛是他投笔从戎起步的地方，也是他从一介书生成长为快艇部队指挥员的地方，他喜爱青岛一年四季赏不尽的美景与品不完的海鲜味。但军人以服从命令为天职，一声令下他们就得打起背包出发，哪有时间沉湎于"春有百花秋有月，夏有凉风冬有雪"的抒情。他同时也意识到考验鱼雷快艇"快31""快21"两个主力老大队的时刻到了。这些年这两个大队一直在黄海、渤海等北部海域进行战术、技术训练，抗美援朝后来也没去成，意味着他们没有与敌人正面交锋过，不像身处东海、南海的海军部队都与国民党军队正面干过。现在终于轮到他们上前线了！他想着想着诗兴大发，便在日记本上写下了纪念青岛岁月的七绝诗，完全没有了睡意。

汇泉角畔波影光，

大公岛外月如霜。

战士不惜征袍冷，

快艇依然披大浪。

第二天早饭后，骆传骊再次去码头查看武器装运情况，遇见大队杨国志政委也在码头上检查，他们看到12艘K-123型鱼雷艇及24枚鱼雷被分别装上了大卡车正运往火车站，骆传骊这时才搞清楚这次出发要去的目的地，先到"快11大队"驻地珠江口新湾，在那里休整后再换舰前往海南岛榆林巡防区。到了晚上6点，海校码头气氛凝固，警卫战士开始值班上岗。这一晚将是远赴天涯海角的"快21大队"的不眠之夜。

战士不惜征袍冷 快艇依然披大浪

# 二十四、风雨无阻，忍饥熬热，"万"里赴戎机

## 1. 风雨无阻，忍饥熬热，从黄海之滨来到南国珠江口

7月18日早上，准备前往南海榆林港的"快21大队"官兵一切行动听指挥：5：30起床哨子吹响，6：30开饭，8：00整队上车前往青岛火车站，他们即将坐上军列沿胶济线、津浦线、陇海线、京广线直达广州黄埔车站。那天军列停靠的站台上没有送行的首长、家属，只有席地而坐的海军官兵和持枪士兵，大家都神情严肃，警惕地注视着前方。骆传骊到车站后就先上了列车，他要着手布置一节车厢作为部队随时应对突发事件的指挥室。上午10点，满载着移防官兵、舰艇武器及物资的军用专列徐徐驶出了青岛火车站。

1954年，那年从入夏开始，由于长江流域和淮河流域大范围、长时间梅雨而引发的全流域特大洪水，导致长江中下游湖北、湖南、江西、安徽、江苏等省的123个县市受灾，京广铁路上客车已连续多日停运，他们这趟军列是因国防需要，在高度机密情形下开出的特别通行专列。但我军已从有关情报那里获悉，国民党特务正在跟踪快艇部队移防的消息，所以这趟专列的行驶车速、停站时长都会随时作出调整，以确保行车安全。

列车停靠的第一站是张店站（现淄博站），此时已黑幕笼罩。次日早晨4点多列车抵达济南火车站，大家下车在济南站洗把脸，买个肉烧饼充当早餐，列车便开动继续行驶。列车中间没有停站，一直到下午两点钟抵达兖州火车站，站台上没有吃的东西可买，7月盛夏的铁皮车厢里面

闷热程度可想而知。大家都忍受着饥饿与热烤一直熬到晚上，列车终于抵达枣庄站才解决了官兵们的热与饿。在从兖州到枣庄的途中，参谋长把骆传骊找去一起商量确定几位带队首长的代号，最后按车上首长的职务高低分别定为"101""201""301"……

7月20日凌晨，列车抵达徐州站。骆传骊走下列车到后面的货车上检查一遍货物，安全无异常，他放下心后再回到自己的铺位继续睡觉。才睡上三四个小时，就被大伙的起床声响唤醒，原来列车已到了商丘站，大伙又都下车去洗漱，并从小贩那里购买商丘知名小吃——布袋馍当早餐，骆传骊的这一觉就算睡过了。中午列车驶过开封，下午就驶进了郑州站，大家还是在站台上买点小吃当午餐，实际当成了午餐加晚餐。因为列车在郑州站上满水以后就直奔许昌，然后到漯河，到了漯河因重新调整列车运行时间表，官兵在漯河苦等了好几个小时都没有吃上晚饭。要知道这列车上乘坐的都是开快艇的，这一"快"一"慢"对比太大了，让干等的快艇官兵心急如焚，列车一直到晚上才继续上路。

次日早晨，列车抵达信阳站作短暂停留，官兵们都下车洗把脸，买一份早餐，之后列车就开始过桐柏山、武胜关。骆传骊趴在车窗上放眼望去，大水淹没掉许多庄稼地，一片狼藉。过武胜关后列车就一直下坡，老天也一直下着大雨，过孝感水势更大。列车抵达汉口已是傍晚，它要在江岸编组站重新编组，所以停站时间较长。编组后列车过长江驶往武昌火车站，这时首长特别关照："列车停靠武昌站，大家不许下车，武汉人多复杂，一定要提高警惕，防止有人搞破坏"。这一命令的下达让大伙的晚餐没有了着落，幸亏在早晨吃过早餐，就充当中餐和晚餐。但这一晚大伙都不敢熟睡，生怕有紧急情况发生，越是不敢睡，大伙的肚子就越是"咕""咕"地叫。

也许是因为昨天仅吃一顿早餐的缘故，骆传骊和大伙一样感到力不从心了。他在铺上躺着躺着就熟睡过去，连列车开动也不知道，原本想进入江汉大地要好好看看武汉三镇的面貌，现在只能遗憾地错过。列车继续向南方驶去，穿行在"东""西""南""北""中"五"岳"之外的"天岳"——幕阜山上。醒来后骆传骊被秀丽的自然美景所吸引，坐在车上望窗外，也就忘记了疲乏与饥饿。傍晚时分，列车抵达岳阳东站，大伙才买到了充饥当晚餐的烧饼和豆干。饱餐后车又开动起来，骆传骊躺到铺上望着车窗外天上的星星闪露出来，心情一下子也好了起来，就这样又熬过了一晚。

从7月18日上午青岛火车站出发，到7月23日早上抵达长沙火车站，快艇官兵已经在列车上度过了整整5个昼夜。因为昨晚睡了个好觉，所以骆传骊早上醒来感觉精神特好。大伙在长沙火车站上吃到了爽口的凉拌豆腐皮，也叫"豆腐衣"，对多日未尝到咸辣可口饭菜的他们那可叫一个"爽"！但一路的大雨又开始下个不停，列车在风雨中驶过湘潭和株洲，到衡阳天气才终于好了起来。

列车在衡阳站停留许久，这时政委在车厢里向大家传达了昨晚发生特务搞破坏的情况，告诉大家列车不得不再次重新调整前行时间。"昨天下午，铁路工人在岳阳站附近的山上巡道时发现路基上有一个布包，手一提沉甸甸的，他们立即觉得不对，马上给公安部门打电话。公安干警赶到前工人试图把它搬离轨道，这时炸药就爆炸了，两名铁路工人被炸飞了出去。公安干警及时赶到爆炸点处置了现场，同时沿轨道开始巡查，在不远的铁轨上还发现了美国制造的微型地雷。尽管公安部门正在侦察破案，列车却不能再按原来的行车计划执行，我们也要排班执勤，观察列车开过道路两边的动静。"就这样，列车晚点抵达湖南郴县（今郴州市），并在那里又停留了3个小时。

24日早晨，列车开进岭南第一镇——坪石镇，在那里稍作停留后就一直在武水之滨的山沟中穿行。天气的炎热让大伙都顾不上欣赏美丽的风景，直到抵达乐昌才感觉到了一丝凉意，大伙在韶关车站上吃上晚饭。但可能是快到广州的缘故，列车上竟然在水用光后不再补充，就样大伙又都熬了个又热又渴的一夜。

第二天早上5点，骆传骊怎么也躺不下去了，人也变得烦躁起来，恨不能立即抵达目的地。但列车却从接近广州的源潭站开始逢站必停接受检查，到中午时分，这趟满载着一整个快艇大队连人带全部家当的专列终于驶进了广州黄埔二等站。这一趟南下广州，快艇官兵们十足走了7天7夜，暴风雨中翻山越岭，敌特破坏有惊无险，充分印证人民海军发展壮大之路上的艰难曲折！

到站后大伙顾不得洗脸，匆匆扒了口饭就开始从列车上卸物资，一直忙到半夜才卸完。鱼雷艇先下水驶向珠江口的新湾码头。其他人则开始把火车上卸下的物资转运到专程前来装运物资的运输舰上，一直装到翌日早上5：00，然后大伙才登上运输舰。一个盹的时间都不到，船就到了地处东莞县（今"东莞市"）的海军新湾沙角训练基地，他们将在那里暂时住下。

到了新湾沙角训练基地，大伙就有了到家的感觉，整理铺床、洗衣服、洗澡，总之该干啥干啥。但让他们感到意外，很不习惯的是洗衣服要自己打井水，这样的条件跟青岛营房不能比，青岛营房里还有洗衣房呢。

成立于1950年的海军新湾沙角训练基地

## 2. "快11大队"欢迎远道而来的"快21大队"

"快16支队"首任支队长陈右铭,时任"快11大队"大队长

火车抵达黄埔站后,官兵们一起将所有物资卸下,通过运输舰连人带物送往珠江口新湾军港,他们将在那里的海军沙角训练基地作休整。晚饭后,东道主"快11大队"为远道而来的"快21大队"战友举行了一场隆重的欢迎会,欢迎会上,骆传骊第一次见到"快11大队"大队长陈右铭[1]。陈大队长代表"快11大队"致欢迎词,他在致词中谈到当下南海形势和"快11大队"的战斗任务,以及中南海军的建设情况。陈大队长在抗日战争和解放战争时期先后担任新四军团参谋长、团长及湖北省军区长湖剿匪指挥部指挥长等职,战斗中多次负伤。中华人民共和国成立后转入海军,担任"快11大队"大队长。

"快11大队"同"快21大队"一样,都是由快艇学校第一期学员光荣毕业后组建起来的鱼雷快艇大队。1951年9月21日,"快11大队"的两个中队6条鱼雷艇艇员也是乘火车从青岛南下广州,而大队的8条鱼雷艇已先期直接从旅顺军港运达广州。"快11大队"的大队部驻防在今天的东莞市石碣镇东江上的新洲岛;艇队驻防在广州市黄埔岛(亦称"长洲岛")的黄埔军校旧址;而后勤处及其检修所、仓库等则驻防在黄埔旧港对岸的鱼珠镇(现为"鱼珠街道")上。

陈右铭大队长在向"快21大队"战友介绍当下的南海形势时谈到:台湾海峡至今还一直处在台湾国民党海军的实际控制之中,所有通过

---

1. 陈右铭后来历任"快16支队"支队长,舰艇研究院一所所长,舰艇研究院革命领导小组副组长,六机部核潜艇工程办公室主任,研究院副院长,国务院、中央军委核潜艇工程领导小组成员兼办公室主任和造船工业领导小组办公室第一副主任,海军装备部副部长等职。

台湾海峡的航线常常会遭国民党军队骚扰、拦截，导致从南方通往华北各港口的中外船舶不得不改在华南各港口停泊，再通过铁路转运，往来轮船长期无法实现南北通航。因为台湾海峡的航行权被国民党海军控制，据统计，从中华人民共和国成立至今将近5年的时间里，台湾国民党海军一共拦截、炮击和扣押中外轮船达228艘次。

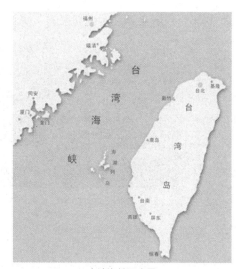

台湾海峡示意图

陈大队长还谈到发生在前不久的两起劫持事件。5月11日，中波轮船公司的"哥德瓦尔特"号商船被国民党海军"太湖"号劫持到基隆港，没收后改为"天竺"号运输舰。6月23日，刚下水一年的苏联"图阿普斯"号油轮在香港作短暂停留后就被美国情报机构的侦察机盯上，随后台湾国民党海军"丹阳""太康"两艘驱逐舰从高雄出发，拦截了"图阿普斯"号，并将其扣押，船只被没收后改为"会稽"号运输舰。"天竺"号和"会稽"号运输舰不久前都入列台湾国民党海军，被用来对抗我们刚刚建立起来的新中国人民海军。针对5—6月份接二连三发生的国民党海军劫持国际油轮事件，中央军委对中南军区空军、海军下达了护渔护航的命令。

陈右铭大队长还向"快21大队"战友介绍了中南军区海军的基本情况。1950年12月由广东江防司令部和陆军44军指挥机关合并成立中南军区海军，司令部设立在广州市石榴岗，其主要任务就是"江防"，即在近岸海域实施巡逻、防御及作战。1951年2月14日，在海口市设中南军

1954年被台军劫持的苏联邮轮"图阿普斯号"

区海军海南前进基地；1952年2月5日开始相继成立海口、琼东、琼西、榆林四个巡防区，下辖一个炮艇编队，作战力量依靠一些小炮艇，主要用来对付国民党特务渗透捣乱，所以作战力量很有限。同年 12 月，海军海南前进基地与陆军第 129 师师部合并，在广东湛江组建海军西营基地。

陈大队长告诉大家：这一次"快21大队"要去的海南岛榆林港，是中国最南端的优良海港，因为远离大陆又交通不便，所以历来天下一有风吹草动，就必首当其冲成兵家必争之地。撤退到台湾岛的国民党一直梦想着颠覆刚刚建立起人民政权的新中国，多次用飞机空降特务来串联蛰伏岛上的反动残余势力，妄图在五指山区建立所谓的"游击根据地"，以配合其从海上正面进攻，夺取海南全岛并将其变成向华南大陆窜犯的桥头堡。可见"快21大队"此行突然开赴榆林港，肩上扛的任务有多重。

### 3. 湛蓝碧波下的南海难掩恶浪滔天、战云翻滚

"快21大队"按计划准备在广东虎门新湾停留10天，这10天里一

是调整官兵的旅途辛劳；二是进行岗位对岗位地与"快11大队"交流学习；三是在新湾港口换乘舰船前往海南岛海军榆林巡防区。

从抵达新湾军港的第2天开始，"快21大队"的两个中队全体艇员便在艇长们的带领下开始把发射器、发射管等器械装备安装到各自的艇上，然后在"快11大队"的领航下进入南海训练。骆传骊则到"快11大队"兵器股、鱼雷检修所等处学习了解南方气候下的鱼雷保养经验，还有南海的海洋气候、暗礁涌流等影响鱼雷快艇的各种未知。

正当"快21大队"在珠江口上试水的时候，7月30日，解放军空军向全军发布了一则《通报》，中南海军也进行了传达。《通报》通报了发生在7月23日我空军误击英国民航客机的事件经过，以及由此引发的美军航母编队驶入我领海，美军飞机击落我空军战机的恶性事件。

听到美国飞机竟然飞到了榆林港自己战位的头顶上，"快21大队"指战员都愤愤不平坐不住了，当即向田松大队长提出要尽快赶赴海南岛，跟美国人干到底。但田大队长却对他们说："我们国家目前的大计

榆林巡防区守卫着祖国的最南端一个叫锦母角地方，角头上可见的
一座白色灯塔就是我国大陆架最南端，通往南海的出海口

在于和平建设、恢复生产、发展经济，不人为地制造紧张。"后来骆传骊从报纸上得知，以美国两艘航母为首的混合编队给自己找了个台阶，已于7月30日离开了海南岛附近海域。

但此事件还是深深地触动了马上就要开赴榆林巡防区的快艇官兵，大家认识到国民党在美国撑腰之下蠢蠢欲动，就是企图重回海南岛，把它当成第二个台湾岛。南海的湛蓝碧波难掩恶浪滔天、战云翻滚。幸运的是，"快21大队"从去年冬季开始已经训练战雷装艇，诞生了像徐焕章、林盛、徐景春等这些可以携战雷驾快艇出海的"战斗艇长"，他们也来到了南海。所以，部队在还没启程赴海南岛前，就开始安排快艇带雷夜间值更，时刻提高警惕，保卫鱼雷艇部队的安全。

# 二十五、"3-182"母舰载着快艇官兵远赴天涯海角

## 1. 临行前再次前往沙角古炮台向抗英英雄致敬

广东的8月经常会受到台风的袭扰，给部队继续前行带来不少麻烦。"快21大队"原准备于8月7日离开广东赶赴海南岛，结果8月6日的天气预报说未来几天南海洋面有台风，所以没有走成。这次从广东新湾前往海南岛榆林，中南海军早早就"兵马未到，粮草先行"，安排舷号"3-182"快艇母舰及"3-181"运输舰来接应"快21大队"一同前往。

8月9日，"3-182"母舰开来了，抛锚在新湾港外，骆传骊干脆就打起背包住到了舰上，他要在舰上指挥鱼雷艇装雷及艇架的制作并安放，还有各种物资的装箱打包。眼看着前往海南岛榆林港的日子越来越近，面对未知的将来，骆传骊在百忙中抽时间再次走进新湾水兵训练基地，再次走到位于训练基地里面残垣断壁前的沙角炮台，再次聆听曾经悲风烈烈的历史涛声，更加增强了固我海疆的勇气和力量。

虎门沙角炮台始建于1800年，原是为了防御海盗而建造。1834年关天培就任广东水师提督，认为沙角炮台地居要冲，地势得宜，于是对虎门要塞重新布防，他与钦差大臣林则徐一起，在虎门一共设立了三道防御线。第一道防线为虎门东西两岸的沙角、大角炮台；第二道防线为威远、镇远、靖远等炮台；第三道防御线为大虎炮台；并把沙角炮台改为号令台。1840年，英国侵略者借钦差大臣林则徐领导的虎门销烟而大举发动侵华战争，1841年1月7日，英国侵略军出动20多艘战船及2000多人偷袭沙角和大角炮台，大角炮台失守后，清军部分将士突围到沙角炮

修缮前的沙角炮台遗址

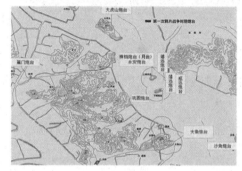

第一次鸦片战争虎门炮台地图。（图右下角）
"大角炮台"与"沙角炮台"构成虎门第一道防线

台继续抵抗，守将陈连升率领守台600多名官兵沉着应战，最后因敌众我寡而壮烈牺牲，沙角炮台也遭英军破坏。一段中华民族的屈辱殖民史从虎门沙角炮台的失利开始延展开来。

站在沙角炮台前回望往事，骆传骊仿佛听到当年虎门人民在水师提督关天培、协副将陈连升（父子）带领下抗击英国侵略者的隆隆炮声；也仿佛看到清政府纵有万里海疆、金锁铜关也挡不住侵略者军舰大炮的软弱无能。怀着敬畏之心，他默默告慰英雄："东亚睡狮已经醒来，中国人民已经站起来，今天我们不仅要守住珠江口，我们还要守住南海万里海疆！"

## 2. 满载"快21大队"一家一当的快艇母舰直抵榆林港

"快21大队"的既定目标是海南岛榆林港，中南军区海军早早就"兵马未到，粮草先行"。因为榆林港快艇部队必需的基础设施都没有建起来，所以安排"3-182"快艇母舰和"3-181"运输舰护送部队抵达海南岛榆林港后，就留在那里充当海军快艇基地和训练靶舰。

"3-182"快艇母舰这款舰型骆传骊特别熟悉，它与"中114"舰是同类型军舰，只是大小不同，都是美国在第二次世界大战期间大量建造与装备的坦克登陆舰。"中114"属于LST大型坦克登陆舰，"3-182"属于LSM中型坦克登陆舰。第二次世界大战胜利后，美国曾将大量该型军舰援助国民党政府，因都采用"中"字开头的词组命名，故称为"中"字舰。而人民海军编制内的这型军舰，没有入列国民党海军，而是被当时的国营招商局等中国航运商购得的剩余物资，前身多为招商局的商船。中南军区海军在华南地区获得了3艘该型军舰，其中一艘改舷号为"3-182"运输舰，这艘舰1953年与"中114"同期完成改装任务，用以充当"快11大队"8艘Б-123型鱼雷快艇的母舰。

8月15日那天，全体官兵一起床就开始整理行李，随后按分工去抬送火药箱。早饭后他们又将所有物资装车，一直装到中午11：00，然后官兵们随车到达虎门沙角海边，在那里他们打开罐头就着面包，边吃边等来小型运输舰。运输舰一到，大伙忙把行李、火药箱搬上舰，运输舰再连人带物开到停靠在大海中央的"3-182"母舰旁，大伙再把运输舰上的货物搬到"3-182"母舰上，直到晚上20：00才搬完。

白天紧张的搬运让官兵们忘掉了8月的炎热盛夏，但上舰后一开航大伙就都累倒在了甲板上。骆传骊睡到下半夜被阵阵海风吹醒，不盖被子光身睡甲板还真吃不消，所以就进舱去睡觉。哪知舱室又让他开始汗流浃背，所以不得不把被子抱到甲板上继续睡觉。此时的南海受热带气旋的影响阴云密布、波涛汹涌，第2天起来，许多人都开始晕船，骆传骊也一样。他们靠玩扑克来分散注意力，从早上一直玩到晚上，晚上仍然是抱被睡甲板。

第3天，"3-182"母舰继续在南海上行驶，途经我国第二大群岛——川山群岛。当母舰经过上川山和下川山时，只见海面风平浪静，随着太阳的露出，官兵们看到海里的水母一个个舞动起透明的裙裾向着太阳升起的方向奋进，还不时遇见飞鱼跃出水面，翱翔竞飞，他们的心情都一下子愉悦起来。

骆传骊这几天一直难抑沙角炮台前对水师提督关天培和协副将陈连升（父子）的敬仰之情，被他们在鸦片战争中率将士英勇抗敌、为国捐躯的事迹所感动。俗话说"诗以道志"，凭借记忆，宋代词人柳永《八声甘州》韵律跳进了他的脑海，他情不自禁地仿写起来，写下他的《八声甘州》（草稿）。

### 八声甘州·驾快艇赴天涯海角

对茫茫大海望青天，耻辱百春秋。

愤五口开埠，八国联军，首恶英酋。

虎门龙穴狮洋，威远炮声稠。

后辈崇敬立，仰祭关候。

书生年少意气，正戎装初换，粪土曹刘。

驾快艇两列，遏浪驰飞舟！

迎朝阳兵操未歇，擦鱼雷，壮志我未酬。

琼崖近，南沙不远，诸岛必收。

8月18日，是"3-182"快艇母舰在海上航行的第4天。早晨起床，只见天空灰蒙蒙，海面阴沉沉，不一会电闪雷鸣，狂风四起，倾盆大雨说来就来。大伙都深恐吃不消而进舱躺到床上，一整天闷热的天气压得人喘不过气来。到了晚间，"3-182"母舰终于开到了榆林外港，并在那里下锚。翌日早晨母舰才进港靠上码头，骆传骊随大伙一起下船，背上行李去营房住地，终于到家了。

### 3. 用一张白纸来形容榆林军港一点不为过

榆林港，位于今天的海南省三亚市东南部海湾，湾口西起"鹿回头角"，东止"锦母角"，以"鹿回头角"上的"鹿回头岭"和"锦母角"上的"虎头岭"两点连线为榆林港与南海的分界线。

榆林港又分内、外两港，均为天然良港。外港区水域宽阔，群山包围，水深浪急；内港区风平浪静，是优良的避风锚地，也是"快21大队"的驻地，他们就驻守在著名的"榆林要塞"上。

当年的"榆林港"就是"快21大队"驻地，"鹿回头岭"与"虎头岭"两点连线构成榆林外港与南海的分界线。图上的"榆林港"北上就是榆林内港；南下一直到分界线就是榆林外港；出了外港就是无边无际的南海

中国大陆架最南端，锦母角虎头岭上的灯塔

"快21大队"属地红沙镇，与红沙镇相邻的是安游镇，"锦母角"属于安游镇范围，地处中国版图上大陆架的最南端，是榆林军港出海口，真正意义上的"天涯海角"。而象征"天涯海角"的则是"锦母角"最高点的虎头岭上高高耸立的灯塔，它就是中国大陆架最南端的一个点。

"快21大队"从7月18日到8月19日，这一程南下的路整整走了1个月才成功开进海南岛海军榆林港。抵达榆林港的第一天，骆传骊就迫不及待地去码头熟悉坏境。徜徉在素有"南疆要塞，海上堡垒"之称的军港码头，远眺隐约可见的高高灯塔，抚今追昔，他手握拳头默默地想："国无防不立，海无防不国。榆林军港，作为卫国之要冲，经国之要津，关乎主权安全和国防安危。今天，我们'快21大队'来到了这里，不用多久，榆林军港就会有我们的快艇基地，广阔的南海上就会有我们的快艇飞驰！"

"快21大队"这支快艇部队，诞生在守卫京畿门户的渤海湾塘沽港，成长在与第三海军学校（曾称"海军舰艇学校""海军快艇学校"）为邻的青岛。第三海军学校就是诞生第一支鱼雷快艇部队的地方，那里各方力量集结，部队设施齐全，加上有苏联专家在旅顺建设海军军港的经验，对于鱼雷艇基地建设、鱼雷快艇及鱼雷武器保养、快艇部队各项训练等，都积累了一套成熟的方法。还有以"海军城"著称的青岛，其港口对军用、民用码头及海域分工明确，渔民捕鱼作业不会对海军的出航训练产生影响，所以它有力量把一个又一个快艇部队扶上了"马"。

而海军在南海的部队所处环境与各方面条件则不同于青岛，面对着热带海洋性季风气候，频繁光顾的狂风暴雨，一望无际的大海，星星点点的岛礁等，一切都需要适应。而作为鱼雷快艇基地所必需的设施，在榆林港只有一座修建于1942年前后的大型军用码头，这是一座日本军队1939年侵占榆林后建造的码头。该码头在抗战后期曾遭美国飞机轰炸，国民党海军第4舰队败逃时也曾恶意地对它的设备进行破坏，直到解放后，经过多年的修复扩建才成为可以使用的码头。

其它设施，如停靠鱼雷艇的码头、存放鱼雷的仓库、维修保养必需的鱼雷检修所和轮机修理所、必要的军用航道等什么都没有。对"快21大队"而言，榆林军港就是一张白纸；对快艇官兵而言，是要在这张白纸上描绘南海建军创业的蓝图。所以，他们必须要在最短的时间内跨堤过坎，用行动来响应中央军委发出的"护渔护航"的命令。

这么一来，"3-182"母舰，这艘原本专为"快11大队"8艘Б-123型快艇护航的母舰，现在来了新任务，它除了护送"快21大队"来到他们的哨位——我国最南端、海防最前哨的榆林港外，还将继续留在榆林港陪伴"快21大队"。因为眼下的榆林港一无所有，作为快艇部队必需的基础设施还没有建起来，所以"3-182"母舰就成为海南榆林巡防区的快艇基地，也是"快21大队"的大本营。"3-181"舰也是同样，它除承担部队运输任务外，还要作为靶舰陪伴他们海上训练。

## 4. 乡愁是根线，一端是故乡，一端是心房

为护卫南中国海，"快21大队"从黄海之滨来到了南海前哨。榆林港除了军用设施没有任何生活设施，与部队在青岛那时的便利条件不能相比。8月22日是"快21大队"到达

榆林港湾两岸，前边红沙镇，对岸是安游

榆林港后的第一个星期日，也是他们的休息日，他们急需添置洗衣盆、肥皂、牙膏、手纸等生活必需品，所以骆传骊和两位战友事先做了下功课，选择到榆林港所在区域的红沙镇采购生活必需品。红沙镇是日本占领时期新兴起来的城镇，筑有红沙码头，与榆林港及安游镇的码头隔港相望。海（海口）榆（榆林）东线穿镇而过，从榆林港到红沙镇走陆路有约5千米路程；而榆林港与红沙镇之间红沙河航道上的最窄直线宽度只

安游镇与红沙镇之间的红沙渡口

有20米，码头之间的距离也只有150米，所以两地往来一般都是坐船。

那天，他和两位战友走到码头坐上民船，在船上看到兄弟部队的水兵跟岛上百姓一样在航道两岸间游来游去，连船都不坐。民船不一会就到对岸，他们走进了红沙镇，只见镇上布匹、药材、藤器、铁器、铝器，甚至金银首饰都有卖，骆传骊一下子觉得非常熟悉和亲切，一股浓浓的思乡情涌了上来。他跟同去的两位战友说："这里跟我外婆家真像，我外婆家就是离上海市区不远的纪王庙镇，也是米店、布店、杂货店、肉铺、茶馆林立，街面也跟红沙差不多，有一条河叫沿仓浦，河两岸全是做买卖的商铺。"

想到了老家、外婆家，骆传骊的情绪无法平静下来。因为自从1950年11月向海军报到之后就再没有回过上海的家，现在是离家越走越远，一直走到了天涯海角。站在南海望远方，他不时会思念起上海的家人，所以那天他以"要回去多练习练习划舢板"为借口，跟与他一起逛红沙镇的战友说："我们就去剃个头，买个水桶、肥皂什么的就回去吧！"但另外两人都说："我们出也出来了，不如再到对面的安游镇去看看。"

安游镇离红沙镇只有几百米，但隔海相望还得渡船。他很不情愿地跟着两位战友再一次渡船去安游镇，漫不经心地走在安游古镇上，思绪早已飞到了上海家中。到了中午时间，该吃饭了，听说安游镇上的爆炒夜光螺非常有名，他们就在路边摊坐下，每人点一份爆炒夜光螺下饭。第一次品尝那爽脆的螺蛳肉，让骆传骊一下子感到时空穿越，仿佛又尝

当年安游镇由海军护卫舰大队驻守

到了纪王庙外婆家的酱爆螺丝，那熟悉的家乡味道。

　　吃罢午饭，他们再次坐船过海回到榆林港。当晚，骆传骊按捺不住惆怅心绪，在日记本上无奈地写道："自1950年8月暑假，抚顺煤矿实习结束借道上海回了趟家，一晃已经4年没回家了。乡愁是根线，一端是故乡，一端是心房，身为部队人，卫国再保家。"

# 二十六、在榆林港这张白纸上建军创业

## 1. 先闯每天相遇的海岛环境关

快艇部队到榆林港后，首先要过的是环境适应关。20世纪50年代，榆林军港地广人稀，旷野里长满了类似球菊的野草，海南人叫它"鹅不食草"，是一味内服可止咳、解毒、止痒，外敷可治疗跌打损伤等的中草药，但其刺鼻的辛味不时地扑入鼻孔，让官兵们好不适应。

没想到"鹅不食草"的刺鼻味还未习惯过来，在部队入驻榆林港的第5天，却发生了一起鱼雷兵溺水死亡事件，而且溺水者竟然还是在青岛时水性特好的二中队鱼雷兵。原来快艇部队这批水兵到达榆林港后还是沿袭在青岛时的老习惯，无特殊情况下午饭后会下海去游泳一番。那天也特别奇怪，骆传骊去洗了一把海水澡想要睡会午觉，但却翻来覆去怎么也睡不着，突然传来"有人溺水"的呼喊声，大家赶忙跑向海边，只见被救上来的竟是自己部队的鱼雷兵，但已经咽气了。后来他们才知道榆林内港这里，海面看似平静，水下却常常暗流涌动，如果碰到各种突如其来的大海

远处那艘船往外是榆林外港，往里就是榆林内港

浪，那海湾附近暗流会更多。就因为大家初来乍到，还没有对这个叫"天涯海角"的地方做足功课，结果让快艇水兵"出师未捷身先亡"。骆传骊为战友溺水身亡难过了好一阵子，他要尽快把出入海域的海

部队借鉴海南岛黎族老乡盖的船型茅草屋盖的简易营房

图标注清楚，要确保母舰及快艇的出行平安。

　　说到适应环境，骆传骊也遇到过被可怕的蚂蚁咬伤的事件，也是发生在他们刚到榆林军港那段日子。那时为他们部队进驻的军营建设还没有完工，他们住的是用海蛎壳和海石垒成的顶上盖着一些茅草的简易房子，蚊子、蜈蚣常常光临他们的屋子，搞得快艇官兵晚上睡不好觉。

　　夏秋交替的8月底，榆林港附近到处遍布着湿热的草丛，给蚂蚁的繁衍生息创造了适宜的环境，它们常常会爬到人类居住地觅食。部队刚驻扎下来要处理的事情很多，没有谁会去关注小得不能再小的蚂蚁，但是你不理它，它偏来理你。

　　那天骆传骊午觉睡得正香，蚂蚁爬到了他的脸上像吸血虫一样地叮他，一股火辣辣的疼痛感把他弄醒，手一摸一看原来是三四只蚂蚁。当时他以为把它们捏死就完事了，哪知道他的脸上很快红肿起来，出现水泡，第二天还化起了脓，不得不上卫生队对其脸部用肥皂水和清水冲洗，把伤口清洗干净。这件事也使部队把灭蚁工作摆上日程，他们用花椒水等土方对宿舍进行消杀来消灭蚁害，一直到1个月后的9月26日，部队终于搬进了钢筋水泥的营房，与这些小虫的战斗才得以消停。

## 2. 闯过"环境关"，再闯"渡海关"

断续线内我国主张拥有主权和管辖权的南海海域

因为南海辽阔无际，整个自然海区的面积为350万平方千米，断续线之内都是中国主张拥有主权、管辖权的海域面积，有200多万平方千米，这一面积是黄海38万平方千米的5倍多，是渤海、黄海、东海总面积的1.7倍多。可见要在浩瀚无边的南海上护渔护航，光依靠K-123型鱼雷艇已经不够。因为K-123型鱼雷艇只适用于近岸海区与其他兵力协同作战，它的续航能力有限，所以必须有快艇母舰护送它们，才能远航到经常出事的南海上。

现在，快艇部队突然来到榆林军港，准备工作来不及跟上，原有的码头原本就不够用，所以"3-182"母舰及其用作靶舰的"3-181"运输舰平时就不能停靠在码头上，只能抛锚停泊在离码头不远的内港里。而眼下母舰就是他们部队的基地，无论是日常训练还是出海训练，都要上母舰去完成，艇队官兵从营房所在的海边到"3-182"母舰必须驾驶鱼雷艇或划小舢板。对骆传骊来说，只有划舢板上母舰一条路，因为他平时不与艇队住在一起。

作为到南海后进入正式科目训练的前奏曲，划舢板训练开始了，这也是锻炼部队适应南海之"大"训练的开始。训练过程中，骆传骊等指

"船老大"们划着舢板上军舰

挥员训练用的是2-3人小舢板，艇员们训练的是10人舢板。部队请来的教练来自兄弟部队，他们从单边划直线开始，每天训练4个小时，然后左右转、后退、刹车，再逐步增加难度。就这样，官兵们顶着烈日酷暑，不畏水急浪大，手掌磨出泡照样练，终于在正式训练之前都成了能划舢板的"船老大"。

　　部队刚开始进入到恢复性训练的时候，都是安排白天到外海去训练，对运动中的靶舰实施鱼雷"虚放"攻击。轮到出海的官兵早晨3：00就要起床，盥洗后他们就分别驾驶鱼雷艇或划舢板赶在4：00到母舰上或登上靶舰，上舰以后再在舰上补睡觉，然后再吃早餐。一般大约在7：00点钟的时候母舰会把快艇送到指定海域，快艇从母舰上吊下后继续驶向指定地点按计划进行鱼雷攻击训练。不出意外的话，到中午11：00点钟训练可以结束，母舰及靶舰再把他们分别送回码头，然后它们再开回到海中央抛锚停泊。

对每一艘快艇而言，它们是轮流出海而不是每天出海，但对骆传骊他们一线指挥员来说几乎每一天都要出海"督阵"。风平浪静的时候，小舢板划水漂移，骆传骊觉得在海面上滑行的感觉很舒展，很"爽"；但遇大风巨浪，小舢板时而浪峰、时而波谷，时而又漂流于海平面，这种劈波斩浪的滋味打心眼让他发怵，所幸他没有遇到过真正的暗流漩涡。

看来骆传骊那天在红沙镇上借口说的"回去练习划舢板"还真不是"借口"。对青岛基地上的"快21大队"来说，这是一项没有列入正式训练的科目；但对南海榆林的"快21大队"来说，则是训练科目正式开始前必须学会的科目，是8月19日他们抵达榆林军港后才增加的训练项目。

### 3. 过了一关又一关，还要再过"人"这关

"快21大队"进驻榆林港，与天斗、与海斗，还要与南海上的"人"斗。南海上的"人"，既有海上捕鱼生产的渔民，也有败走台湾岛但时刻都想反攻大陆的国民党残余势力。1954年前后，我国东海、南海有许多地方，陆地虽掌控在新中国人民手中，但制空权并没有完全掌握在自己手中，国民党飞机常常会飞入属于大陆的领空进行侦察，然后飞回台湾。部队初到榆林港就遭遇过国民党飞机跟踪阻截而发生的一起乌龙事件，那是他们部队抵达榆林港不到一个月的9月15日。

早上骆传骊同往常一样去码头检查，听鱼雷兵说中南军区海军安排运输舰送来的鱼雷马上就要到达码头，他想："我怎么不知道有这回事？"于是完事之后他没有回办公室，而是很不放心地走到运输舰停靠的码头上，想着第一时间见到这批鱼雷。没想到舰船还没开进榆林外港，榆林上空就拉响了警报，随着战斗警报的响起，停靠在海边的8艘鱼

雷艇纷纷发动机器，起动锚链，按战争状态各自疏散，进港待命。警报解除后大伙才听说就在运输舰前往榆林港的时候，驻海口的空军警戒雷达发现空中有几架国民党军的战斗机在我南海领空飞行侦察，并朝海南岛南端榆林港方向飞来，于是空军立刻通知榆林港海军，并作好战斗准备。

后来运输舰驶进军港码头停靠后，舰上负责押运武器的海军走下舰与快艇部队交接，这时骆传骊才发现这次送来的不是"鱼雷"，而是"鱼雷架"。原来那时的通讯不发达，工作联系主要依靠发电报，因发报员少发一字，让国民党情报机构截获的信息就少了一字，便通过空中飞机对他们以为是运输武器的船只进行跟踪，企图对它实施海上炸毁。这一起事件折射出20世纪50年代初中期，虽然"快21大队"来到了南海前哨，但敌人却从来没有停止干扰。

快艇部队进驻榆林港度过短暂的陌生环境适应期后，就投入到边建设边训练之中。但一开始在从"黄海"海军变身"蓝海"[1]海军的恢复性训练中，让部队始料不及的还有几起与渔民"纠缠不清"的事件，以前在黄海就没有遇到过。

那天是1中队出海训练鱼雷"虚放"攻击，骆传骊还是凌晨3：00起床，4：00就上了靶舰，参谋长也上靶舰。早上7：00，1中队的单艇实放马上就要进行，这时骆传骊站在靶舰的驾驶台上，拿起望远镜向远处瞭望，发现前面隐隐约约地有一艘船在海上漂泊，他是近视眼不敢下结论，于是叫来参谋长，参谋长拿起望远镜，看到远处好像是一艘打鱼船，这下靶舰上的人都紧张起来。有人说："打鱼船进入训练海区了？会不会是国民党海军乔装渔民来刺探海南岛我军实力？"参谋长此时果断下令："137""138"两艘快艇追上渔船，上船检查。快艇追上渔船

---

1.快艇部队从青岛黄海来到南海，因为南海水的透明度3-20米，呈蓝绿色，所以称之为"蓝海"海军。

经对他们进行盘问、搜查后，觉得船上渔民不像是训练有素的军人，只好对他们教育一番，告诉他们今后只能在规定的海区内撒网打鱼。

看到渔民随意进入训练海区，骆传骊着实惊出了一身冷汗，联想到今天没有出海的"147"号艇，它的尾部螺旋桨因渔网缠身而被打坏，若今天出海的快艇也驶进渔民撒网的海域，那不就是第2艘、第3艘"147"号艇吗？渔网绕上鱼雷艇底部，停俥、漂航、失控等事故险情都有可能发生，后果不堪设想。这种跟渔民缠在一起的情况以前在渤海、黄海很少见，部队出海训练与渔民打鱼生产都划分出海域，相安无事。而现在南海上快艇部队刚刚进驻，许多"规矩"还没有建立起来，即使有些已经建立起来，南海渔民也还没有养成自觉执行的意识。

## 4."3-182"母舰也跟着部队一起闯关

自从7月30日在广东新湾时中南海军向"快21大队"传达美军舰队开进我国南海的领海后，部队每天都处于备战或临战状态，每天都要安排值更分队带战雷值更巡海，进驻榆林港后更是如此。在榆林快艇基地还没有建设完工之前，部队除训练在海上外，所有的维修、保养全都在"3-182"母舰上完成，母舰上的维修车间就是鱼雷检修所和轮机修理所。除维修、保养外，还有吊艇、放艇、离靠码头（母舰）、装雷、装燃油、卸雷、给鱼雷换水充气等，凡在母舰上完成的各个项目都要训练。为适应这一变化，骆传骊与其他航海、机电、枪炮等各业务长都各自认领《快艇部署表》中自己负责的项目，结合母舰这一移动平台对《快艇部署表》20多项训练项目作出补充调整。

检修所里的鱼雷检查本来就是个技术活，后勤处鱼雷兵必须对它们挨个逐条地严格检查，要把鱼雷分系统通通透透地检查个遍。鱼雷业务长则要对鱼雷兵的鱼雷检查作出检查，对值更分队所装的战雷的检查工作量就更大。鱼雷检查的项目非常多，实际检查时要求鱼雷兵分号操作，通常是几个人分为一组互相配合着检查，谁负责哪些动作或项目，在《快艇部署表》上处于什么位置等都有明确规定，这些都需要鱼雷兵熟记在心。骆传骊业务长去检查时，鱼雷兵要边报检查口令边做检查动作，若有遗漏的话就会要求鱼雷兵重新检查。由于许多鱼雷曾多次作为"操雷"反复使用，先天不足，所以有时用一天时间也检查不完一条雷，有些项目检查起来非常费时间，也非常劳神、费脑子。

《快艇部署表》20多项训练项目对这支从青岛基地移防过来的部队里的每一个人都不陌生，所以在10月1日之前他们就完成了"战斗与日常部署""单艇航行准备"等共同训练项目，"3-182"母舰为"快21大队"初到榆林港立足脚跟立下了不可磨灭的功劳。但母舰有时也会"掉链子"，在部队即将完成"虚放"攻击训练要进入到对活动靶舰进行鱼雷攻击的前两天，10月20日就发生了一起因母舰机械故障引起的事故。

"3-182"母舰毕竟由经历过"二战"战火淬炼的LSM中型坦克登陆舰改装而成，内部零部件看似还能工作，实际有的已变得脆弱不堪。也可能是在护送"快21大队"从广东新湾港前往海南榆林港的一路上曾经遭遇了暴雨突袭和烈日炙烤，舰上的空气压缩机开始罢工，而母舰上只安排了两位军械师，要让他们凭肉眼和手工榔头来查找原因根本就无从着手。这一罢工影响到了部队的训练计划，后果相当严重。当时榆林港还没有专门的修船厂，机械加工单位只有一家正在建设海军基础设施的建筑公司，部队只得寻求建筑公司的工程师来支援。经过一番事故排查他们发现原因在于压缩机里面的零件老化得不行，导致发热引起停机。大家的意见是逐个换零件就好比是头痛医头脚痛医脚，不如换个全新的压缩机。但相同型号的压缩机榆林港这里没有，要到海口去采购，好在最后经过大家的努力，很快买来同型号压缩机救活了母舰，但训练还是被耽误了几天。

　　榆林港建军创业初期，码头使用格外紧张，搞得"3-182"母舰经常因为躯体庞大而靠不上码头。11月11日，骆传骊业务长随2中队出海，鱼雷进攻数回一切顺利，所以中午11：00就回到了码头。但那天码头上军舰排队等靠码头，"3-182"母舰一直等到下午14：00才总算靠上，白白在海上漂了3个多小时，让骆传骊很窝火。因为自从部队抵达榆林港安顿下来后，骆传骊又开始重操"旧业"，现在他是大队鱼雷业务长了，日常工作总是排得满满的。他在进行技术训练的同时，战术训练也同步进行，为各业务长讲授《鱼雷爆破》，为母舰上的鱼雷兵授课《鱼雷架》，为母舰艇长、快艇艇员讲授《和护航舰的协同作战》。为了讲好这些课，他的空余时间就比别人来得更加宝贵。

　　没想到让他更窝火的是一上码头，就有人来告诉他"'141'号艇漏水了"。骆业务长想不该来的故障也来了，他疾步掉头就去找参谋长："虽然现在还不知'141'号艇漏水是什么原因造成的，但把不耐风浪的鱼雷艇长期停泊在海水里肯定会影响到艇的寿命。上次已经打过报告，建鱼雷艇仓库一事不宜再迟了。"

　　他还向参谋长建议说："鱼雷也是同样，它们从黄海来到南海，今后还要随母舰出海，要在舰上待命短则数天、长则数月，这段时间除受到海洋大气变化的影响外，还要经受高温炙烤、强光照射，还有强降雨后的骤然降温等自然天气影响，所以鱼雷洞库也要赶快建，不能让它们回来了还一直放在母舰上遭受海洋大气的侵蚀。"骆传骊越说越激动，他把大到鱼雷艇必需的设施如鱼雷艇仓库、修理厂以及鱼雷养护所需的设施如检修所、储存洞库；小到如快艇、母舰上常需的备件都统统倒了出来。参谋长听他说得有道理，就让他把看到的想到的都整理出来写成报告，他会放到大队部会上马上讨论，加快部队基础设施建设。

　　"快21大队"初登海南岛建军创业，一艘改装的坦克登陆舰成为他们部队的基地，遇到的困难特别多，诸如自然环境不适应、基础设施待建、必须划舢板渡海上母舰、母舰上零部件开始老化、渔民素质亟待提升，还有国民党军队的海空侦察拦截，等等。在这一阶段，官兵们不畏困难，勇敢闯关，边建设边投入训练，硬是在榆林港这张白纸上描绘出快艇部队建设的远大蓝图。

# 二十七、参加军训大会，回走一趟"来时路"

## 1. 鱼雷快艇以"小"击"大"的胜利捷报传到天涯海角

　　1954年11月15日，对"快21大队"来说是一个有纪念意义的日子。这一天，他们在南海上的常规训练项目全部完成，成为了他们从白天转到夜间训练的转折点，也昭示着这支被紧急调防到南海的"黄海"海军部队，离执行上级下达的为国际船舶护航的指示越来越近。

被击沉的"太平"号护卫舰

　　而就是在这一天的前一天（注：11月14日）凌晨，为抗美援朝而组建的"快31大队"1中队在东海渔山列岛附近以小艇击沉国民党"太平"号大护卫舰，灭敌斗志，扬我军威，小小的鱼雷艇终于海上亮剑送出炸药包。那天晚上，田松大队长在露天操场召开全体军人大会，在进入总结并作动员之前，他首先向全体官兵报告了一件鱼雷艇以"小"击"大"取得海战胜利的喜讯："'快31大队'1中队经过近半年接敌条件下高强度训练，战斗技术水平显著提高。昨天凌晨（即1954年11月14日），在浙东渔山列岛海域击沉国民党海军'太平'号护卫舰，创下了我国海军鱼雷快艇部队组建以来以小艇战胜国民党大舰的首胜战绩。"

因还没有获得战斗经过的详细报告，大队长报告言简意赅，但操场上立刻沸腾起来，那股狂喜的心情把这两个月来的艰苦训练化成了继续训练早日护渔护航的决心。骆传骊也是激动不已，他高声地对战友说："31大队1中队，这支由我们21大队精兵强将加入组成的快艇中队，没能在朝鲜战场上剑出鞘，却在浙东海上显神威，这才是'蛟龙出海无敌手'啊！"

在"快31大队"首胜战绩鼓舞下，"快21大队"开始了茫茫南海的黑夜训练，在黑暗中摸索再闯关。到1955年年初，他们大队完成了最基本的训练，能在昼夜一般气候条件下以中队为编队对"敌舰"进行攻击，此后便陆续投入到护航行动中。如行驶在中波航线挂波兰国旗来中国的商船，以往都先驶往榆林港等待中国海军护航过台湾海峡，现在就能直接驶往我国内地港口，从而结束了我国解放初期通往华北各港口的中外船舶不得不在华南各港口停泊、卸货，再铁路转运的被动局面。

## 2. 坐上"木炭车"去参加军训大会

1954年12月12日，中央军事委员会召开扩大会议。会议讨论了实行义务兵役制等三大制度和全国各大军区的划分，还有部队的军事训练和干部培训等方面事项。为贯彻这次扩大会议精神，尤其是有关部队军事训练的精神，海军于1955年1月15日至18日召开了"海军党委扩大会议"，同时决定春节过后立即召开海军快艇部队的军训大会，会议地址定在青岛。

元月21日一早，田松大队长找到骆传骊，通知他立即购票，赶在正月初六即元月29日前到广州石榴岗中南军区海军司令部报到，由他代表身处中国最南端的"快21大队"参加在青岛召开的快艇部队军训大会。1955年的春节来得早，元月24日就是大年初一，大会时间虽定在2月7

日，但中南军区海军召集的预备会议却安排在新年刚过完的正月初六，会后大家再转辗至青岛参加正式会议。

接到大队长的参会通知，骆传骊掐指算算广州的预备会加上青岛的正式会议虽然总共不过10天时间，但从海南岛榆林到广州再到青岛的来回时间得花上1个月，这在今天难以想象，但那时的海南岛就是那么得天高水远路迢迢。当然，前去青岛参加会议，回走一趟"来时路"，骆传骊心里还是挺高兴的。他盘算起无论如何也要绕道上海，看望多年不见的父母及弟妹；还要抽时间回趟莱阳路8号，看望还在青岛基地的快艇第一纵队的"老战友"。他想：说不定哪一天他们也成为"流水的兵"，奔向海的另一方。

解放初期海南岛的木炭车，这辆车车身上写着
"仲明木炭代油炉汽车"

20世纪50年代，由于帝国主义的封锁，海南岛岛上汽油奇缺，公路沿途加油设施也不齐全，导致公共汽车无法依靠汽油正常运营，上路的也只有海南岛独有的"木炭车"。"木炭车"最高时速为20千米，要由4个司机师傅轮流换岗驾驶，其中一个开车，两个加炭，还有一个专门摇鼓风机，加上从海口到榆林的海榆东线那时才刚开通，全长330千米，但公路等级却很低，而"木炭车"晚上又不能上路，所以4个司机师傅得花上两天时间才能走完这330千米。

因为在海南岛的路上就要花掉两天时间，所以骆传骊最迟必须在22日小年夜上午启程，这样才可以争取坐上24日大年初一从海口驶往广东海安镇的轮船，否则就有可能赶不上28日前到广州石榴岗军区司令部报到的时间。于是他赶紧让助理员去协助购票，自己则急匆匆地去向他的助手李树刚交代接下去要完成的训练任务，再去找会计开好支票，跑去三亚的银行换取现金，就这么忙乎了一整天。

助理员没有买到从榆林港到海安镇的车船联运票，只买到了22日从榆林到海口的车票，所以到海口后骆传骊还需自己去购买渡过琼州海峡的船票。长长的琼州海峡最宽处有39.6千米，最窄处仅19.4千米，这一处海南与广东之间相隔最窄的海峡就在海口市秀英港与徐闻县海安镇海安港之间，但渡轮在海上还是要花上两个小时的时间。他连夜整理行李第二天一早就出发了。

海安镇的地理位置非常独特，它是中国大陆最南端的镇，它离广东省会城市广州很远，而离海南岛海口市很近，它隶属于广东省湛江市徐闻县。那时徐闻县到广州市中心没有直达公路，必须先到湛江市的西营（现"湛江市主城区霞山区"）坐船过海到东营（现"坡头区麻斜街道"）。再换车到江门市阳江县（现已从江门市划出成为地级市"阳江市"）住宿一晚，然后再乘船从阳江到广州。

元月22日已是1955年的小年夜，骆传骊同其他参军当兵的一样，一切以国家利益为重，当众家亲人团聚喜迎新年的时候，他却独自踏上陆海之路，度过他到达海南岛后的第一个春节。为了犒劳自己的孤独此行，他打定不能"饱口福"也要"饱眼福"的主意，决定每下榻一地，如果有时间一定要去看一场最新上映的电影。

## 3. 南国沿途过春节，不饱"口福"饱"眼福"

农历小年夜的一早，骆传骊坐上从榆林开往海口的"木炭车"出发了。"木炭车"穿越在陵水、万宁、琼海、文昌、定安、琼山各县之

海南热带青山绿树好风光

间，遇到爬坡时，"木炭车"力气不够，司机师傅还要将木炭换成汽油才能爬上去。第一天中午"木炭车"抵达陵水县城，下午16：00左右抵达万宁县城，一天的旅程宣告结束。抵达万宁后，司机都睡在车上，而乘客则必须自己找旅店住下。万宁县城当时非常小，骆传骊只找到一家简陋的小旅馆，可能是过年的缘故，连洗脚的热水都没有，更谈不上洗去一天颠簸下来的灰头垢面，只能将就地裹着脏衣服睡觉。

　　第二天是大年三十，原来的满车人变成了半车人，天未亮这半车人又开始上路了。骆传骊换到了最前排的座位上，透过驾驶座位的大玻璃窗，只见成片的橡胶树和剑麻从眼前略过，满眼青山绿树一派海南热带好风光，不知不觉就到了中午，抵达了琼东县（今"琼海市"）的嘉积镇。都说嘉积鸭是海南4大名菜之一，但那天的汽车站附近街面上居然找不到有卖嘉积鸭的店，骆传骊就吃了满满一碗清汤面填饱肚子，车又继续开动了。

傍晚17：00左右"木炭车"终于抵达海口市，骆传骊提着行李就去找旅馆。海口毕竟是大城市，旅馆很快就找着，东西放下后他赶紧前去轮船售票窗口购买前往海安镇的渡船票。幸运的是他同时还买到了一张晚上的电影票——苏联电影《萨特阔》，这是一部1953年出品的奇幻片。他很开心，心想要赶在电影放映前把年夜饭吃上。其实出门在外，他的年夜饭就是1份简单的便餐。

大年初一早上5：00骆传骊又起个大早，匆匆洗漱顾不上吃饭他就赶去公交汽车站，上车后很快就到了秀英港码头。可能是因为过年的缘故，竟找不到一家开张的早点摊，他只得饿着肚子上了驶往海安镇的"金星"号渡轮，一直到渡船抵达海安港，上岸后才买到麻饼充饥。他又换上前往湛江市中心的长途汽车。汽车中午抵达海康县城（今雷州市），到下午15：00抵达湛江市区。

1955年从徐闻到广州陆海联运图。图中红线除"西营"-"东营"是段水路外，都是陆路，而蓝线则是从江门到广州必须经过的海路

湛江市在20世纪50年代是广东省仅次于广州的第二大城市，现在的市委市政府所在地霞山区以前叫"西营"。骆传骊在西营找了一家旅店，但又是因大年初一的缘故，在市中心反而找不到吃饭的地方，于是他干脆在主城区里溜达开来，看看湛江这个曾经有过一段屈辱辛酸历史的法国殖民地城市，再看看象征殖民地历史的法国广州湾公使署旧址。走着走着他来到了主城区的边缘，看到有一家电影院在放映由桑弧、黄沙执导，袁雪芬、范瑞娟主演的越剧戏曲艺术片《梁山伯与祝英台》，他是上海人，越剧他听得懂，加上袁雪芬、范瑞娟等演员演得好、唱得好，所以他毫不犹豫地买了票子看电影。电影院边上有家小饭店开着，所以这一晚他看上了电影也吃上了饭，觉得很过瘾。

接下来的两天他就开启了车船接驳的模式。先是从西营海滨码头坐船过海到东营，然后再换车经梅菉镇、水东镇（今茂名市电白街道）在下午16：30左右抵达阳江县。这一路的路面糟糕透顶，让像骆传骊这样常年颠簸在惊涛骇浪里的"老"海军都受不了它的折腾，觉得肠胃都要倒出来了，所以一到阳江他就在车站附近的一家小旅社住下了。这一路的折腾让他感到憋屈、窝火，稍事休息后他又去找电影院，看了场朝鲜战争片《对空射击组》来消消气。

大年初三骆传骊还是5：30起床，赶车上路，车到江门市开平县（今已撤"县"建"市"）的长沙埠后再换乘海船前往广州。海船一直等到晚上才开动，他想："这样也好，省时间省心，这一晚就在海船上度过。"大年初四早晨，海船终于开进了广州，他立即跑去军区西濠招待所登记住房，但已无房，他只得把行李暂时寄放下来就坐车去石榴岗军区训练处报到，再去向军区参谋长、业务长以及苏联专家拜年问候，并到食堂办理购买饭菜票的手续。

就这样，为参加29日中南军区海军召集的海军快艇部队军训大会预备会，骆传骊从1955年的小年夜早上出发，一直到1956年的年初四才抵达目的地广州，路上足足走了6天，20世纪50年代的出行不便今天已难以想象。

## 4. 绕道上海终于回趟家

石榴岗司令部的预备会安排在1月29日，仅安排一天时间，主要是传达中央军委会议精神，布置各大队都要提交一份《1955年军训工作计划》，同时收缴已布置到各大队的《1954年军事训练工作总结》。骆传骊因为参加会议走得匆忙，他还没有完成首长布置下来需由他执笔完成的总结报告，所以1月28日年初五那天他就在石榴岗办公室起草《1954年军事训练工作总结》，1月30日会后又利用离开广州前1天的空档时间再对其修改成稿。

1月31日所有参会的业务长们就要坐上火车赴青岛了。因青岛会议要到2月7日才开始，从广州到青岛途经广东、湖南、江西、浙江、上海、江苏等省市，所以许多人都算好时间就近绕道回家一两天。骆传骊也把本可以直接从广州到济南，再转车抵青岛的线路拆成了两段，他先从广州到上海，再从上海到济南，然后再转车到青岛。

20世纪50年代的火车都是慢车，从广州到上海得走上两整天，他也激动了两整天。他已经有4年半没有回上海见父母了，虽常有书信往来，但"一日不见，如隔三秋"，更何况是4年半！他1950年暑假结束离开上海时，家还是在靠近西藏中路的宁海西路上，现在已经搬到了靠近南京东路的河南中路上，火车越驶近上海他心头越难以平静，不知家里都有哪些变化？

2月2日下午15:00左右火车驶进了上海老北站，他出站后就去车站售票窗口买好了2月4日早上5:30驶离上海开往济南的火车票，然后再回到父母家中。河南中路新家靠近南京东路离老北站不算远，当他一脚跨进家门的时候全家人都惊喜到了，终于团聚了！可惜满打满算给他留在家里的时间连吃带睡总共只有36个小时，两个晚上加一个白天。这个白天他陪母亲到人民公园拍拍照，再到公园对面的大光明电影院看了场苏联儿童电影《丘克和盖克》就度过了，浓浓的亲情想留也留不住。

2月4日凌晨3:00母亲就把他叫醒，打包好了当天在火车上够吃上3餐的干粮、水果，然后亲自送他到浙江路靠近北京东路的14路电车终点站。骆传骊依依不舍地离开了温暖的家，重新上路。

火车开了一天一夜，2月5日上午就驶进了济南站。在站台上他遇到了也是前去参加青岛会议的华东军区海军3位业务长，他们商量下来决定把睡觉休息留到夜里的火车上，这样白天他们可以一起在济南城里逛逛，见识一下这座历史名城的文化风貌。于是他们一起找了家旅馆，开个钟点房，然后去了大明湖、趵突泉以及新华书店、百货公司等，到夜里他们再一起坐上开往青岛的火车。

2月6日早上6:40火车开进了青岛火车站，他们4人拎着行李走出车站，一眼就看到了第一快艇纵队的大卡车，司机也认出了"快21大队"的骆传骊参谋，于是就把他们送到了开会地点——海军疗养院。这一路比较顺利，骆传骊办理报到手续安顿下来后，心就飞到了莱阳路8号。第一快艇纵队机关现就设在了莱阳路8号，他坐上公共汽车直奔莱阳路8号，急不可耐地去找燕京同班老同学黄君伟，他现在是纵队副机电业务长，可惜因为是星期天而没有找到他，他同时还去找了纵队鱼雷业务长王庆昌，也没有找到。没有办法，那就故地重游吧。他熟门熟路地先去新华书店买了几本书，然后又到"中国""福禄寿"和"胜利"等几家电影院去看看有什么没有看过的电影，结果"中国"和"福禄寿"两家的电影他都已看过，而"胜利"电影院的《孽海花》票已经卖完。电影看不成了，他只得坐上车去中山公园再走回疗养院。晚上会务处召集大家集中开了会议的预备会。

# 二十八、军训大会上"华山论剑"

## 1. 第一场"华山论剑"由总队鱼雷业务长主持

　　从1955年2月7日开始的会议，会期一共8天，共安排3项议程。第一项议程，学习领会中央军委关于军事训练的文件精神；第二项议程，讨论分析近期华东海军快艇部队用鱼雷艇攻击国民党大军舰的几场海战战例；第三项议程，组织参会代表前往成立不久的青岛基地海军驱逐舰大队登舰参观。

　　2月9日上午的会议进入到海战战例讨论，难得的全中国最懂鱼雷艇战术、负责鱼雷艇部队作战训练的"权威"集聚一堂，又恰逢前不久连续发生在我国东南沿海以"小"击"大"、以"弱"胜"强"，由鱼雷快艇书写的几场海上战斗，真可谓是高手云集，华山论剑，直接影响到今后各部队的训练与士气，让大家对这两天的会议充满期待。

　　第一个讨论战例是发生在去年（注：1954年）11月14日凌晨由"快31大队"1中队出动4艘鱼雷艇发出8枚鱼雷，其中有1枚一举击沉国民党海军"太平"号护卫舰的那一场战斗。令骆传骊没有想到的是第一位带领与会代表"华山论剑"的竟是青岛基地第一快艇纵队王庆昌业务长。

　　第一快艇纵队由原来

随着一声巨响一枚鱼雷准确命中目标，
国民党门面大舰"太平"号沉入大海

的"快21"和"快31"两个大队各4个中队组建而成，是当时规模最大的快艇部队。后来"快31大队"的第1、第2两个中队先后于1954年4月和1954年6月移防到东部沿海舟山群岛，随后"快21大队"的第1、第2两个中队也于1954年7月8日移防去往海南岛榆林港，这两个大队留下来的另两个中队又合并组建"快41大队"、独立组建"快71大队""快81大队"等新的快艇大队，完成组建后，青岛基地第一快艇纵队面貌焕然一新。骆传骊在青岛"快21大队"时跟王庆昌业务长切磋"技艺"的机会不少。当年改"美制"LST型坦克登陆舰为"苏制"Б-123型鱼雷快艇母舰，他们一起在母舰上试验、检验吊艇装置；母舰移交"快31大队"也是他们俩分别代表"供"和"需"各一方办理移交手续。成立第一快艇纵队时，王庆昌被任命为纵队鱼雷业务长，骆传骊在离开青岛前曾经在纵队机关向王业务长学习鱼雷业务长业务。

这次王庆昌业务长是以专家身份来主持第一场"华山论剑"，因底下就座的包括各级首长、苏联专家等都是常年在海上负责鱼雷艇训练的参谋长及业务长，况且这场战斗取得胜利之后，海军苏振华政委已经组织英雄事迹报告团到各部队作过《击沉"太平"号舰》的巡回报告，而且报告团主讲人就是同时兼任"快31大队"大队长兼政治委员的第一快艇纵队纵队长陈绍海。陈绍海纵队长赴榆林"快21大队"作报告时间是1954年的最后一天，即12月31日，骆传骊同其他与会代表一样都已经听过一遍有关"快31大队"1中队到舟山以后如何刻苦训练的先进事迹，以及那场战斗的经过、经验与教训。

陈纵队长在介绍战斗经过中谈到，当时我方在这次战斗前，已经作好各种组织与训练准备。为了鱼雷艇能够以"小"击"大"正式上战场，"快31大队"驻泊舟山以后即成立战斗指挥所，由他亲自任最高指挥。"快31大队"1中队的6艘鱼雷快艇在舟山海区进行3个月驻泊训练，其中3次战术导演和4次夜间攻击演习都是由陈绍海纵队长亲自督阵，所以他对1中队开战前3个月的战术苦练、临战前指挥员们的运筹帷幄、开战中鱼雷艇的冲杀射雷都了如指掌。

当时战斗指挥所分设岸上和海上两部分。岸上指挥所由"快31大队"副大队长纪智良负责,人员组成十分精干,只有作战参谋、枪炮参谋和有关部门业务长。岸上指挥所平时组织训练,战时指挥参战舰艇在观通站雷达引导下快速接敌和撤出。海上指挥所设在"155"号鱼雷艇上,由中队指导员朱洪禧[1]和副中队长铁江海负责,平时领导训练,战时在岸上指挥所指挥下具体执行战斗任务。

鉴于上述情况,王庆昌业务长的这场战例分析就不再从宣传的角度重复他们的作战经过,而是从客观地介绍被击沉的"太平"舰的过往开始,分析敌我双方在这次战斗中的各自表现,尤其是我方包括临时"掉链子"而没能上战场的3分队两艘鱼雷艇共6艘小艇的作战表现。

## 2. 国民党主力舰——"太平"舰的历史过往

抗日战争时期,中国海军曾向美国租用过8艘军舰,统称作"八舰"。抗战胜利后,美国把这些租借的"八舰"无偿赠送给了中国,其中两艘是护航驱逐舰,被国民党海军更名为"太康"号和"太平"号;4艘扫雷舰被分别更名为"永胜""永顺""永宁""永定"号;两艘护航巡逻舰被分别更名为"永泰"号、"永兴"号。

"太平"号舰是二战以后美国援助蒋介石国民政府的"八舰"中的1艘护卫舰,后来成为国民党海军的主力舰之一。该舰全长88米,宽10多米,标准排水量1100多吨,舰载官兵200余人。舰载主要武器有:

---

1. 朱洪禧:1943年参加八路军,1945年加入中国共产党。建国后,历任海军快艇中队指导员,海军快艇大队政委、大队长,快艇支队副参谋长,海军水警区司令员,海军基地参谋长、基地副司令员,海军北海舰队参谋长、副司令员。1988年被授予海军中将军衔。

当年的国民党海军的主力舰之一"太平"号护卫舰

76.2毫米舰炮3座，射程13千米；40毫米舰炮4座，发射高爆弹时最大射程10多千米；20毫米高射机关炮10门。

1946年8月抗战结束，"太平"号舰在收复中国在第二次世界大战期间被日军占领的南海岛礁、捍卫中国领土主权的行动中曾有过血性表现。那是在1946年11月至12月间，为收复被日本和法国殖民者侵占的南沙群岛和西沙群岛，以"太平"号舰为旗舰，加上"中业"号坦克登陆舰、"永兴"号护航巡逻舰、"中建"号坦克登陆舰组成的舰队，接收并进驻南沙和西沙群岛。舰队以时任国民党海军司令部上校附员林遵为指挥官，时任国民党海军司令部第二署（情报海政）海事处上校科长姚汝钰为副指挥官。为争取同时进驻南沙、西沙两群岛，任务编组为两支分舰队，指挥官林遵率"太平""中业"两舰为"南沙分舰队"，运送海军陆战队及物资进驻南沙群岛；副指挥官姚汝钰率"永兴""中建"两舰为"西沙分舰队"，运送海军陆战队及物资进驻西沙群岛。

1946年12月12日，在南沙，林遵率将士们登上了其中较大的一座以前被中国渔民称为"黄山马峙"的岛礁之后，推倒了日本人在岛上竖起的带有侵略者痕迹的石碑，以南下舰队旗舰"太平"号护卫舰命名，把该岛改称"太平岛"，并在岛西南方的防波堤末端竖立起"太平岛"石碑；在岛的东端，另立"南沙群岛太平岛"石碑。立碑完成后，登岛官兵在林遵的率领下，在石碑旁举行了庄严的接收和升旗典礼，"太平岛"从此回归中国。

发生在1954年11月14日凌晨击沉"太平"舰的那场战斗，是新中国海军快艇部队第一次出战并取得决定性胜利的一场战斗，给苏制 Б-123型鱼雷艇在海军战史上留下了浓重的一笔，引起全世界海军界的高度关注。在这次战斗中，海军鱼雷快艇第31大队1中队王铭艇长的"155"号艇，于化武艇长的"156"号艇，赵洪伦艇长的"157"号艇，郭继祥

"太平"岛西南方防波堤末端竖立的主权碑

1946年12月12日林遵率官兵登上"太平"岛

艇长的"158"号艇等4艘鱼雷快艇在海岸雷达站的引导下，利用夜黑的条件，在14日凌晨直接击沉美制国民党"太平"号护卫舰，这是一次成功的鱼雷艇夜袭战例。但由于击沉"太平"舰是新中国海军鱼雷快艇的首战，指挥员缺乏临战经验，导致快艇部队在战斗中曾出现一些失误。所有这些战斗经验与失误教训就成为参会代表最有兴趣讨论下去的话题。

3. "华山论剑"——论击沉"太平"舰这把利剑

　　击沉"太平"号舰这一战，因战斗地点发生在浙东沿海的渔山列岛附近，所以这场战斗也被称为"渔山列岛战斗"。对于这场战斗所取得的胜利，战斗中"快31大队"1中队指挥员、战斗员的英雄行为、战斗经验，在战斗结束后已经有许多宣传和介绍。为了以后取得更大的胜利，与会代表的讨论更聚焦在战斗教训上，比较集中的有以下几个方面：

　　一是细节决定成败。那天1中队准备参战的有3个小分队6艘快艇，原定1、3分队进抵高岛战位待机，2分队留守石浦锚地，但因为3分队没派值更员，没有去关注潮汐变化，结果3分队的"159"号艇和"160"号艇与登陆艇一起搁浅，螺旋桨受损动弹不得，最后由护卫舰拖回定海修理。临阵换将，不得不派2分队"157"号艇和"158"号艇抵进高岛接替3分队。

　　二是护卫艇与鱼雷艇协同作战乏力。开战前担任海上指挥的朱洪禧、铁江海向岸上指挥纪智良报告发现敌舰后，纪智良也同时命令两艘护卫艇出击协同，但没有想到的是护卫艇还没有跟上，战斗已经结束。护卫艇与鱼雷艇协同作战中速度与战术配合在那时对人民海军来说是一道难题。"快21大队"到海南岛驻扎下来后，骆传

摄于2016年的两位指挥击沉"太平"号舰的纪智良（左）与朱鸿禧（右），另一位指挥员铁江海因病于1968年3月去世，骨灰安放在上海龙华烈士陵园

骊就开始研究这一课题，已经在榆林港给艇长讲授讨论"护卫艇与鱼雷艇协同作战"的专门课题，但当时他也只是根据苏联教程作理论研究，这一场战斗给他上了一堂生动的实战应用课。

三是编队指挥员的艇队行动指挥经验不足。朱洪禧、铁江海在向岸上指挥纪智良报告的同时，已经部署了1分队"155""156"号艇主攻，2分队"157""158"号艇牵制，只要组织得好，在向敌舰发起攻击时，主攻小队齐射，鱼雷能够射得出、打得准，就能击沉敌舰。但那天攻击时由于指挥员缺乏指挥经验，造成队形没有展开，原定的1分队、2分队批次攻击、协同作战计划失败，最后只能一路纵队攻上去依靠发射点各不相同而击中。

四是临阵慌乱暴露目标。这场战斗中敌我双方都有目标暴露行为。"155"和"157"号艇在撤退时都忘记是在黑夜作战，而是按照白天作战的条令施放烟雾并打开消音器高速退出，以致暴露目标，所幸"太平"号舰中雷后也忘了"规矩"，忘了应该用火力追击。"太平"号舰忘记的还有夜间灯光管控的规定，在4艘鱼雷艇距离它10多链的时候，驾驶台竟有人开舱门进出，虽只是一瞬间，却给了我方在夜间提早发现敌舰方位的良机。

五是苏联快艇作战条令不适合我国东南海区。苏联海区与中国东南海区海情大不相同。早在10月中旬1中队就发现过3艘国民党"太"字号护航驱逐舰在大陈岛海区出没，尽管纪智良副大队长以自己曾带队在4级风浪中航行的经验为依据请求出击，但苏联海军快艇条令规定只能在3级风浪以内出击，所以因为那天的4级风浪而被上级"严格按条令办事"，眼睁睁地看着敌舰溜走。以后还出现过这样的机会也一一放弃。开战那天，气象预报是中浪，风力4级，但因按预定计划1中队必须在15日大风浪季节来临前撤回舟山，也就是说留给他们用鱼雷艇歼敌的机会只剩下一天，纪副大队长不想空手而返，就派"158"号艇艇长郭继祥去海面观

在首都军事博物馆中展出的158号P-4型鱼雷艇

察实际气象情况。不一会郭艇长回来按主观判断报告说："中浪，风力2-3级，能见度好"。这样的气象条件倒是符合条令规定的鱼雷艇出战要求，纪副大队长果断下令搜索目标开战，这才有了新中国海军战史上第一次开战就旗开得胜的战果。

上午击沉"太平"号舰的战例讨论气氛热烈，欲罢不能。下午分组讨论，因参会的都是快艇部队作战参谋人员，所以他们除关心这场战斗的经验与教训之外，同样关心击中"太平"舰的这枚鱼雷究竟是谁发出的？他们要以科学的计算来得出每一艘艇的命中率和杀伤率，这是一道算术题，也是一道物理题，他们不是要为谁请功或对谁追责，而只是要从科学分析的角度来追寻真相，这也是他们的职责。

如果说上午的讨论气氛热烈，那下午的讨论气氛就有点紧张。根据那天快艇攻击时的实际航速，各快艇与"太平"舰目视的相对距离，目视接触后各艇鱼雷射出的时间以及关键的敌舷角等参数，最后各组给出的讨论意见各执一词，认同于化武艇长带领的"156"号艇和郭继祥艇长带领的"158"号艇击沉"太平"舰结论的人数最多。

但讨论就此为止，没有给出结论，这是因为两方面原因。一是各艇给出的数据不可避免都会有主客观误差；二是击沉"太平"号舰的胜利，是中国自19世纪下半叶组建近现代海军以来首次用鱼雷武器击沉敌舰，其意义远远超出击沉"太平"号舰本身。况且人民解放军历来倡导的是集体荣誉，所以究竟是谁射出的鱼雷击沉"太平"号舰，成为永远没有答案的"谜"。那天参加海战的"155""156""157"和"158"

号艇都分别荣获集体二等功。若干年后在北京落成的"中国人民革命军事博物馆"里，"158"号鱼雷艇作为功勋鱼雷艇被展示陈列。

# 二十九、参观驱逐舰大队后继续"华山论剑"

## 1. 上驱逐舰大队见证人民海军从筚路蓝缕到蔚为大观的第一步

　　击沉"太平"号护卫舰是人民海军鱼雷艇的首战胜利,增强了海军官兵使用鱼雷小艇向国民党舰船开战的勇气与信心。仅在短短3个月内,驻守长江口的华东海军"快1大队",刚刚参战击沉"太平"号舰的"快31大队",以及刚从辽宁丹东南下东海的"快41大队"都加入到近期几场重大的海战中。

　　在讨论"快31大队"击沉"太平"号舰后,会务组先组织全体参会海军代表参观当时最先进的"鞍山"号驱逐舰,见证人民海军从筚路蓝缕到蔚为大观的第一步。然后继续"华山论剑",论另外几场我海军鱼雷艇主动出击与国民党舰船海战的成功与失败战例。

　　具有里程碑意义的"鞍山"号驱逐舰,是中苏两国于1953年6月4日签订《关于海军交货和关于在建造军舰方面给予中国以技术援助的协定》(即《六四协定》)后,中国政府以贷款形式向苏联购买的4艘驱逐舰之一,是人民海军拥有的第一艘大中型水面战斗舰。在《六四协定》中,注明苏联政府将在1953年至1955年期间,向中国提供海军装备和军舰建造技术上的援助,包括:大批现成舰艇和供中国造船业培养组装加工能力的半成品舰艇,共计约3万吨;6种中小型舰艇的全套设计图纸和工艺文件;此外还提供包括各种配套武器弹药、飞机、车辆、专用设备、船坞和造船设备、人员培训等整套海军必需的基础体系。这其中特别亮眼的是4艘曾服役于苏联太平洋舰队的"6607"型雷击舰(当时苏

"鞍山"舰，1974年其舷号从"201"改为"101"

联称"7型"驱逐舰；北约称"愤怒"级驱逐舰）。

1954年10月13日上午9时，苏联首批驶抵我国的舰艇编队在苏联太平洋舰队参谋长、海军少将彼得洛夫率领下，从海参崴启航，穿过对马海峡，驶抵青岛三号码头。编队由两艘"7型"驱逐舰——"果敢（坚定）"号和"神速（炽热）"号，两艘254K型扫雷舰——"T-43"号、"T-45"号以及两艘M级小型潜艇——"M-276"号和"M-277"号组成。同月25日，人民海军驱逐舰大队成立大会在青岛永安大戏院隆重举行；翌日，中苏双方在军港码头正式举行驱逐舰交接签字和命名授旗仪式，时任海军参谋长周希汉宣布了舰艇的命名，"果敢"号被命名为"鞍山"号，舷号201；"神速"号被命名为"抚顺"号，舷号202。

1955年2月10日，会务组参会代表前去驱逐舰大队登舰参观"鞍山"号驱逐舰和另一艘254K型扫雷舰。成立不到4个月尚在襁褓中的驱逐舰大队是那时新中国海军中难得一见的现代化部队，在参观"鞍山"舰时驱逐舰大队战友向代表们介绍了一则关于"鞍山"号舰名字的来历，引起大家的兴趣，也更加深了对萧劲光司令员远大目光的钦佩。

原来在筹建驱逐舰大队的同时，海军高层也在考虑军舰入编后取什么样的名字？当时有些首长提议用"北京""上海"这样的特大城市命名。但萧劲光司令员则说，这两艘战舰性能固然不错，是目前我军最好的，但它不能叫"上海"，更不能叫"北京"。道理很简单，它不是我们自己造的，军事装备发展要靠自己，永远买不到最好的。而我们要发展装备和舰船，基础在于国家的重工业，重工业的根本是钢铁工业。最终海军首长一致通过并上报中央军委，4艘即将交付我国的"7型"驱逐舰以当时我国最重要的重工业城市冠名，分别为"鞍山"号、"抚顺"号、"长春"号和"太原"号。"鞍山"号为旗舰。

在参会代表前往驱逐舰大队参观的那时，"长春"和"太原"号驱逐舰尚未交付我国，它们是到当年（注：1955年）6月28日才驶抵我国青岛军港，与第一批"鞍山""抚顺"号舰交接一样，中苏两军在码头上举行交接、命名、授旗仪式。自此，海军驱逐舰大队由2艘驱逐舰增至4艘，舰员也增至1000余人。

我国虽然拥有了4艘驱逐舰，但苏联援助我国的"鞍山"号等4艘驱逐舰主要武器装备仍是鱼雷和火炮。有鉴于此，当年（注：1955年）11月，中央军委颁布命令，将"中国人民解放军驱逐舰第五十一大队"改名为"中国人民解放军雷击舰第五十一大队"，并及时进行驱逐舰武器装备改装，直到20世纪70年代初，4艘驱逐舰才全部成功改装成导弹驱逐舰。

## 2. "单艇独雷"让"灵江"号成为被鱼雷击沉的最小号殉葬品[1]

前往驱逐舰大队参观"鞍山"号驱逐舰后，参会代表回到会场继续"华山论剑"，第二场议论的这把"剑"则是另一把击沉"灵江（洞庭）"号炮舰的利剑。

---

1. 这一节主要参考（1）山东画报出版社出版《世界鱼雷艇战史》（下），作者：刘致。（2）英雄张逸民著作《沧海作证——张逸民回忆录（上册）》。

自1954年11月14日击沉"太平"号舰到1955年2月5日快艇部队军训大会召开，在短短3个月不到的时间里，好几场由我海军鱼雷艇主动出击的战斗密集开战，最惊天动地的当数华东海军"快1大队"1中队"102"号艇艇长张逸民在温州积谷山东北海区创造的"单艇独雷"击沉"灵江（洞庭）"号炮舰这一场战斗。这场战斗用史无前例、空前绝后来形容一点不为过。

　　这场战斗发生在1955年1月10日，那是一个永远载入鱼雷艇战史史册的日子。那天我国东南海面正值寒潮来袭，风高浪急，气温在0°C以下还加小雨雪。"快1大队"1中队由1分队、3分队4艘快艇组成的艇队18：07在队长王政祥指挥下以低速进入浪区。然而进入浪区后却因天暗视距低而导致快艇之间难以互相找见，以至于出战的3分队"105"和"106"号两艘艇跟不上前面的导航艇而掉队，只剩下1分队的"101"号指挥艇和"102"号艇在茫茫大海里继续前行。当发现海面上出现的国民党"太湖"号护航驱逐舰后，他们根据指令以航速30节高速前进去追赶，当两艇占据有利阵位后打开了鱼雷发射管前盖，在指挥艇发出的"预备，放！"口令下，一瞬间，"101"号艇两条鱼雷全部出管，但雷尾却碰到了甲板，发射失败。"102"号艇发射也没有成功，它的左管雷所送的炸药只燃烧一半，鱼雷出管后雷尾也碰到了甲板。碰甲板的3条鱼雷都无力地打在艇舷上翻了个跟头跌入了海中，没有射向目标而成为"死雷"。而"102"号艇的右管鱼雷因为送药盒受潮严重，根本没有燃烧，所以也没有发射。就这样1中队出战的4艘艇8条鱼雷，最后只剩下"102"号1艘艇的右雷管还装着1条不能发射的雷，攻击"太湖"号舰作战计划失败。

　　当"102"号艇带着1条受伤的鱼雷返回锚地正在排除故障的时候，22：23，"快1大队"得到情报说又发现敌人"永"字号军舰出动。指挥所里，"快1大队"大队长张朝忠立即命令掉队返回的3分队"105"和

鱼雷艇倾斜一侧冒着时刻会倾覆的危险劈波斩浪

"106"号艇出航，前去攻击敌舰。张逸民听到这个消息立刻请求随编队出击。但当得到大队长批准时，"105"和"106"号艇已经走远，"102"号艇只能倾斜一侧艇身，带着一枚鱼雷，冒着时刻会倾翻的危险，劈波斩浪朝着战区出发。以后又发生了一系列波澜不惊的战况，最后战场上只剩下"102"号艇，在张逸民艇长带领下"单艇独雷"去追杀半路遇到的国民党"灵江"号炮舰。

"灵江"号舰是美制巡逻炮舰，于1946年5月赠送给国民党海军，当时命名为"洞庭"号，一直沿用到1954年4月1日，改名"灵江"号还不到1年时间。张逸民艇长在鱼雷发射极限距离200米时按下了鱼雷发射把，随着一声呼啸，火光喷出，发射管前盖飞上10多米高空，倾斜的快艇一下子得到平衡，而此时鱼雷在月光下闪出一道银亮光芒，在水面上跳了一下就不见了。

10秒钟后，对面"灵江"号炮舰舰桥下出现一个比船舷还高的白炽的火球，紧接着是一声闷雷般的巨响，伴随着一个约20米高的水柱，可以看到烟雾升腾，说明鱼雷正好击中"灵江"号炮舰的中部，使其立即失去机动能力，这在世界海战史上史无前例，鱼雷艇居然能够击沉吨位在500吨以下吃水不到3米的小炮舰。就因为"灵江"号炮舰被张逸民艇长的"单艇独雷"一举击沉，这艘炮艇也被载入鱼雷战史成为被鱼雷击沉的最小殉葬品。

海上孤胆英雄张逸民艇长"单艇独雷"击沉国民党"灵江"号炮舰

这一战，连同先前海军、空军的对敌打击，迫使国民党军舰在大陈岛附近敛迹，从而为1955年1月18日一江山岛战役的顺利实施创造了有利条件。

### 3. "华山论剑"——论张逸民"单艇独雷"这把利剑[1]

参加积谷山东北海域"单艇独雷"击沉"灵江"号炮舰这场海战的指挥员中，担任岸上指挥所总指挥的张朝忠大队长对于参会代表来说都很熟悉，因为参会者中大多数人都是从第3海军学校（曾称"海军舰艇学校""海军快艇学校"）走出的指挥员，包括骆传骊业务长。张大队长曾任第三海军学校教育长，现在是"快1大队"大队长，去华东海军之前还曾担任青岛基地快艇"快21大队"大队长，是许多参会海军代表的老首长。

而这场海战的主角张逸民艇长知名度并不高，骆传骊是熟悉他的，张逸民艇长是第三海军学校第2期艇长班的全优生，不仅仅是因为在校期间他们通过"教"与"学"建立起熟悉关系，而且他毕业后就分配到"快21大队"任3中队"144"号艇艇长，骆传骊那时刚由大队鱼雷参谋提升为见习业务长。

关于张逸民艇长带领"102"号艇全体艇员孤军作战击沉"灵江"号炮舰，创下"单艇独雷"击沉小炮舰的多项奇迹，早就是茶余饭后谈资热点，所以会上会

创造世界海战史记录的"102"号鱼雷艇

---

1.这一段分析参考《百度百科》上发表的《积谷山东北海战》。

下讨论都很热烈。

有人说："按照苏联海军顾问的要求，鱼雷艇出击全少要一个大队，一次性齐射几十枚鱼雷，形成密集火力提高命中率，以数量弥补精度不足。但铁的事实证明这种理论是教条的，是不切实际的。"

也有人说："'102'号艇在第一次出击时左侧鱼雷就发生故障，在只剩右侧鱼雷的情形下依然坚持二次出击，首先体现的是一种不怕牺牲的大无畏精神。而且在航行过程中，'102'号艇由于只带有右侧鱼雷，又赶上左舷受风，艇体出现倾斜，随时会被倾覆。如果没有指战员不怕死、不畏难的勇气，就不会有这一场战斗的胜利。"

骆传骊也幽默地说："据我了解，国外军事史料中都没有'单艇独雷'在大风浪中击沉敌舰的战例，也没有在200米内发射鱼雷的先例！张逸民在艇体平衡时就加速，倾斜过大时就减速，严重倾斜时就组织艇员靠左舷站，用人的体重来平衡，硬是这样一路艰难航行，挺进战场又顺利退出战场。可见他的物理平衡原理掌握得很好，也运用得很好，不愧是'三海校'的全优生。"

华东海军代表告诉大家："战时的一鸣惊人离不开平时贴近实战的刻苦训练，张逸民艇长正是因为平时练就了1.5链（注：1.5链=277.8米）距离近海射雷的过硬本领，才敢在200米的危险距离内抓住战机，一举击沉敌舰，全身而退。"

与前面讨论击沉"太平"舰一样，这些快艇部队的作战参谋们议论最多的还是对造成"102"号艇"独雷"的原因调查。经过分析，大家的结论是"问题出现在顶风浪航行卸下了发射管前罩。"

按照苏联海军条令，鱼雷艇一出港就要卸下发射管的前罩，胶木板做的前罩平时可以起防护海水或异物进入管内的作用。4艘鱼雷艇前去攻击"太湖"号护航驱逐舰时都执行战斗规程，进入接敌航向就预先卸下前罩，打开鱼雷发射管前盖作好战斗准备，怕影响鱼雷发射。这样的措施可能适合鱼雷艇的原产地、苏联的沿海海情，因为黑海、波罗的海都没有大风浪。而中国东南海区风浪大，快艇高速前进时，按照苏联条令要求，海水就会大量进入发射管，而前盖既没有前罩防护，又有3度仰角，结果就导致海水进入发射管底部，使底部那里的送药盒浸泡受潮。虽然送药盒本身有防潮装置，但点火发射的时候，所送的炸药在海水中不能充分燃烧，威力就受到影响，进而影响鱼雷出管的初速，

张逸民艇长（左一）以后指挥快艇训练

造成鱼雷的发射初速减慢，雷尾很容易碰到快艇的甲板，最后导致鱼雷沉入海底，成为"死雷"。

会后不久，参会代表找出的原因很快引起重视，华东海军根据东海海区与苏联波罗的海、黑海海区地理位置、风浪的不同特点，统一修改了鱼雷快艇作战条令。其他海区的快艇部队会后也同样根据各自海区特点修改了鱼雷快艇作战条令。

## 4. "华山论剑"再论未能杀敌的几把"剑"

紧跟着对张逸民艇长"单艇独雷"击沉国民党"灵江"号炮艇的热议，发生在不到1个月时间内，另外几场我海军试图用鱼雷艇攻击国民党"永"字号扫雷舰及"江"字号炮艇而没有成功的战斗，也同样在会上展开热烈讨论，因为"失败乃成功之母"。

被拿到会上作为失败战例讨论的战斗有以下几场：

第一场：1月10日积谷山东北海域战斗中，由"快1大队"1中队副中队长高东亚担任海上指挥的3分队两艘艇第2次、第3次出征连连失误、毫无所获。高东亚副中队长一直是华东海军"快1大队"的骄傲，他是第三海军学校第1期艇长班"状元"，毕业后任华东海军"快1大队""101"号艇艇长。1953年2月24日，是他代表海军快艇部队与"104"号艇艇长一起在宽阔的南京燕子矶江面接受毛主席海上检阅，这是鱼雷艇第一次在海上接受国家领导人检阅，足以说明他驾驶鱼雷艇的硬功夫。但是，由于解放战争中他的视神经受到过伤害，一只眼睛的视力其实只有0.3，为了能够继续干快艇，他隐瞒了眼疾病史，造成这次出海作战掉队、射雷失败。由此大家谈到了大队首长应关心下级，尤其是艇长的身体状况，不能心软，不能让视力低下的勇士在海上"扛炸药包"。

第二场：1月14日夜间，在大陈岛以东偏南海域，还是由"快1大队"1中队的"101""102""105""106"号艇出海迎敌，攻击由两艘"永"字号、两艘"江"字号组成的国民党舰队，结果在被敌人发现，在攻击角度和距离都不理想的情况下，还是发射出8颗鱼雷，无一命中。这个结果既证实了艇长掌握《攻击分析图》之必要，也引发了鱼雷艇攻击小型军舰的必然性与偶然性讨论。

第三场：1月20日下午，"快31大队"的"159""160"号艇与刚从丹东南下的"快41大队"的"175""178"号艇组成艇队，奉命在台州沿海五棚屿待机。15：15雷达站发现敌人两艘军舰从大陈港东口驶出，16：30我艇队发现敌舰，中队指挥员命令"159"号和"160"号艇攻击敌"鄞江"号炮舰，"175"号和"178"号艇协同。这天的情形与14日战斗的情形相似，敌舰很快发现了鱼雷艇并采取规避措施，用炮火实施拦阻射击。但因为遭到"175"号和"178"号艇的协同攻击，让它顾此失彼,16:47接近至3链时,"159"号艇占据有利位置,发射鱼雷两枚,其中一枚命中 "鄞江"号炮舰驾驶台下的水线部分。另外3艇也于20秒内相继发射鱼雷,但均未命中。此次战斗,重伤敌"鄞江"号炮舰。后来据知,该舰因受损严重,无法修复,只好报废。

针对1月14日和1月20日这两次战斗,攻击对象都是吃水相对较浅的小舰艇。因为鱼雷钻入水中有一个定深问题,适合打吃水深的大型舰船,所以对安排鱼雷艇去攻击小型军舰的可行性在讨论中产生意见分歧。但达成一致的是,通过"159"号艇在距离"鄞江"号3链(555.6米)最小安全距离时发射鱼雷,其中一枚鱼雷击中驾驶台以下水线部位,让该舰瞬间失去动力这一事实,连同不久前张逸民艇长"单艇独雷"在200米处施放鱼雷击沉"灵江"号,证明在浅水的小舰鱼雷也能打,但必须是近距离打,需要快艇指战员拿出大无畏的勇敢精神去打。

对于鱼雷艇的协同作战,也是讨论的焦点。前面在讨论击沉"太平"号舰时提到护卫舰与鱼雷艇难以协同作战,现在他们都在谈艇队内鱼雷艇协同作战。参会代表们拿1月14日和1月20日两场战斗中的指挥艇指挥能力作对比,肯定了"快31大队"与"快41大队"的4艘舰协同做得好。"159"号指挥艇命令"160"号艇与它一起主攻"鄞江"舰,"175"号和"178"号艇负责牵制,4艇协同作战,造成"鄞江"舰重创,最后被"永康"号扫雷舰拖回大陈岛。而"快1大队"4艘艇的协同作战没有做好,艇队在没有指挥、没有集结情况下一哄而上,结果1分队由高东亚担任分队长的"101"和"102"号艇去攻击运输舰,而3分队由闫廷祯担任分队长的"105"和"106"号艇去攻击其他舰,造成力量分散,结果是8枚鱼雷无一命中。

这一次的军训大会,各路"大神"齐聚,一场又一场关于"小艇"打沉"大舰"的"华山论剑",让参会的作战参谋人员深感加强军事训练的意义重大,肩上的责任重大。

# 三十、见证海军发展壮大的1955年

## 1. 中南军区海军榆林基地及其直属"快21大队"成立

　　青岛军训大会结束后，骆传骊又从青岛出发，坐火车、坐海船、坐汽车、坐渡船，再坐海南岛上独有的"木炭车"，车舟跋涉近万里，于1955年3月4日回到部队。

　　一到部队他就急切地向大队首长汇报在军训大会上海军首长所作的关于1955年部队开展军事训练的工作布置，以及由他起草完成的《年度军事训练计划》。他相信1955年将会是部队大踏步向前的一年，也是他大有作为的一年。

中南军区海军榆林基地

　　就在骆传骊回到部队刚停下脚步的当口，"快21大队"的隶属关系也在悄然发生着改变。去年（注1954年）8月部队进驻榆林港后，海军曾于11月9日下达命令，"快21大队"调归中南军区海军建制。但在骆传骊离开海南岛去青岛参加军训大会期间，也就是1955年春节刚过的2月里，中央军委下达了关于撤销海南岛水警区和榆林巡防区，成立中南军区海军榆林基地以及鱼雷快艇大队的命令。这一命令正式传达到"快21大队"是在3月15日，政委在学习会上传达了有关文件，榆林基地成为直属中南军区海军领导的军级单位，下辖包括"快21大队"以及岸防兵、防空兵、专业勤务等部队，成为一支在20世纪50年代中期守卫中国南海最高配置的海军部队。

## 2. 部队军事训练蔚然成风

在中央军委扩大会议要求全军加强军事训练的精神号召下，注定了1955年部队的军事训练将蓬勃开展。仅仅在骆传骊刚回到榆林后的3月份里，部队就相继对官兵传达了关于成立榆林基地及"快21大队"关于规范军事训练、关于实行"三大制度"等文件精神；又下达驻岛部队1955年要突出"以干部训练为主，以射击训练为重点"的训练指示，"快21大队"营及营以下军官也开始"54式"手枪打靶射击训练。

54式手枪属于大威力军用手枪，射程远，穿透力强，主要用以自卫和在近距离内袭击敌人。但说起来也很搞笑，骆传骊作为一名快艇部队负责训练的指挥员，自1950年参军以来，却还从来没有摸过手枪。

原来，这些年他几乎天天摸爬在苏制123型鱼雷快艇上，但鱼雷艇上装备的是两座450mm鱼雷发射管及两座12.7mm双联机枪，手枪等轻型武器那几年还没有装备，所以他从鱼雷参谋到鱼雷业务长，摸来摸去的武器就是鱼雷、鱼雷发射管，还从来没有摸过手枪。

3月19日中午是部队指挥员第一次射击训练时间，带着一副500多度近视眼镜的骆业务长有模有样地第一次扳动手枪扳机射击，结果不出所料，5发子弹5发未中，吃了个"大鸭蛋"。到了晚上，他沮丧地仔细擦起了他的小手枪，自言自

1954年定型仿制的"五四"式手枪

语地说："看来这个射击训练关我是过不了啰"。

当然，骆传骊担负更重的军训任务是带领艇队训练，在制定的《年度战斗训练计划》中，除海上战术的"训"与海上技能的"练"之外，配合8项训练制度[1]中的"校阅制度"，他们以"体育训练"形式开始了训练。军人有军人的坐姿、站相及步行要求，从4月1日起每天起床后就是列队训练三个转法、齐步、正步、跑步、蹲下起立、立正稍息、跨立、敬礼礼毕、口号等，以及单杠、双杠、俯卧撑、仰卧起坐、深蹲等体能训练。列队训练进程后就是训练夜间紧急集合等项目。鱼雷艇部队的夜间紧急行动训练与其他部队不同，不用打背包集合，而是要求艇员拿好舱室钥匙立即就位，启动快艇机器设备，保证安全出航。

首长"校阅"榆林基地部队训练、军容等

伴随着"体育训练"全面展开，以后每隔一段时间就会有一次"校阅"仪式，包括北京海军司令部、中南军区海军及榆林基地的参谋长、业务长等各级首长都会以"校阅"的形式来检阅查部队的训练、军容、装备及作战能力。

榆林军港经过半年多的基础设施建设，到4月中旬，鱼雷艇停泊的码头、鱼水雷库洞、弹药库还有鱼雷检修所等设施都已基本建好，所以作为鱼雷业务长的骆传骊又开始承续他的老习惯，无特殊情况每天都要

---

1. 1954年年初，总参谋部就统一规定了"8项训练制度"，即：请示报告制度、检查制度、训练会议制度、教学法集训制度、学习制度、司令部训练制度、指挥员训练制度、校阅制度。

到码头检查快艇的停泊、快艇的保养，有时间还会去检查库洞的管理、弹药的存放，还会上鱼雷检修所检查鱼雷艇的装雷与卸雷、鱼雷的修理与进出。若有上级首长来他们部队检查工作，一般也都由他陪同前去上述要地检查，接受首长的指示。上级对"快21大队"提出的要求

鱼雷艇编队出征大海

是，虽然对敌斗争和护渔护航任务很繁重，但军事训练不能放松。

在中南海军及榆林基地的指挥下，部队紧接着又开展以护航为课题的紧张集训。1955年5月19日到26日，中南军区海军首次组织舰艇部队联合演习。这场"护航实兵演习"，榆林基地派出"快21大队"6艘鱼雷艇代表红方护航部队参演。演习前，参谋长把红方的作战分析任务交给了骆传骊，于是骆传骊根据到手资料上的演习目标"快艇对敌舰攻击"，先分析演习那天海域位置的海上气象条件，同时对蓝方的作战意图也作了大胆的设想。他先为他们画了《蓝方攻击分析图》，然后他又对蓝方与红方在海上相隔距离加以推测，继续画《红方攻击分析图》，一直画到深夜。第二天又画完大图，再对参演艇队进行交底。

演习开始，红蓝双方在南海水域缠斗了很久，双方不断进行机动、追踪、反追踪等高强度的项目演习，对每一名参加演习的官兵都增加了空前的精神压力。在"你来我往"几个回合以后，红方终于在"敌军"编队中找到了一个突破口，最后，随着指令长的一声令下，一枚鱼雷迅

速射出，准确无误地摧毁了"敌舰"，使得这场对抗性演习最终以红方快艇部队的完胜告终。

这场实战演习骆传骊虽然没有去到现场，但艇队官兵严格执行作战方案取得胜利的结果给了骆传骊很大的信心，他的运筹帷幄才华也得到了基地首长的肯定，让他对指导带教部队训练的底气更足。到1955年年底，"快21大队"完成的专业训练计划达67%，能在昼夜一般气候条件下以中队编队对敌舰进行攻击。

### 3. 参加"护航实兵演习总结大会"，亲历海军从"小"变"大"

6月6日上午，骆传骊正在办公室编写《万能航向图》，忽然接到基地参谋长打来的电话，直接通知他立即动身去广州石榴岗中南海军司令部，参加"护航实兵演习总结大会"，他有点意外。参加会议怎么跳过大队首长直接通知我？不过，骆传骊还是第一时间向大队参谋长报告了基地参谋长的电话通知，也得到了大队参谋长的同意，并立即让司务长批了出差广州的经费。尽管向大队首长请假看似非常顺利，但骆传骊心里一直犯着嘀咕，为什么基地首长要"钦点"我去参加"护航实兵演习总结大会"？

1955年，对于人民海军来说接管并收复被苏联海军驻守的旅顺口海军基地可谓是第一件大事。在这次会上，中南海军首长介绍了旅顺基地的收复进展情况。中苏双方海军一对一的交接到4月15日已全面完成，比中苏双方定下的"苏军应于1955年5月31日前自中国旅顺口海军根据地全军撤退"提前了一个半月。

旅顺是我国东北及整个辽东半岛的国防要地，是京、津的重要门户，也是海军的重要军港，陆军、空军的战略要地。但自从1894年北洋舰队全军覆没，被迫于1895年签订丧权辱国的《马关条约》之后，日、俄两国轮番占领旅顺口，设立旅顺军港实行殖民统治，从此，"旅顺"两个字犹如巨石一般压在了中国人民心头。中华人民共和国成立后，毛泽东主席、周恩来总理以及萧劲光司令员等党和国家及海军领导人分别访问苏联，

曾经巨石一般压在中国人心头的"旅顺口"

苏联领导人也多次来中国会谈，"旅顺"回归中国问题始终是一个绕不开的话题。经过多轮谈判，两国政府终于在1954年10月12日共同签署《联合公报》，苏方同意苏联军队从旅顺口海军基地撤走。

收复旅顺口海军基地后，旅顺口地区的沿岸防务就将由中国人民解放军海军旅顺基地负责。遵照国防部电令，中国海军旅顺基地及其包括海军第16快艇支队（简称"快16支队"）等直属单位于1955年5月14日宣告成立。"快16支队"首任支队长由旅顺地区"快艇接收委员会"主任，原"快11大队"大队长陈右铭出任。

这一次的"护航实兵演习总结大会"从6月14日开始，会上除介绍海军旅顺基地收复和表彰护航演习中的先进集体和个人外，还安排苏联专家及中南海军蔡参谋等人授课与分组讨论。会议最后一项议程就是组织全体与会代表前往位于广州东南长洲岛上的黄埔修造船厂参观才修复完工2个月、舷号为"3-172"的"南宁"号护卫舰。骆传骊熟悉长洲岛，之前"快21大队"千里迢迢从青岛南下的第一站就是与其隔江相望的火车黄埔二等站。他曾去过的"快11大队"艇队就驻扎在长洲岛上与黄埔修造船厂一墙之隔的原黄埔军校校址里。

"3-172"号"南宁"舰原是一艘在"二战"后期多次遭美军水

原为日本建造的择捉级满珠号海防舰，解放后经修理入编中南海军第一舰队，
命名为"南宁"号护卫舰，舷号"3-172"

雷、鱼雷、空中轰炸及潜艇伏击而损伤惨重的日本择捉级"满珠"号海
防舰。作为日军遗留的军事装备，抗战胜利后被南京国民党政府派员在
香港接收。国民党海军给它冠以"海防7"号，以后被拖到广州黄埔海军
造船所修理。

1949年10月广州解放后，解放军接管了前身为国民党海军的黄埔造
船所，几经更名后，从1953年6月起黄埔修船所定名为"中国人民海军
黄埔修造船厂"。对"海防7"号舰的大修也是从那时开始，直到1955
年4月终于修理完毕，被中南军区海军命名为"南宁"号，舷号"3-
172"，舰种定为护卫舰。在以小军舰为主的中南军区海军中，"3-
172"号护卫舰在当时称得上是鹤立鸡群的"巨舰"。

1955年，海军事业由"小"变"大"，部队内部不断传出有关部
队改编升级的消息。在参观"南宁"号护卫舰途中，大伙就在议论"南
宁"号所在的第一舰艇大队将被改编为混合舰1支队这件事。果不其然，
会议结束不到两个月，根据国防部1955年8月6日命令，中南军区海军将
于10月21日改编为中国人民解放军海军南海舰队，旗下的第一舰艇大队
被改编为混合舰1支队，1支队的旗舰就是"南宁"号护卫舰。同时，根

据1955年9月21日国防部命令，南海舰队将新组建1支快艇支队，命名为"中国人民解放军快艇11支队"，简称"快11支队"，下辖"快11"和"快21"两个大队。原"快21大队"大队长田松出任首任支队长。

巡逻在我国辽阔海疆上的海军舰队

骆传骊和远在天涯海角守卫南海的"快21大队"官兵们还欣喜地听到，与中南军区海军一起改编的还有华东军区海军。根据国防部命令，华东军区海军改编为中国人民解放军海军东海舰队，原辖下的第5舰队改称"登陆舰第5支队"，原第6舰队改称"护卫舰第6支队"，并另组建"快艇第6支队"，简称"快6支队"。"快6支队"正式成立日期是1955年10月24日，下辖"快1""快31"和"快41"3个大队。原"快1大队"大队长张朝忠出任首任支队长。

与南海舰队"快11支队"和东海舰队"快6支队"同时成立的还有直属青岛海军基地的"快1支队"。"快1支队"由海军快艇第一纵队改编，原第一纵队纵队长陈绍海出任首任支队长。

# 三十一、跌宕起伏接受人生第一次考验

## 1. 业务上他干得风生水起

骆传骊7月1日开完会后便从广州辗转回到榆林港。回到部队后，他明显感到自己与基地首长和苏联专家直接打交道的机会多了起来，苏联专家有时还会主动来找他讨论一些问题。

骆传骊提醒自己要谦虚谨慎不可骄傲自满，他坚守着自己的岗位，发挥作为一名资深鱼雷业务长的作用。他不仅要求自己当好一名业务长，他还着力培养李树刚等新晋后备业务长，就像当年他的鱼雷启蒙老师陈宗孟主任及苏联顾问带教他那样，手把手指导他们做好日常的码头机械检查、鱼雷保养检查，还有试验发射管、建战术实验室等，并放手让他们到实践中去干。这些后备业务长基本都是高中毕业生，算是那个时代有文化的知识青年，但离海军业务长必须具备的文化水准还有差距，他就为他们"开小灶"，教计算尺使用、教瞄准器使用、教画作战分析图、教制订训练计划……

为部队官兵讲授《鱼雷战术》等军事课的工作别人暂时替代不了。到榆林港后，听骆传骊上课的对象不仅有自己大队的官兵，基地领导也会要求他到基地的巡逻艇大队等兄弟部队去上课，上课的内容不再局限于《鱼雷战术》，还有《防雷教令》《防潜教令》《锚地防役》等舰艇部队急需课程，让骆业务长把大学所学的知识发挥到淋漓尽致。建造鱼雷战术实验室，有许多部件如发射管、发射转台、水雷架等需要出图提供给加工单位，这件事也只能由他来完成。因为他曾经历过第三海军学校（曾称"快艇学校"）实验室的验收过程，基地实验室的验收任务也交给了他。

就在骆传骊沉浸在自己天天有所作为的时候，他如同温水里的那只青蛙对许多事情失去了敏感。首先是每周六的政治学习会，会上传达有关"胡风事件"及肃清暗藏反革命分子等内容多了起来。直到8月19日政委在传达部队也要进行肃反运动时，带出了一句"这次就是整大学生"，他有点触动但还是觉得与自己关系不大。

根据国防部8月6日命令，中南军区海军改属南海舰队建制，原所辖的舰队编制改编为支队编制，虽然海军的建制变化正式对外宣布是在1955年10月21日，但筹备工作其实在9月初就开始着手，骆传骊9月3日那天接到调令，让他向"快21大队"办理移交手续，参加"快11支队"的筹建工作。这一切变化看似都对骆传骊信任有加，其实在他向"快21大队"办理移交手续的同时，也移交了他对"快21大队"的训练指挥权，而"快11支队"筹建任务主要由广东新湾的"快11大队"承担，他根本没法参与进去。

## 2. 他不适当地为战友喊冤叫屈

1955年9月21日国防部正式下达命令，组建"中国人民解放军快艇11支队"，田松大队长就是在这一天离开"快21大队"前往"快11大队"广东新湾驻地履新去的。因为筹建中的"快11支队"将以"快11大队"为基础，其支队队部兼"快11大队"大队部，"快11大队"海岸基地即为"快11支队"海岸基地。临行前田大队长把骆传骊找去，作为临别赠言将他狠狠地批评一通，提到他业务挂帅，缺乏政治头脑等，但没有点破为哪件事。接下来骆传骊迎来人生第一次大考验，开始为自己不择时机的"出言不逊"付出代价。

事情起因与"护航实兵演习总结大会"期间遇见他"快21大队"曾经的战友、属下马芝元有关。会务组6月17日那天组织参会代表参观"南宁"号护卫舰，参观后骆传骊从长洲岛返回海军西濠招待所，意外地见到当初由他带教培养，现已经离开"快21大队"的马芝元。因为这一次的遇见，迎面扑向骆传骊的不再全是"当春好雨，润物细无声"，"野径云俱黑"也降临到了他的头上，但他自己却浑然不知。

为处理从苏联手中接收旅顺港事宜，我国成立了旅大地区接收委员会总会，总会下面设陆、海、空3个分会。海军分会下面，按照驻旅顺口苏军的组织编制情况，相应地成立了分会办公室及航空兵、快艇、潜艇、岸炮、防空部队、水警总队、通讯勤务、海道测量、后方勤务、工程、防险救生、工厂等12个接收工作委员会，负责各个方面的具体工作。"快艇接收委员会"主任由"快11大队"大队长陈右铭担任。

因为海军是高技术军种的缘故，关键部门、岗位的接收工作还得从海军各个部队里抽调，马芝元当时是"快21大队"助理鱼雷业务长，也就是骆传骊的助手，他1953年高中毕业后在青岛入伍，到部队后就跟着骆传骊学习鱼雷武器的使用、保养、维修等各种技术及部队的军事训练。他勤奋好学，业务能力提升很快，所以被大队首长向中南海军司令部推荐，作为"快艇接收工作委员会"成员抽调前往旅顺口基地。海军分会成立的12个工作委员会，其实也是海军司令部为基地收复后成立自己的旅顺基地所作的准备。把马芝元送去参加旅顺快艇部队接收工作，其实也是在培养他成为未来旅顺基地快艇大队的技术骨干。

骆传骊记得很清楚，马芝元是1月10日那天匆匆找到他，告诉他，他已接到调令将被派往旅顺口，参加海军基地的收复工作，而且明天一早就要启程前往广州石榴岗司令部报到，特来向他办理移交手续。骆传骊听到这一消息，很为他感到高兴，想到自己到部队后也是因为不断地参与部队建设的实际工作，才成长为一名能够独当一面的鱼雷业务长，

1955年5月14日海军旅顺基地成立仪式仪仗队

马芝元只要好好学习，提高业务能力，一定也能做到。第二天上午尽管骆传骊自己有课，但一清早他还是依依不舍地送马芝元到汽车站，开往海口的"木炭车"迟迟未进站，而他不能久留只好在车站上与马芝元握别。

马芝元刚到旅顺时给骆传骊来过信，向他汇报一对一与苏军交接过程中的见闻，但两人的书信往来也仅这么一回，后来的三四个月里他们都忙自己的工作没有再通信，他也没有再去打听马芝元的消息。在这次总结会上，骆传骊得知旅顺基地的收复进展顺利，"中国人民解放军海军旅顺基地"及其包括旅顺水警区、海军快艇16支队等直属单位于1955年5月14日就宣告成立，这时骆传骊又想到了马芝元。他曾向了解旅顺接收工作的战友打听过马芝元是在"快16支队"队部还是在其他岗位上。

那天意外地在招待所遇见马芝元，当时有事没有多聊，晚上他就到马芝元的宿舍与他聊天，结果发现他欲言又止，情绪低落，后来马芝元还是告诉了他自己在旅顺基地收复后所遇到的情况。

他告诉骆传骊，这次旅顺基地快艇部队的接收很顺利，他是与苏军鱼雷业务长对口交接，他们都很负责，他也学到了许多东西。但出乎意料的是他这里工作刚交接完成，还没有等到举行交接仪式他就接到通知，让他立刻回广州中南海军，也不告诉他原因。回到石榴岗司令部后，干部部通知他等候安排，结果这一等就等了一个多月。

马芝元还对骆传骊说，在等待的日子里，他也听到一些传言，说他是地主出身，不可以安排到快艇部队这么重要的岗位上。他去找过干部部几次，都没有结果，于是他就向干部部提出"想报考大学"，结果他们又希望他安下心来，说组织上正在考虑他的工作安排。但就在前几天，他看到自己的名字赫然出现在公布的复员军人名单之中。

听完马芝元的诉说，骆传骊心里也很难过，为他抱不平。他知道马芝元虽然出身地主家庭，但也是一位热血爱国青年，1953年高中毕业的时候就向学校讲清了自己的家庭情况才批准他报名参军。在20世纪50年代初期，能够读到高中毕业就算得上是知识分子了，所以像马芝元这样的高中毕业生参军后大概率会分配到科技含量高的海军部队。他到部队后又随"快21大队"来到南海海防前线，与高度机密的快艇部队一起守海疆，这些安排都是经过严格的政审，而后来他能被挑选上去参加从苏军手中收复旅顺基地，这件事本身就足以说明他表现出色。骆传骊越想越难以入睡，"那不是在开玩笑吗？现在报考大学时间过了才来通知他复员。"他决定第二天去司令部见首长，为马芝元"谏言"。

第二天是1955年6月18日，那天本应该继续开会，早晨却忽然接到通知，要求全体参会代表前往大礼堂听报告。待骆传骊到大礼堂时已经人山人海找不到座位，他只能站在台阶上听报告，原来听的是关于胡风问题的报告传达。

骆传骊听完报告后就去找参谋长："马芝元已接到通知要复员了，我为他感到惋惜。马芝元到部队后表现一直很好，业务上也进步很快，快艇大队需要这样年轻有为的知识青年。"作为一名基层部队的基层干部，为战友"谏言"这几句也就可以了。但骆传骊尽管到部队快有5年，但政治上还很稚嫩，不太懂组织规矩，他带着情绪用责怪的语气继续说："其实他家庭成分是地主，参军前在学校里就交待过，如果认为他不合适在部队工作，为什么要让他参军？参军后如果不便担任要职，何苦又送到快艇部队来培养？"这些话不择时机地说出，说者无心，却不知自己已经给自己找了麻烦。

### 3. 鱼雷艇汇报演习，丢失的鱼雷被角岑民兵捞获

角岑村现在已是三亚市天涯区 "天涯海角"景区

9月3日骆传骊向"快21大队"办理了移交手续，但以后他还是在榆林港并没有去虎门新湾筹建"快11支队"。从10月上旬开始，他成为一名"被整"的大学生，精神压力很大。每天白天，他要在小组会上不停地解剖思想、寻找根源，一次次地检讨却一次次地通不过，整整检讨了1个月。然而到了晚上出海训练时他还是会被要求去组织出海，只是出海训练计划已不是出自他的手或经他批准，他是去执行"组织出海"的任务。

在此期间海军副总参谋长张学思到榆林基地检查军训工作，"快21大队"的鱼雷艇出海汇报演习并没有通知骆业务长参加。但艇队演习回来他就听说演习中有一艘艇的鱼雷出发射管后入水正常，鱼雷航迹也通

过了靶舰，但航迹通过靶舰后却再没发现鱼雷航迹，就这样稀里糊涂把鱼雷丢失了。要知道"快21大队"到那天为止是所有快艇部队中唯一没有沉过鱼雷的大队，骆传骊觉得很郁闷。

出事后没过多久参谋长就来找他，要求他指挥调度鱼雷艇到海上昼夜拉网搜索。他想，这一次张学思副总参谋长来榆林基地巡查，检查鱼雷不叫他去，组织发射不叫他去，好像与他无关似的，现在鱼雷沉了找不见了却来找他。他有满肚子的牢骚，但不敢也不能违抗命令，于是他转身登上炮艇，带领快艇官兵连续三天三夜在海上轮番拉网搜寻。

正当大家为找不见鱼雷而垂头丧气的时候，忽然传来崖县（今三亚市）角岑村民兵捞获一件大怪物，让部队去鉴别是什么东西。骆传骊等海军官兵跑去一看，竟然是他们找了三天三夜的大宝贝，实在是喜出望外。"角岑"（现被写成"角岭"）这个地名就是闻名于世被冠以"天涯海角"景区的那个地方，鱼雷被角岑村民兵捞获的好消息，一下子把压在骆传骊心头一个月的郁闷全都释放开来，他视鱼雷犹如自己的孩子，一直精心地呵护，孩子丢了该有多么着急，而今找到了，自己受点委屈又算得了什么？

为纪念这一次"快21大队"有史以来第一次鱼雷失而复得，过后他又模仿古诗词写下了一首生动的《踏莎行·天涯觅鱼雷》，以纪念这次不寻常的鱼雷失而复得。

### 踏莎行·天涯觅鱼雷

南海榆林，西洲椰树，快艇直驰天涯路。
将军下令检训情，鱼雷出管无觅处。

战士餐风，征人饮露，绕湾三匝犹未住。
忽报角岑传佳音，宝物已得初阳曙。

## 4. 过"关"后他向"快11支队"及北京海军领导机关报到

芜湖造船厂仿制制造的K-183型木壳鱼雷艇

经过这一次部队内部的肃反教育考验，骆传骊又要走马上任。1956年春节一过他接到通知，正式让他到广东虎门新湾"快11支队"驻地报到，任支队鱼雷业务长。

"快11支队"成立后不久，就开始筹备成立隶属于它的第三个快艇大队——"快91大队"，它将是一支全副武装新型鱼雷艇的部队。1956年2月，一款由芜湖造船厂在仿制基础上独立制造的K-183型木壳鱼雷快艇诞生了，它比123型鱼雷艇先进，装备艇载雷达和方向比较准确的电罗经，能够在低能见度条件下近海突袭敌人大中型水面舰艇，还安装两座533毫米鱼雷发射管及两座双联装25毫米舰炮。

骆传骊到支队后，便把精力投入到"快91大队"的建设上，与黄敬飞、张振华、林如尧、周静忠、王树茂等几位原"快11""快21"大队的业务长、艇长一起消化新艇性能、调整教令、建战术实验室等。正当他们一步一步有计划地迎接"快91大队"成立的时候，4月20日那天田松支队长来找他，又跟他谈工作调动的事情，但这一次的调动是要直接调他去北京，去向中央军委海军机关（司令部）报到。这完全出乎他的预料，他有点惶恐起来。

来到南海尽管只有2年不到的时间，但他也像当年爱青岛一样爱上南国的天空南海的水。他牢记着"快21大队"挺进榆林港的使命，短期任务以守护过往南海的商船安全，防御从南海入侵我国的敌人为主；长远任务则是保卫我国南海200万平方米领土和领海长治久安。现在守卫南海的"快11支队"成立了，他还没有干出名堂却要离开"快11支队"，他很想与"快11支队"一起来完成长远任务。

但是，军人就必须服从命令，于是他不得不在5月5日那天向田松支队长等首长辞行，向"快11支队"的战友辞行，然后由当年仅比他晚两个月参军到第三海军学校、曾同住一宿舍、共建实验室、一起到塘沽、一起回青岛，再下海南岛，但又经常"磕磕碰碰"的好战友王亮用小艇把他送到太平镇上，他自己再换车去广州。接下来一整天他到石榴岗司令部办理手续，同时向南海舰队的首长、战友辞行。5月7日他坐上火车一路北上，从此离开了南海舰队，也离开了快艇基层部队。

## 5. 罗舜初副司令员召见谈话，他开始干"海司"的快艇参谋

骆传骊是5月12日晚上抵达北京，5月13日稍事休整，5月14日一早就去东城区贡院东街当时的海军领导机关驻地，大家喜欢称它叫"贡院"。报到后得知他被分配到器材装备处，器材装备处是海军军械部所属的一个部门，报到时没有告知他具体的工作。到了16日晚饭后，他在招待所休息时突然接到电话，通知他马上去罗舜初副司令员的办公室一趟，罗副司令员有事找他。他赶紧就去贡院，敲门进到罗副司令员办公室后，他们的谈话即刻进入正题。

罗副司令员那天对他讲了许多话，从国家科技发展战略到交办他完成的具体任务，一直谈到半夜23：00。罗副司令员告诉他：中央发出"向科学进军"的号召，强调"科学是关系我们的国防、经济和文化各方面的决定性的因素"，要求国家计委牵头在3个月内制定完成《1956—1967年科学技术发展远景规划》，现在《规划纲要（草案）》

的编制已经启动。

《1956—1967年科学技术发展远景规划》是新中国第一个科技发展12年长期规划，1956年3月14日国务院成立科学规划委员会，调集几百名专家学者参加规划编制工作。规划委员会综合组组长由刚从美国回国的科学家钱学森担任。海军规划项目经过由12位科学家组成的综合组的评价、裁决、选择和推荐，决定海军列入这一国家规划的是"两艇（注：潜艇、快艇）"和"两雷（注：鱼雷、水雷）"。

1955年骆传骊等大学生海军被授予中尉军衔

"海军规划组"分成两个编制小组。负责"两艇"规划编制的首长是海军舰船修造部副部长薛宗华大校；负责"两雷"规划编制的首长是海军军械部副部长杨汉大校。在两位首长的领导下，陈冠茂[1]负责"两艇"组的文案起草工作；骆传骊负责"两雷"组的文案起草工作。也许是海军早有了人才培养计划，他们两人从1958年开始，一个从事水面舰艇研究设计，一个从事水中兵器研究设计，编制"两艇""两雷"的《规划纲要（草案）》成为他们终身事业的开始。

《规划纲要（草案）》编制是要从浩如烟海、头绪纷繁的信息里提纲挈领地理出一条条主线，是一项非常烧脑子的任务。其间钱学森等专家曾经亲临海军规划组指导他们怎样编写"两艇""两雷"的《发展规划纲要》。经过1个多月不分昼夜的齐心协力，"两艇""两雷"的《规划纲要（草案）》编制终于告一段落。

骆传骊虽然5月14日就向海军司令部报到，但他向军械部器材装备处报到则是在6月16日完成了"两雷"规划编制任务以后。器材装备处处长

---

1．陈冠茂以后任第七研究院第一研究所科技处长、副所长、船舶系统工程部副主任、主任等职，教授级研究员，享受政府特殊津贴。

叫陈康，骆传骊向青岛海军舰艇学校报到时他曾经是教育处处长。报到后陈处长告诉他，他到海军领导机关后职务是"快艇参谋"，中尉军衔不变，工作重心还是在快艇部队这一块，干他的老本行。骆传骊愉快地接受了"快艇参谋"这一工作安排，他的目标是要成为海司的快艇业务长。他认为：依照苏联海军配置，海司一级的业务长都是由具备独立钻研能力的高级知识分子组成，称得上是海军部队里的专家，他就是要成为海军高级科技干部、专家。

# 三十二、撒在渤海与南海的莱阳路8号
# "种子"有甜也有涩

## 1. 撒向渤海的"种子"开花又结果

接下来骆传骊开始履行海军领导机关"快艇参谋"的职责。陈康处长先是布置他参加我国首艘第一代常规动力6603型潜艇（简称：03潜艇）系泊试验，后来又安排他代表海军领导机关到各基地参加会议及有关活动等。

先后成立的四大快艇支队成立都快一年了，它们分布在黄海、东海、南海和渤海，所以从8月下旬开始，陈康处长布置骆传骊参谋代表海军领导机关到各支队调研基地与部队的建设情况，必要时处里其他同志配合。这一下他的视野被打开，让他看到了更加宽广的大海，看到莱阳路8号这部"播种机"播撒出去的"种子"就像椰子树一样，哪里是海洋哪里就是家，在四海无垠的大海边生根发芽，蓬勃成长，守卫着大海守卫着家。

骆传骊调研的首站是旅顺基地"快16支队"。8月24日他第一次踏上旅顺基地，第二天在他的要求下，基地办公室同志带着他用一天的时间跑了基地司令部、基地训练处及"快16支队"等有关部门。

骆传骊旅顺海边留影

其实他要求跑这么多部门的目的不是为了了解情况谈工作，而是为了在接下来的日子里可以随时找到要去调研的各部门，掌握主动。

那天骆传骊去"快16支队"，其主要目的是向陈右铭支队长报到，但不巧没有碰上，倒是碰上了第三海军学校（曾称"海军快艇学校"）第二期艇长班学员姚保江，他时任支队作训科科长。那天他们没有多交谈，因为骆传骊安排了专门找他及作训科了解"快16支队"训练情况的计划。

旅顺基地快艇部队在演习中待命

接下来是星期天，骆传骊一个人出门逛大街，却意外地遇到了老领导老战友刘秉义。对骆传骊来说，打从他认识鱼雷艇起就认识刘秉义，他是新中国快艇部队"播种队"第一任队长。1951年在塘沽组建老"快21大队"时，"播种队"队长摇身一变成为了老"快21大队"1中队中队长，以后升任大队代理参谋长、参谋长等职。刘秉义从青岛基地来到旅顺基地后，协助陈右铭主任[1]组建成立"快16支队"及"快51大队""快61大队"，并出任"快61大队"大队长。那天他俩路上偶遇，刘秉义热情地当起了向导，带着他到"军官之家"看了场电影。刘大队长还答应他届时将安排座谈会及出海演练等，方便他掌握第一手材料，他则开玩笑地对刘大队长说："我已经体会到

---

1. 陈右铭从"快11大队"大队长任上抵达旅顺后，在"快16支队"成立之前，任旅大地区接收委员会总会海军分会"快艇接收委员会"主任。

辽宁旅顺口

了'朝'中有人好做事的便利。"

　　连续几天骆传骊都没有找见陈右铭支队长，在8月29日那天，他起个大早想在陈支队长办公室门口"拦截"他，结果反被他给"拦"住了。见面后陈支队长没有任何客套，只说了一句："走，随我出海去！"于是骆传骊跟随陈支队长上了"快61大队"的"225"号艇。只见快艇很快就驶出旅顺军港那一条窄窄的水道，到了两山对峙的宽约300米的出海口。陈支队长告诉他："左手东侧是黄金山，右手西侧就是著名的老虎尾半岛，这个出海口就是'旅顺口'，出了旅顺口就是外海。"

　　陈支队长还告诉说："过了300米出海口就只有一条91米宽的航道，每次只能通过一艘大型军舰，可谓是'一夫当关，万夫莫开'，易守难攻。西南方向那座最高的山是著名的老铁山。老铁山下有一个突出的岬角直伸进海里，这个角就是黄海和渤海的分界点，也就是我国东北大陆往南走的尽头，因此又被称为东北的'天涯海角'。"陈支队长说到这里，快艇已经驶出老铁山，从渤海驶进了黄海。骆传骊听了陈支队长翔实的介绍，不由自主地感叹道："我们从琼州海峡来到渤海海峡，从南海来到渤海，榆林有南海的'天涯海角'，旅大有渤海的'天涯海角',我们国家还有多少个'天涯海角'我们没有去到？没有守防？"

　　陈右铭支队长1952年才从陆军指挥员转身变为海军指挥员，他虽然不是一位从莱阳路8号走进大海的指挥员，但骆传骊打心眼里钦佩他。留给他印象最深的就是在"快21大队"开进广东南海当天，在虎门沙角训练基地举行的欢迎会上，时任"快11大队"大队长的陈右铭向"快21大队"官兵详细介绍南海及海南岛所面临的复杂局势，就是这不算长的欢迎词，让骆传骊当时就感受到陈大队长身上特有的技术专家型领导风范。这次骆传骊代表海军领导机关前来旅顺基地搞调研，陈支队长不以常规的形式欢迎他，而是第一时间带他到他从没有踏足过的旅顺口黄海、渤海分界线外去见识一番，足见他的眼界和作风。

## 2. 在南海见到好多颗莱阳路8号的"种子"

骆传骊于1956年在榆林港留影

　　"快16支队"的调研结束后，骆传骊回京作了汇报，然后又马不停蹄地踏上去南海"娘家"的路途，这次要去的是"快11支队"及各大队，同去的还有唐健华参谋。他们去的第一站是成立半年不到的"快91大队"，那时海南文昌清澜港基地还在建设中，"快91大队"驻扎在海口市的秀英港；调研的第二站是"快11支队"，他们也移防到了广东湛江西营区（今南海舰队驻地，现称"霞山区"）；调研的第三站则是一直驻扎在广东虎门新湾的"快11大队"。受时间限制，骆传骊没有把驻守天涯海角榆林港的"快21大队"列进这一次的调研单位，他认为自己才从那里走出，他们部队的基本情况他熟悉。但既然已经到了海南岛，他准备不是于"公"而是于"私"在"快91大队"调研结束后挤点时间去榆林看望曾经与他一起奋战的作训科战友。

刚成立的"快91大队",是完全由K-183型鱼雷快艇装备起来的大队。1953年6月4日,中苏两国政府签订的《六四协定》中,共有5种型号的舰艇在购买成品的同时,苏联方面同意提供部分半成品材料及图纸有偿转让建造权,其中一款就是K-183型(北约称P-6型)鱼雷快艇,属折角肋骨的滑舰快艇型。当时共供货12艘鱼雷艇成品,63艘半成品材料由我国自行装配。后来我国将仿制的K-183型鱼雷艇命名为6602型鱼雷艇。

半年前骆传骊即将离开"快11支队"那阵,由芜湖造船厂仿制的第一艘6602型鱼雷艇才向部队交艇,骆传骊与几位业务长、艇长为迎接"快91大队"的成立参与了对它的性能试验,但在他离开南海的时候试验还没有结论,所以这次骆传骊首选"快91大队"就是奔着了解国产新艇性能,以及使用新式武器的部队其战斗力情况而去的。在"快91大队",他又见到了王亮、张振华等自1951年起就朝夕相处的几位老战友。

王亮在青岛基地时就已经在老"快21大队"大队部工作,到榆林港后还是在大队部,现在被调到新建的"快91大队"大队部。张振华从参军开始就跟着骆传骊干鱼雷,现在已经是"快91大队"鱼雷副业务长。骆传骊向他们俩交待了他此行来"快91大队"的目的,一是了解6602型木壳鱼雷艇的使用情况;二是检查使用新型快艇的"快91大队"所达到的战斗力水平。以后接连几天他与唐健华参谋一起指导新大队的新业务长于10月22日进行的海上演习,为这场演习,他们与艇队一起出海训练,身体力行地帮助部队提高训练水平。

完成下南海训练回到秀英港后,骆传骊按捺不住前去"快21大队"的冲动,他立刻买了可以当天动身去榆林的车票。这次到"快21大队"

他没有任务，他是"私访"曾经朝夕相处的作训科战友们。在"快21大队"逗留的时间他只挤出两个晚上一个白天，但他还是见到了李树刚、陈大胜、李梦祥、陈伍才、王明岩等许多老战友，他们都是莱阳路8号第三海军学校（曾称"舰艇学校"或"快艇学校"）撒到南海的"种子"。

陈大胜可以算是骆传骊离开"快21大队"前的"关门弟子"，他跨出莱阳路8号校门后被分配到"快31大队"，是位优秀艇长，后来随"快31大队"进驻浙江舟山。上年（指1955年）3月他接到命令要求他带上自己快艇一班人马前往榆林港"快21大队"，于是他就带着他的艇员驾驶快艇从浙江舟山出发，肩扛着赴任"快21大队"1中队中队长的使命，先开到广州黄埔港，后再开到海南岛榆林港。他到榆林后，为了让他早日成为合格的中队长，骆传骊曾单独给他辅导鱼雷武器课、画分析图、使用瞄准器。这一次见到陈大胜，他已经是一位成熟的中队长了。

骆传骊第三天就赶回了"快91大队"，接下去便与唐健华参谋一起前往"快11支队"队部，1956年下半年"快11支队"队部驻扎在湛江市西营区湛江港。"快11支队"是上一年10月伴随南海舰队的组建应运而诞生的支队，首任支队长就是田松老首长，这位曾经威震东北舒兰、牡丹江的"田副司令"，而今带领着他的3个鱼雷快艇大队镇守南国海疆。从海口秀英港到湛江西营，这条线路骆传骊在离开海南岛前已经来回走了几趟，所以熟门熟路，他们很顺利地抵达"快11支队"所在的湛江港。

曾经威震东北，而今镇守南疆的田松支队长

田松支队长对骆传骊一直非常信任，从来就是放手让他干鱼雷、带训练，能有这份信任要感谢当年塘沽老"快21大队"的苏联"老头顾问"，是他在快艇部队第一次演习现场当着时任教育长田松的面夸赞骆传骊，给田教育长留下深刻的印象。骆传骊从鱼雷参谋到大队副业务长、业务长，再到支队鱼雷业务长，都与田支队长放手让他干分不开。只可惜骆传骊在"快11支队"鱼雷业务长的岗位上时间太短，还没有干出成绩就离开了。

　　在"快11支队"队部，骆传骊与支队机关同办公、同开会学习，还导演了一场出海演习，演习的主角是即将前往"快11大队"担任作训科长的"快21大队"老中队长高瑞堂，由他带领由3艘快艇组成的艇队，出湛江港实弹演习。11月6日早晨6：00，艇队出发，骆传骊上的是"171"号艇。快艇开出湛江港后，航行途中的海况就开始不断地变化。他们在雷州半岛上的东里镇淡水村附近吃午饭，午饭后突然刮起大风，海浪渐高，把缆绳也打断了，他们只能在淡水村抛锚过夜。躺在比硬卧床铺还窄小的舱室里，骆传骊明显感到快艇在摇摆，让他睁不开眼睛直想吐，第二天一早风浪小一点后他们不得不启程回"府"，没料到到了海上风浪又大了起来，缆绳又被打断，快艇很有可能随风浪撞向周边渔船。就这样他们一路行驶一路与风浪搏斗，鱼雷攻击也没能进行，一直到晚上22：00才回到湛江港口。

　　1956年黎湛铁路开始运营，从湛江到广州不再需要倒了汽车倒海船，而是火车可以直接到达。演习回来，骆传骊与唐健华兵分两路，他去西营买了一张第二天去广州的火车票，然后就去向田松支队长作别。他首先向田支队长汇报了半个多月来他在"快11支队"及"快91""快21"大队所见所闻的感想，不经意间流露出前昨两天在湛江港外翻江倒海所承受的痛苦与疲惫。田支队长劝他当心身体不要累倒，他也向田支队长吐露心声，他说："到北京'海司'后，东奔西跑，十分劳累，但

285

这也算是人生的一种幸福，值得！"

### 3. 来到南海的老艇长出师未捷腿先折

离开湛江西营"快11支队"队部，骆传骊一个人坐上火车前往"快11大队"驻地。经过两个昼夜的行程，他终于抵达驻扎在虎门新湾港的"快11大队"。前几天与他一起出海演习的高瑞堂中队长已经带着他的艇队在他到达之前驶抵"快11大队"，他们又见面了。但让他意外的是他还没来得及与"快11大队"首长、战友正式见面，高瑞堂就告诉了他一个意外的消息，"快21大队"的林盛、邵国良两位老艇长现在正躺在太平镇上的海军医院里，他们都患上严重的关节炎，连路都不能走。听到这一消息，他立刻让高瑞堂驾艇到太平镇，第一时间去看望两位躺在医院里的老艇长、老战友。

看到躺在病床上的林盛和邵国良，医生说他们弄不好会长期躺在床上。想到两位老艇长出师未捷腿先折，让骆传骊感到十分郁闷，他想：国家培养一名合格的快艇艇长需要2至3年的时间，而倒下去则是分分秒秒的事情，更何况他们俩都是"快21大队"的小队长兼艇长，都是业务骨干。

林盛从第一期艇长班毕业就安排在"快21大队"，是老"快21大队"最老的教练艇长之一。1952年6月青岛举办第二届海军快艇部队演习比赛，代表"快21大队"教练艇长出战打头阵的就是林盛，那次演习堪称空前绝后，出海演习的都是当时快艇部队的教练艇长，除林盛外，纪智良、王苏南、韩明岐、铁江海等全都代表"快21大队"上阵，驾艇出海射雷。当第三海军学校（曾称"海军快艇学校"）第二期学员毕业时，林盛又当上了以后"单艇独雷"击沉国民党"灵江"号炮舰的海战英雄张逸民的第一任教练艇长，可以想见林盛的技术之过硬。

# 三十三、再见留在莱阳路8号的战友

## 1. 行李直接搬进"快81大队"王大队长的宿舍

骆传骊在南海舰队的调研告一段落，回到北京已经是11月20日，他抓紧时间汇总好"快16"和"快11"两个支队的调研报告，但陈康处长没有收下，而是要求他把4个支队都跑遍后再一并总结汇报。

一晃就到了1956年12月中旬，眼下还有青岛的"快1支队"和宁波的"快6支队"没有去到，这就意味着快艇支队成立一年来各部队建设的第一手资料海军领导还没有充分掌握。骆传骊有点着急，他希望自己能够为海军谋划1957年新一年快艇部队建设多献计策。他把自己的想法向陈康处长作了汇报，经过讨论商量，最后决定陈处长与骆参谋赶在元旦前一同去一趟青岛，完成对"快1支队"的调研。

"快1支队"队部就在青岛莱阳路8号里，相比其他几个快艇基地，它的地理位置最优越，交通最便捷，部队设施也最齐全，所以他俩商定1个星期内打来回，把对"快1支队"的调研做完。这么短的

莱阳路8号里曾经的"快1支队"后勤处大楼

王苏南大队长

时间怎么做好对支队及大队的调研？他俩决定到青岛后先去支队会见陈绍海等支队首长，然后就兵分两路，陈处长负责对"快1支队"的调研，骆参谋则负责对"快81大队"的调研。就这样，他俩于12月20日坐上火车前往青岛。

陈处长和骆参谋此行到青岛，"快1支队"把他们安排在海军东海饭店下榻，但骆参谋为了"图方便"，直接把行李搬进了"快81大队"大队长王苏南的宿舍。这么做，一来可以省下对王大队长专访的时间；二来骆参谋要到艇队巡查，王大队长陪同也方便。

"快41大队"在辽宁丹东大东沟诞生不久，部队于1955年4月就调防到东海，现在已经是"快6支队"一员。但时任副大队长的王苏南没有随"快41大队"南下，而是在年初就接到命令，要求他前往大连旅顺口参加对旅顺苏联海军基地的收复，并参与组建鱼雷快艇基地。"快16支队"成立后，他先后担任"快51大队"和"快61大队"副大队长，负责部队训练。在1956年4月辽东半岛海军军事大演习中，他所带领的部队取得演习优异成绩，受到好评。1956年6月军事大演习结束后，他又接到命令重返青岛莱阳路8号，出任与"快1支队"司令部在一起的"快81大队"大队长。"快81大队"在许多方面还在延续老"快21大队""快31大队"的格局，部队后勤处及快艇码头、鱼雷检修所等都与支队共享。对骆传骊来说，就这两点自然让他轻车熟路，所以到"快81大队"调研他便"走捷径"了。

## 2. 冬至前夜骆参谋与王大队长的围炉夜话

12月21日是冬至前夜，青岛的冬至冰冷刺骨，晚饭后王苏南大队长在他的房间里生起了火炉，两位老战友便来了一场围炉夜话。

范光阳指导员

王苏南告诉骆传骊，眼下快艇官兵的健康问题日渐显现，老"快21大队"留在青岛的许多人患上了不同程度的关节炎，其中不少人因此复原、转业。像原2中队指导员范光阳，他因为战争年代被手榴弹炸伤的腿部旧伤复发而没有随队前往海南岛，原以为慢慢疗伤会恢复，结果不见好转，医生说没有伤口的人常年泡在海水中都会得关节炎，他本就带伤，所以不适合继续干快艇。他的情况被他的老部队首长知道后，就让他转回到原来的岸炮部队，继续干中队指导员。但是前几个月听说他转业了，回到他的老家即墨，在乡里当书记。

提到范光阳指导员，骆传骊十分熟悉，这位比自己小两岁、长相俊美、性格活泼的指导员，是1946年参加八路军的老革命。他在解放战争中立过特等功，从陆军转海军后他进的第一所学校不是海军舰艇学校，而是海军海岸炮兵学校（简称"岸炮学校"）。在岸炮学校第一期学员的毕业典礼上，他是代表该校250多名学员上台发言的3名代表之一。当时快艇学校需要为学员开设《岸炮理论》课，但缺少有实战经验的师资，范光阳虽然原有文化程度不高，但他的演讲表达能力很强，所以岸炮学校时任校长王效明就向快艇学校时任校长邓兆祥作了推荐，范光阳便从岸炮学校借调到了快艇学校，当了半个月的讲师，他与快艇部队的结缘从那时开始。

随着快艇学校第一期学员毕业，四大快艇大队随之成立，但做政治思想工作的基层干部不够用，经青岛基地干部部殷国洪部长及范光阳所在的炮一团政委范天枢推荐，范光阳来到了"快21大队"，任2中队政治指导员。当政治指导员后他自知自己文化程度低，必须努力补文化、学

甲级战斗英雄赵孝庵

习快艇技术才能胜任工作，于是在1953年他又入学了，成为海军快艇学校第三期枪炮班学员，与著名的海军第一位甲级战斗英雄赵孝庵[1]成为同班同学。一个高小没有毕业的老革命要在快艇学校里学习以数理化为基础的专业知识，其困难程度可想而知，于是骆参谋就成为了他的业余老师，他经常主动来找骆参谋补课，补文化知识也补数理化。骆参谋也好为人师，有求必应，在骆参谋的帮助下他克服重重困难，终于成为了第三海军学校的毕业生，一名新中国两所海军学校的"双料"毕业生。

王苏南大队长讲述了不少快艇骨干患上关节炎的情况，骆传骊也告诉了他因患严重关节炎还躺在病床上的老艇长徐焕章、林盛、邵国良等的情况，他俩分析导致这一现象根源，认为艇员的防水服有不可推卸的"责任"。20世纪50年代的快艇艇员出海服都是学苏联，其保暖材料使用的不是羊皮就是呢子，十分笨重，穿上后不但钻不进舱室，且一旦落水会因为其重量重而沉入水中，导致很多艇员不愿意穿防水服，结果长期被海水打湿的裤子揣在腿上，久而久之湿气侵入体内，风湿病就找上了门。

跟王大队长聊到一些有关快艇艇员的其他装备问题，启发了骆传骊的许多思考。现在的艇员装备过于繁多，像艇员的防水服、救生衣、出海服及防化服等是否可以合并设计，做到装备便捷？出海服面料是否可以不学苏联，做到既保暖又轻质？他打定主意，回北京后马上花时间去

---

1．赵孝庵1949年4月，随国民党海军海防第二舰队起义参加人民海军。1950年5月加入中国新民主主义青年团。1950年7月10日，他参加海军炮舰部队配合陆军部队解放台州列岛的战斗，身负重伤后坚持战斗。1956年3月加入中国共产党。1950年8月，华东海军领导机关给他记一等功，并授予"甲级战斗模范"称号，成为海军第一个战斗英雄。

青岛黄海大公岛及其附近海域

调研既保暖又轻质的材料，要轻到落水后衣服里的空气足以产生对人体支撑的浮力，其保暖性又不亚于羊皮、呢子，他想到丝绵又不局限于丝绵。

不知不觉已近午夜，明天是巡视该部队单艇海上航行的一天，他俩还要早起，两人的交谈不得不中止。第二天早上4：30，王大队长就带着骆参谋出发了。他俩先去码头看快艇装雷及出海前的其他备航，10分钟后艇长鸣哨报告备航备战完毕，他们便登艇出航。

快艇很快就到了大公岛海域，骆传骊眼前仿佛又看到了1951年年底那次单艇航行测验的场景。那是人民海军快艇部队进行的第一次海上单艇航行演习，他也是担任"考官"，但那是在原海军郑恒欣教员带领下第一次当"考官"；今天他还是担任"考官"，但却是作为海军最高领导机关的"考官"来巡视部队的训练。是啊！每个人都会有许多的第一次，都是由第一次一步步地成长起来。那天的出海演习一直到10：30才回到码头，骆传骊很满意艇员们利索地备航备战，停靠码头时做到稳稳当当地靠岸，忍不住对王苏南大队长说："都说'强将手下无弱兵'，你带出来的兵一招一式都像你啊！"

### 3. 到 "112" 号 "虎艇长" 韩明岐中队作调研

骆传骊上午跟当年驾驶 "111" 号艇的 "虎艇长" 王苏南大队长在一起。下午就去找当年驾驶 "112" 号的 "虎艇长" 韩明岐中队长。

韩明岐现在是 "快81大队" 2中队中队长，他与王苏南大队长一样，都是新中国快艇部队里最早播撒并培育 "种子" 的人，骆传骊认识鱼雷艇也是从认识他们两位 "虎艇长" 开始的。老 "快21大队" 在塘沽成立之初，骆传骊与韩明岐是苏联顾问一 "文" 一 "武" 的左臂右膀，他俩配合默契，在苏联顾问指导下训练鱼雷艇长及鱼雷兵，把莱阳路8号撒向的 "种子" 培育成了一个个鱼雷艇长及优秀鱼雷兵。

今天，久别的战友又重逢，当骆传骊向他说明来意后，韩明岐立即毫不掩饰地向骆参谋抱怨艇长们出海必戴的 "闻音帽"[1] 问题。他说："我们艇长出海戴的'闻音帽'原来是坦克上用的帽子，打（沾）上海水后就会跑电，刺得艇长脑袋发麻，反映多次都不给解决，还说我们'别的单位都没有意见就你们有意见'。"

骆传骊毕竟这么多年摸爬在鱼雷艇上，他了解 "闻音帽" 带给艇长的痛苦，完全同意韩中队长的意见，为平息他的怒气，便附和着说："说'别的单位都没有意见就你们有意见'的人，那是因为他没有上过鱼雷艇，不了解情况；开巡逻艇的艇长也不会有反映，那是因为他可以把帽子抓在手里讲话；但我们的鱼雷艇长既是艇长也是舵手，两手不得清闲，必须把帽子戴在头上才可以讲话。"

那天老战友韩明岐发的一通牢骚，让他掌握了不少一线快艇官兵的工作状况以及他们在部队的困惑。他还说到了鱼雷艇艇员迫切需要配备钢盔的问题，因为鱼雷艇高速飞驰的时候，会从水面上一跃而起，有人

---

1. 鱼雷艇艇长头戴的 "闻音帽" 每个支队叫法不尽一致，如东海 "快6支队" 就称作 "微音帽"。

称作"玩摇晃"，其实比"摇晃"严重100倍不止，称作"玩失重"都不为过，艇员们往往被撞得鼻青眼肿甚至咬破舌头。这一次两位战友的见面是在1956年年底，骆参谋调研结束回北京后，把影响快艇官兵身心健康的出海装备问题作了整理汇报，提出改进意见。以

电影《海鹰》镜头，快艇上左边演员戴着的是"闻音帽"，右边演员戴的是钢盔

后全国人民都看到的1958年拍摄的电影《海鹰》中，艇员出海参加战斗都已经戴上钢盔。

## 4. 四年后这对鱼雷战友再一次出现在中山路商业街上

对"快81大队"的调研结束后，第二天就是12月23日星期日，骆传骊首先想到的就是上"快1支队"去看望燕京的同班同学黄君伟。他俩一同跨出大学校门、跨入海校军门，成为新中国第一批参军入伍的大学生，成为成立才3个月的海军舰艇学校教员。现在黄君伟还在莱阳路8号，任"快1支队"机电副业务长，与骆传骊一样是一名海军技术干部。

但是那天骆传骊去的时候没有找到黄君伟同学，而是遇见了在1952年7月到1953年春节前这半年时间里，白天一起工作，晚饭后一起散步，睡觉前再下一盘围棋，到了星期日再一起上街逛书店、看电影，几乎天天在一起的"亲密战友"杨和德。杨和德是第三海军学校（曾称"海军舰艇学校"）第一期艇长班学员，毕业后分到"快21大队"任3号艇艇长，由于他的表现出色，一年不到就抽调到大队部开始跟当时也是鱼雷参谋的骆传骊学干鱼雷参谋。

1981年在上海举办的第一届国际海事会展上，骆传骊（左）与黄君伟（右）这对分别20多年的老同学、老战友惊喜相逢

骆传骊与杨和德最近的一次见面是在1954年12月29日，时任"快31大队"鱼雷副业务长的杨和德作为击沉国民党海军"太平"号舰巡回报告团成员之一，跟随报告团团长、时任第一快艇纵队纵队长兼"快31大队"大队长兼政委的陈绍海，来到"快21大队"驻地榆林港，宣讲"快31大队"1中队的英雄事迹。临下南海前，杨和德搜罗了一遍莱阳路8号警卫室里的信箱，带上一大叠别人写给榆林港"快21大队"战友的信送到老战友的手中，其中就数骆传骊的信最多。但在榆林港，因报告团的时间安排得非常紧凑而使得两人没有单独说上话，这一次给遇上了，他们当然都想多聊聊。

骆传骊告诉杨和德，他来找黄君伟没有找到，杨和德马上告诉骆传骊一个好消息："今晚支队要为黄君伟举行婚礼！"这一消息让骆传骊兴奋起来："赶早不如赶巧，那也太巧了！让我赶上老同学的结婚大喜事。"

因为已到年底，北京"海司"机关里事情很多，而且骆传骊已经买好第二天（12月24日）回北京的车票，于是骆传骊对杨和德说："晚上我一定要去参加君伟的婚礼，你现在有空的话就陪我上街，我想去买一对热水瓶送给君伟，怎么样？我们边走边聊。" 于是，两位鱼雷战友四年后再一次一起出现在了中山路商业街上。

## 5. 题外话

　　骆传骊下各支队搞调研到1956年年底完成了一大半，就剩"快6支队"还没有去。过完元旦骆传骊准备动身前往宁波的"快6支队"驻地，但被陈处长拦住了。原来那时骆传骊经上海家中父母介绍，认识了一位上海纺织厂的姑娘，他们靠书信往来谈了几个月"恋爱"但从未见过面。骆传骊正在谈恋爱这件事被海司首长知道后，他们悄悄地对他的对象进行了组织审查，结果没有问题，于是他们就让骆传骊在春节前先不急于去宁波"快6支队"，而是先去上海水电路海军东海舰队基地出差。受领任务的时候骆传骊并不知道"海司"首长的用意，等他到上海后才弄明白，那是首长在为他创造与女友见面接触的机会，于是他就抓住这一次机会把自己的终身大事解决了。

# 三十四、撒向东海的"种子"
# 有个闪亮的名字叫"铁江海"

## 1. 第一次去到人熟地不熟的"快6支队"

1957年3月底，骆传骊又踏上去快艇支队调研的征途，这一次的目的地是地处浙江东海前线的"快6支队"。他先带着北京海军司令部的介绍信到上海水电路东海舰队司令部，然后再带上东海舰队开具的介绍信，坐上4月3日下午驶往宁波的海船开始新一轮的调研工作。

对骆传骊来说"快6支队"里有不少人是他熟悉的首长和战友，支队长张朝忠就是其中的一位。除张支队长外，这支部队里还有老"快21大队"3中队全部艇队官兵，他们当年跟随时任"快1大队"大队长张朝忠一起从青岛来到东海舟山前线；还有为备战抗美援朝从老"快21大队"选拔到老"快31大队"的铁江海、于化武等优秀艇长，以及纪智良副大队长等，他们带上他们的快艇全员编入到老"快31大队"1中队，然后随"快31大队"1中队移防到东海前线。这些都让骆传骊觉得到了"快6支队"就如同回到自己曾经的部队。

"快6支队"在1955年10月成立之初只有"快1"和"快31"两个大队，到1956年6月得以壮大。"快41大队"1954年4月从辽宁丹东南下东海前线，于去年（指1956年）6月编入"快6支队"调归到张朝忠支队长麾下，同期还新组建成立"快3大队"。从大队的数量、规模可以看出，"快6支队"是当时4个快艇支队中力量最强大的支队。

"快6支队"的驻地在宁波市镇海县白峰乡（即现在的北仑区白峰

当年的宁波市镇海县白峰乡穿山半岛牛扼港

街道），穿山半岛蜂腰地带一个叫"牛扼港"的海湾里，骆传骊是第一次去那里，但他已听说那里是东海舰队陶勇司令员在筹备组建支队时，亲自带领张朝忠等支队首长在浙东众多的海湾里挑选出来的快艇基地。那里四面环山，包围着一个海湾，有两个出海口，舰艇出入机动方便又相当隐蔽，还有利于部队防空，以至于骆传骊4月4日早上抵达宁波前往"快6支队"找部队时兜了老半天。那天他走出轮船码头找到前往镇海白峰乡的长途汽车站，坐上汽车一直坐到穿山车站下车，下车后他问了好几位当地人："到穿山的海军部队怎么走？"都回答他"不知道"。兜兜转转他只好坐上后面来的长途汽车去白峰乡上找寻，幸好在白峰汽车站上遇见两位海军水兵，才把他带到了快艇基地。

到基地后，骆传骊首先向他的老首长张朝忠支队长报到。张支队长告诉他，各大队负责作战训练的参谋长他都熟悉，他们对自己大队的情况也都熟悉，他已通知作训科协调需要支持配合的各项事务。

告别张支队长后，骆传骊就去了作训科，正好作训科副科长徐兴华在办公室。徐兴华也是第三海军学校（曾称"海军舰艇学校"）第1期艇长班学员，毕业后任"快31大队"2中队的一名艇长，曾在1955年下半年随2中队到福建三都岛参加战备，1956年下半年升任副中队长，今年（1957年）调上陆地改任支队作训科副科长。徐副科长把各大队大队长、参谋长等主要干部向骆传骊逐一介绍，骆传骊一听全都认识，就对徐副科长说："好啊！他们大多是海校1期、2期的学员，少数还是3期的学员，这次机会难得，我想一一去拜访他们。"徐科长说，已安排华锄参谋协助他一起到各大队搞调研。

## 2. 再见老"快21大队"的"1"号艇艇长铁江海

抵达"快6支队"的前三天，骆传骊主要通过座谈等形式了解支队各部门工作，从4月9日起他下到各大队开始作调研。

骆传骊首先去了"快31"这支快艇部队的标杆大队，大队参谋长铁江海是他到穿山牛扼港后最想见到的战友之一。铁江海此时已是闻名全国的海战英雄，他是第三海军学校（曾称"海军舰艇学校"）第一期艇长班学员，毕业后入列刚成立的"快21大队"，担任大队"1"号艇艇长、教练艇长。在鱼雷快艇大队中有一项不成文的规定，那就是大队的"1"号艇其实就是这个大队的"旗艇"，每一位"1"号艇艇长就是这个大队冲锋陷阵打头阵、关键时刻显身手的艇长。如1953年3月24日毛主席第一次检阅海军快艇部队，"快1大队"派出两艘快艇组成编队接受毛主席检阅，担任编队队长的就是"快1大队"的"1"号艇艇长高东亚。同样，1952年6月快艇部队在青岛举行第二次海上实战演习，那一次是快艇部队成立以来各大队艇长、教练艇长第一次集中到一地的技能比赛，代表"快21大队"的"1"号艇艇长铁江海压轴出场，当他们大队的鱼雷攻击成功后，他驾驶着爱艇在大海上转了个大圈，给"快21大队"的演习划上圆满的句号。

骆传骊走进"快31大队"大队部一见到铁

知名军旅画家吕恩谊代表作连环画《击沉太平号》封面画

江海就跟他说："你的英雄事迹我已经在连环画上看到了，《击沉'太平号'》这本连环画画得真好，每一页都画得栩栩如生，把战斗经过描述得通俗易懂，还用了你的真名，'铁江海'，你的名字用在保卫海疆的战斗中恰如其分。"

骆传骊惦记铁江海还有一个原因，是因为他脑袋里还有一片他在1949年解放陕西咸阳战斗中留下的弹片，以前一不当心就会头疼，但他始终以钢铁般的意志与病痛搏斗。在1953年"快31大队"赴朝参战计划取消后，部队首长出于对鱼雷艇长海军稀缺人才的爱护，安排他去苏联治疗，取出弹片，但他就是不肯去，他说："活一天就为党工作一天，我没空去取弹片。"

骆传骊问铁江海："击沉'太平'号舰的战斗过程中你们在高岛锚地石浦待机点足足停泊待机15天，又冷又饿，你还要时时关注海上动态指挥战斗，这么紧张艰苦的环境下你脑袋里的弹片就没有跟你捣蛋？你是怎样挺住的？"铁江海淡淡地说："还好，没事。小弹片还是挺配合我们打这场伏击战的。"这就是一位不怕苦、不怕死，充满乐观主义精神的铁江海，一位把自己的生命健康置之度外，让骆传骊打心眼里钦佩的铁江海！

铁江海脑袋里的弹片在1957年骆传骊与他再相见谈话时确实无大事，但脑袋中的弹片伤随时会发作，非常危险。仅时隔10年，1968年3

月20日，时任"快31大队"大队长，年仅39岁的铁江海，由于头部弹片等原因不幸在上海病故。让骆传骊万万没有想到，1957年他们在穿山牛扼港的相见竟是永别。

铁江海病故后，海军东海舰队政治部根据他身前在解放战争中作战勇敢、不怕牺牲、屡建战功，曾荣立一等功；在1954年击沉国民党海军"太平"号舰战斗中担任这场战斗的指挥员，荣立集体二等功等战绩，追认他为革命烈士。他那不怕恶浪袭击、带着弹片勇敢作战的英雄事迹也永远留在了1956年2月由上海人民美术出版社出版的连环画《击沉"太平"号》和1983年4月由海洋出版社出版的连环画《奇袭"太平"号》里面，这两本连环画里所呈现的战斗指挥员都用了铁江海的真实姓名。

《赤峰号》电影海报

此外，由八一电影制片厂拍摄的《赤峰号》，这部电影铁江海是编剧之一。当时他在上海作家协会参与编剧《赤峰号》，坚决不肯用他的真名作为银幕角色呈现，所以《赤峰号》里的主角起名"铁海雄"。另外，1958年八一电影制片厂拍摄的电影《海鹰》，也留下了以他和他的战友击沉"太平"号舰为背景的不少镜头。

虽然伴随着我国海军的发展壮大，新型舰艇列装，鱼雷快艇部队撤编，鱼雷快艇再也没有创造战绩的机会，但莱阳路8号撒出去的鱼雷艇"种子"依旧在开花结果，他们像铁江海烈士一样，用自己的生命与忠诚保卫着我国300万平方千米的海疆和海洋权益。

## 3.在"快6支队"各大队调研让他收获不少

那天在"快31大队"大队部骆传骊与铁江海聊天时,"快31大队"鱼雷业务长尚学义推门进来,他是获悉骆传骊已经到大队部后立即过来的。尚学义是一名技术过硬的鱼水雷业务长,在1955年2月青岛举行的军事训练大会上骆传骊已经见识过他的专业能力。这天他是特意来向海军最高领导机关的"快艇参谋"反映大队快艇老旧问题。因为"快31大队"是老大队,使用的快艇已经又老又旧,速度上不去是其次,严重的是每次出海回来,后舱铆钉总要震坏几个,不得不上岸修理。管路问题也很多,管内锈蚀严重,虽在储藏保养时都会清理,但一旦出海又常常发生锈蚀堵住冷却器的事故。眼看着一艘艘快艇老旧下去,"快31大队"几乎陷入到"有人无艇"的窘境。骆传骊很欣赏尚业务长对问题的分析,他把尚业务长提出的问题归类到他的"重要"和"紧急"处理事项中记了下来,这一问题在他回北京不久就得到了解决。尚学义业务长在骆传骊离开"快6支队"不久升任为"快6支队"的鱼雷业务长。

去"快31大队"之后骆传骊就去了"快41大队",见到于永年大队长,其时,与铁江海一同担任击沉"太平"号舰海上指挥,时任"快31大队"1中队指导员的朱洪禧已经是"快41大队"政委,但这一次骆传骊没有见到他。"快41大队"是诞生于抗美援朝的后起之秀,是用"K-123"新艇装备的大队,他们反映的问题与"快31大队"恰好相反,"快31大队"是"有人无艇",而"快41大队"则是"有艇无人"。

继"快41大队"之后,骆传骊又去了"快1大队"。"快1大队"大队长由副支队长刘建廷兼任,曾经扛着海上炸药包创下"单艇独雷"一举击沉国民党"灵江"号舰的海战英雄张逸民现在是"快1大队"的参谋长,分管大队作战训练工作,所以骆传骊与刘建廷大队长见面后,就直接到码头去找张逸民参谋长。张参谋长对"快1大队"的工作了如指掌又快人快语，他俩的话题立刻聚焦到一个情况，即：从1956年8月起全大队快艇主机都拉到青岛4308厂换装M50主机，由于旧艇改装的缘故，使得部队因停航而处于停训状态，前不久一部分主机才刚刚运回牛扼港，所以"快1大队"战斗力出现下滑。

结合张逸民参谋长提出的情况，以及"快31"和"快41"两个大队提出"有人无艇"与"有艇无人"问题，骆传骊回到北京就作了汇报。很快各支队内部拥有"Б-123"旧艇的大队与拥有"K-123"新艇的大队快艇半对半相互对调，这样一来，对新艇长的培养问题也解决了。用苏联老式鱼雷艇来培养新艇长，由于老艇故障多，新艇长要学习掌握的东西就多，得到的锻炼机会也多，让他们在旧艇上完成小队的科目后再换新艇。这么做的结果，让新艇、老艇都做到物尽其用，既有利于新艇长通过遭遇困难、克服困难来提高驾艇作战能力，也有利于战斗部队"有好马骑"，保证"好钢用到了刀刃上"。

对"快6支队"调研的最后一站是刚成立的"快3大队"。"快3大队"与"快41大队"差不多，艇新人也新，单艇科目尚未完成，主机小时已经用完，骆传骊连续几天下沉在"快3大队"。4月20日，在骆传骊的提议下"快3大队"终于出海试伜，骆传骊也随艇出海，他果真看到了艇新人也新的"快3大队"与老大队的差距。接下来他以自己当年带领新成立的"快21大队"为例，与"快3大队"参谋长赵鸿纶深入交流，谈的都是带兵之道、带队之道。

## 4. 他从鱼雷快艇部队"转行"去创建鱼雷研究所

经过一整月下沉东海"快6支队"的紧张忙碌，骆传骊5月初回到北京。一到单位也就着手完成对快艇部队建设的《调研报告》，从部队训练、基地建设、艇长人才培养到业务长配备等各方面，把他的所见所想都写在里面。后来快艇艇员的出海装备得到改善，带上了钢盔，穿上了轻质保暖有浮力的出海服；还解决了老大队"有人无艇"与新大队"有艇无人"的矛盾；从提高部队的战斗力出发，恢复了部队建立初期那些年每年组织的艇长及以上战斗员、指挥员集中一地的"比武"考核；还有快艇部队与海军其他部门的关系处理等。

1964年骆传骊转业留念

快艇支队成立一年来的部队建设调研结束后，军械部杨汉副部长给骆传骊下达了新的任务，那就是让他到上海去筹建国防部第二研究所，即水中兵器研究所，后来改称第七研究院第五研究所。杨副部长后来出任研究所所长。研究所的地址已经确定，就在上海的东部、黄浦江下游的复兴岛共青路上。这条因共青团员义务修路而被刚刚命名的共青路，全长2.5千米不到，解放前叫浚浦局西路，1949年上海解放后改名为西浦路。浚浦局西路357号曾经是国民党"海军军官学校"校址，现在人民海军要在里面开始研究自己的水中兵器，开始了新的使命。

对骆传骊来说，不知算不算巧合，他投笔从戎向海军报到的地点是青岛市莱阳路8号，而莱阳路8号在成为"中国人民解放军舰艇学校"之前则是国民党留下的"海军军官学校"，这所学校有着上海"海军军官学校"的血统。1947年，上海的国民党"海军军官学校"迁至青岛与青岛的国民党"中央海军训练团"合并，在莱阳路8号成立了"海军军官学校"。骆传骊从踏进有着上海"海军军官学校"影子的莱阳路8号开始，跟随苏联海军和国民党起义海军学干鱼雷快艇，成为新中国海军快艇部队建设的拓荒者，到再次踏进国民党留在上海的原"海军军官学校"旧址，去开垦海军水中兵器研究的新荒地。

骆传骊从1958年开始离开北京海军领导机关，回到"故乡"上海，开始新的职业生涯——研究水中兵器鱼雷武器，从海军部队转到国防科工战线，于1964年集体转业脱下了军装。到上海后，他又跟随研究所迁移的脚步，从上海走进河南洛阳，再从中原走进云贵高原。他离大海越走越远，离海平面越来越高，最后走进了树木参天的大山，走进了"信箱"。用他们国防科工人自己的话说，"走进了一个帝国主义也找不到的地方"，一干就是一辈子。

（完）